भया कबीर उदास

उषा प्रियम्वदा

राजकमल प्रकाशन

ISBN : 978-81-267-1369-1

मूल्य : ₹695

पहला संस्करण : 2007
तीसरा संस्करण : 2019
This book is printed on **Print on Demand** Technology : 2025

प्रकाशक : राजकमल प्रकाशन प्रा.लि.
1-बी, नेताजी सुभाष मार्ग, दरियागंज
नई दिल्ली-110 002

शाखाएँ : अशोक राजपथ, साइंस कॉलेज के सामने, पटना-800 006
पहली मंजिल, दरबारी बिल्डिंग, महात्मा गांधी मार्ग, प्रयागराज-211 001
1, अनमोल सोराबजी संतुक लेन, धोबी तलाव, मरीन लाइंस, मुम्बई-400 002
वेबसाइट : www.rajkamalprakashan.com
ई-मेल : info@rajkamalprakashan.com

BHAYA KABIR UDAS
by Usha Priyamvada

जिज्जी—श्रीमती कमला यदुपति सहाय को
सादर

प्राक्कथन

अक्टूबर के उजले-उजले सुनहले दिन। हर तरफ़ रंग-ही-रंग, मेपल वृक्षों के हरे, पीले और लाल पत्ते, ओक के ताँबई किनारों पर सुनहले रंग की पट्टी और हनी लोकस्ट की पतली-पतली महीन कटाव की पत्तियाँ, हवा के चलने पर पीले बसन्ती पर्दे की तरह थरथराती, बलखाती, नीचे आ गिरती हैं।

इतने वर्षों परदेस में रहने के बाद भी उसे केवल तीन प्रकार के वृक्षों की पहचान हुई है, मेपल, ओक और हनी लोकस्ट, क्योंकि तीनों ही पेड़ घर के पिछवाड़े मौजूद हैं। गाड़ी में बैठे-बैठे वह अपने-आप से पूछती है, क्यों इस वनस्पति विज्ञान में सर खपा रही हो ? इधर-उधर की बातों में उलझकर जो सामने है उसे टाला नहीं जा सकता।

अपने-आप से बातें करना उसकी पुरानी आदत है।

वह हिलती नहीं, रुकी हुई गाड़ी में बैठी-बैठी वह सामने ताकती रहती है।

शायद अगले वर्ष—विचार को सहेजे-सहेजे वह गाड़ी-से उतरती है।

सब कुछ कितना पहचाना, फिर भी हर बार एक अजनबीपन का भास होता है।

यह सुबह है, आसपास सब कुछ जागकर अपनी दिनचर्या पकड़ रहा है, युवा नर्सें छोटे-छोटे समूहों में, हर उम्र के डॉक्टर अपनी यूनिफ़ार्म में; सभी अस्पताल के बड़े-बड़े दरवाज़ों में प्रवेश कर लोप होते जा रहे हैं।

इतनी सुबह मरीज़ों का ताँता नहीं है। उनकी भीड़ तो आठ-नौ बजे के बाद होगी।

बाहर उष्ण धूप है, पर यह कमरा ठंडा है; मशीनों के कारण उसका तापमान नीचे ही रक्खा जाता है। अस्पताल का पतला चिकना गाउन पहनाकर उसे बैठा दिया गया है, वह डॉक्टर की प्रतीक्षा में है। एकाएक वह काँपने लगती है, कमरे की ठंड से ? या अपने अन्दर उमड़ते हुए आतंक से ? वह कुर्सी के हत्थे कसकर पकड़

लेती है, कुछ नहीं निकलेगा—वह बुदबुदा रही है—डॉ. ज़ैकरी ने कहा नहीं था क्या—फिर भी ऑन द सेफ़ साइड, बायौप्सी करा ही लेनी चाहिए।

दरवाज़ा खुलता है और क़रीब उसी की आयु की एक स्त्री सामने आकर खड़ी हो गई है, ''मैं डॉक्टर अंजेला हूँ, और यह मेरे असिस्टेंट, डॉ. हैदर; यह अगर सुई डालें तो आपको आपत्ति तो नहीं होगी ?''

वह कह भी क्या सकती है ? नहीं तो कहने का विकल्प ही नहीं है।

''कोई आपत्ति नहीं—'' वह मन्द स्वर में कहती है। डॉ. हैदर स्वयं हिचकिचा रहे हैं; पर फिर वह उसका झीना गाउन हटा देते हैं और बिना उससे आँखें मिलाए पूछते हैं, ''क्या मैं परीक्षा कर सकता हूँ ?''

डॉक्टर हैदर का गोरा, खूबसूरत चेहरा उसके वक्ष पर झुका हुआ है, उनकी लम्बी, नाज़ुक उँगलियाँ उसे छू रही हैं—

''तीन, चार और नौ बजे—'' डॉ. अंजेला की तरफ़ उन्मुख होकर वह कहते हैं। अब वह उसका दायाँ स्तन उघाड़कर उसकी परीक्षा कर रहे हैं।

चार बजे ठीक रहेगा—निश्चय ही डॉ. अंजेला सीनियर डॉक्टर और गुरु हैं। डॉ. हैदर अभी रेज़िडेंट ही होंगे, तीसेक बरस के।

डॉ. अंजेला बाहर चली जाती हैं; कमरे में अब डॉ. हैदर हैं और पार्टीशन के पार एक्सरे टेक्नीशियन।

''सुई की चुभन महसूस होगी,'' डॉ. हैदर मशीन पर एकाग्र दृष्टि से देख रहे हैं—''आप परेशान न हों,'' वह सहसा उर्दू में बोलने लगे हैं, ''बहुत अधिक फैलने के आसार नहीं लगते। कैंसर प्रोटोकॉल के बाद आप पाँच-छह साल मज़े से जी सकती हैं—''

''धन्यवाद डॉ. हैदर,''—वह कहना चाहती है—''मैं इतनी बूढ़ी भी नहीं हूँ,'' पर शायद इस आयु के युवक को हर औरत बूढ़ी ही लगेगी, जिसकी झोली में पाँच-छह साल डाले जा सकते हैं।

सुई चुभती है—''उफ''—वह कहती है, डॉ. अंजेला पार्टीशन के पीछे से प्रगट होती हैं—''गुड जॉब हैदर—'' उनकी दृष्टि अब मरीज़ पर टिक गई है, ''एक ही बार में काम हो गया—''

इस क्षण से डॉक्टर ज़ैकरी के फ़ोन आने तक जैसे कितनी बार प्रलय हुआ, कितनी बार सृष्टि बनी, लैब रिपोर्ट आने तक के तीन दिन जैसे ब्रह्मा के तीन दिन बन गए—हज़ारों, लाखों-करोड़ों सालों जैसे वह फ़ोन के इर्द-गिर्द ही मँडराती रही है।

फ़ोन बजता है, और डॉ. ज़ैकरी बहुत गम्भीर, बहुत उदास भाव से कहते हैं, "हाँ ! कैंसर निकला—मुझे दुख है।"

फ़ोन पकड़े उसे अपने पर अचम्भा होता है; कहीं बहुत अन्दर से उसे मालूम था कि कैंसर तो है ही, फिर डॉ. हैदर ने भी तो पहले ही कह दिया था।

"ठीक है—मैं आपके पास प्रोटोकॉल डिस्कस करने आऊँगी—" उसने डॉ. ज़ैकरी से कहा।

ताड़ के पत्तों से बना छप्पर समुद्र-तट की आँधी और बरसात से उसकी रक्षा भला क्या करेगा ? क्या वह लगातार बरसते मानसून के बादलों से बचने के लिए वहाँ आकर बैठी है ? क्या वह देख नहीं रही है कि एक-एक करके सभी वहाँ से जा चुके हैं, नारियलवाले, सैलानी, चाट-पापड़ी और चने-मुरमुरेवाले। पर वह है कि एक मड़ैया में चरमराते हुए, जर्जर तख़्त पर बैठी है और एकटक समुद्र को ताक रही है। वर्षा इतनी तेज़ है कि समुद्र भी एक धुँधले पर्दे में छिप गया है। बादल भी तो बिना गर्जन-तर्जन के बरसे ही जा रहे हैं, पानी से उसके बाल, कन्धे, कपड़े सब सराबोर हैं और टपक-टपककर नीचे पाँवों के पास तलैयाँ बना रहे हैं।

उसने सोचा था कि वर्षा में अरब सागर में ऊँची लहरें उठती होंगी, इतनी ऊँची कि वह यात्री निवास की पथरीली दीवारों को छू लेंगी। लहरे हैं पर ग्रासकारी नहीं। कितनी छोटी-छोटी नदियाँ और नालियाँ दौड़ती जा रही हैं समुद्र की ओर, और सबको आत्मसात करता हुआ समुद्र यहाँ से शान्त लगता है। पर होगा नहीं, लहरें धीरे-धीरे बढ़ रही होंगी तट की ओर, क्या वह उस तक पहुँच पाएँगी ? वह उस क्षण की प्रतीक्षा में है।

कितना दाह है इस शरीर में, जैसे हज़ारों बरसातें भी उसे दूर नहीं कर पाएँगी।

अतिथि निवास का चौकीदार आकर खड़ा हो गया है, पानी से बचने के लिए वह मड़ैया के दरवाज़े पर ठिठक गया है—''पानी तो रुकनेवाला है नहीं मैडम, मैं आपके लिए छाता ले आया हूँ—चलिए, रात हो रही है।''

बेचारा फ्रांसिस। वह समझता है कि मैडम बारिश रुकने के इन्तज़ार में बैठी हैं। वैसे अन्दर-बाहर में फ़र्क ही क्या है, चाहे छाता हो या छप्पर—

वह उठकर खड़ी हो गई, फ्रांसिस तत्परता से बाहर आ गया और छाता उसके ऊपर तान दिया। निश्चय ही एक छाते से दोनों की रक्षा नहीं हो सकती।

''मैं तो भीग ही चुकी हूँ—तुम्हें बेकार भीगने से कोई फ़ायदा नहीं—तुम चलो, मैं आती हूँ।''

फ्रांसिस असमंजस की मुद्रा में खड़ा है, अब तक उसकी कमीज़ कन्धे तक गीली हो चुकी है।

"तुम जाओ, मैं आ रही हूँ," जैसे यह अँगरेज़ी में कहेगी तो ज़्यादा असर पड़ेगा—

"ओ.के. मैडम—मैं जाकर चाय बनाता—" अब फ्रांसिस आगे-आगे है, वह थोड़ा ही पीछे, वह बार-बार मुड़कर तसल्ली कर लेता है कि वह आ रही है।

गीली रेत में उनके पाँव गहरे निशान छोड़ते जा रहे हैं। अधिक देर तक टिकने वाले नहीं, बरसात का वेग उन्हें जल्दी ही मिटा देगा, पर जब तक हैं, तब तक पहचान है कि वह यहाँ थी।

उसे विश्वास था कि उसके पाँव बहुत सुन्दर हैं, एकदम सुगढ़ उँगलियाँ और अँगूठे सानुपात, सुडौल, इसी स्वरति के कारण जब से आई है, रेत पर अपने निशान छोड़ती रही है।

पानी की बूँदें गर्दन पर टपक रही हैं, उसने सिर को झटका दिया—तुम्हारी आँखें कितनी सुन्दर हैं; तुम्हारी हँसी कितनी मीठी और सुरीली—एक स्वर कहीं से उभरता है।

और मेरे एकदम वृत्ताकार, भरे-भरे, स्वर्ण-कटोरों-से उरोज—पूर्णेन्दु जैसे...

बरामदा ख़ाली है, पर झूला हलके-हलके हिल रहा है, शायद हवा से। उसके कमरे में जाने से पहले ही फ्रांसिस थक्के-के-थक्के सूखी तौलियाँ लेकर लपकता हुआ आया, और उसने सबसे ऊपर की तौलिया उठाकर सिर और बालों पर लपेट ली।

चेहरा और बाँहें अभी भी गीले हैं, पर बाक़ी सुखाना सब कमरे में ही पहुँचकर होगा।

फ्रांसिस ने दरवाज़े खोल दिए हैं और तौलिए ग़ुसलख़ाने में पहुँचा रहा है।

कमरे में किसी कीटाणुनाशक दवाई की महक समाई हुई है। हलके-हलके खाँसते हुए वह फ्रांसिस के जाने का इन्तज़ार कर रही है। फ्रांसिस अपने पीछे दरवाज़ा हलके-से भेड़ता हुआ चला जाता है, तब भी वह कमरे के हलके-हलके प्रकाश में खिड़कियों के शीशों पर रेंगती हुई पानी की धाराओं को देखती रहती है।

अब उसने नए, सूखे कपड़े पहन लिये हैं; कुर्ते में जब बाँहें डालने लगी तो छाती में चिलक उठी, पुरते हुए घावों पर नई त्वचा आने की खिंचन। वह झटके से खींचकर कुर्ता पहन लेती है। कंघा छोटे-छोटे बालों में फिराकर कुछ देर अपने

को दर्पण में स्थिर दृष्टि से देखती रहती है। चेहरा वही है; वही अपना चेहरा, पहचाना-पहचाना। दरवाज़ा खोलकर बाहर निकलने के लिए वह हमेशा ही अपने को अनुद्यत पाती है। पर सारी शाम इस ग़ुसलख़ाने में तो नहीं बिताई जा सकती।

तुम्हें बाहर तो निकलना ही पड़ेगा, लाड़ो...

दरवाज़ा खोलकर वह बाहर आ जाती है।

छोटा-सा अँधेरा घुमड़ आया था और बाहर के जो पेड़ हवा के सतत दवाब से टेढ़े हो गए थे, अब सिर पर ताड़ के पत्तों की छतरी और अपने विकृत तनों पर ऐसे झूम रहे थे जैसे कि उन्हें इसी तूफ़ान की प्रतीक्षा थी।

मड़ैया बची होगी या बह गई होगी ? उसे यह विचार अनर्गल लगा। शायद फ्रांसिस को इस प्रदेश का निवासी होने के कारण अनुमान होगा कि इस वर्षा के वेग के साथ तूफ़ान भी आनेवाला है।

लाउंज में उजाला है, पर सन्नाटा। केवल टी.वी. पर तस्वीरें हैं, आवाज़ नहीं। शायद समाचार होंगे। गिलास की खनक से उसकी दृष्टि उधर उठ जाती है, जहाँ बारटेंडर, लोबो, एक साफ़ कपड़े से हाथ का गिलास चमका रहा है।

गिलास ट्रे में रखकर वह पास आकर पूछता है—

"मैडम, कुछ पीने को लेंगी ?"

"हाँ—एक एक्सप्रेसो।"

लोबो हिचकता है, "मैडम, मशीन चालू होने में समय लगेगा। तब तक कुछ और ?"

"चाय ?" प्रश्नात्मक मुद्रा में।

उसने गोवा आने का निश्चय अचानक ही ले लिया था और बुकिंग भी इंटरनेट पर की थी। उसे नाम अच्छा लगा था। पर कल रात से यहाँ आने के बाद ऐसा लगा कि शायद उसके अलावा यहाँ कोई और नहीं है। पर्यटकों के तीन चार्टर आज सुबह ही जा चुके हैं। बरसात के मौसम में धूप और गर्मी के चाहक क्यों आवेंगे। यही समय है जब नौकरों को राहत मिलेगी, कमरों की नई साज-सजावट, किचेन की सफ़ाई, पर अतिथि-गृह ऑफिशियली खुला है। बस गति मन्द हो गई है। वह स्वयं भी तो भटकती हुई ही यहाँ आ गई है—न जाने किस तलाश में। वैसे उसने अपने लिए कॉटेज बुक कराई थी, परन्तु वह निर्धारित समय से दो दिन पहले ही आ गई—कॉटेज में एक सऊदी अरब परिवार था, जब

उसे एयरपोर्ट से ली हुई टैक्सी ने आकर उतारा तो शायद रात और अकेली महिला होने के कारण निचले तल पर ही उसकी व्यवस्था कर दी गई—

"उम्मीद है लाउंज और बार का शोर आपको अधिक असुविधा नहीं करेगा। आज इस ग्रुप की आख़िरी रात है, इसलिए शायद कुछ गहमागहमी—"

गहमागहमी—यह शब्द आम भाषा में सुनने में नहीं आता, निश्चय ही यह व्यक्ति अपनी ही तरफ़ का होगा।

उसने बिना कुछ कहे दस-दस के कई नोट साथ आए उस व्यक्ति को लापरवाही से पकड़ा दिए—

वह पहले थोड़ा अचकचाया—फिर "थैंक यू मैडम" कहते हुए थोड़ा-सा हँस दिया।

"कल सुबह की चाय कितने बजे ?" उसके चेहरे पर अभी भी मुस्कराहट का आभास था। उसने उसे बेरुख़ी और कड़ाई से देखा—क्या यह नौकर उसका मज़ाक उड़ा रहा है ?

"ठीक सात बजे—" मालिकाना ढंग से कहकर उसने उस व्यक्ति की ओर 'बात ख़त्म हुई' की मुद्रा में पीठ कर ली।

दरवाज़ा उसके पीछे बहुत आहिस्ता से बन्द हुआ। पर उसे लगा, जैसे बाहर गलियारे में वह सीटी बजाता हुआ जा रहा है। कैसा बदतमीज़ ! उससे कोई काम न पड़े तो ही अच्छा।

कमरे में अब वह अकेली है; कमरा बहुत दिनों से बन्द और उपेक्षित-सा होने का आभास देता है। कल या परसों अपनी कॉटेज में शिफ़्ट हो जाएगी। उसने अनमने भाव से बिना प्रयोजन, कुछ आवाज़ करने और कमरे की ठहरी हुई हवा में कुछ कम्पन लाने के लिए मेज़ की दराज़ खोली। दराज़ ख़ाली थी, केवल एक पोस्टकार्ड के—जिसमें समुद्र-तट पर एक अकेले नारियल के पेड़ की तस्वीर थी और दूसरी ओर कुछ शब्द—पोस्टकार्ड लिखा गया था, पर भेजा नहीं गया—गोवा ग्रीटिंग्स—किसी ने सधे हाथों से सुन्दर लिपि में लिखा था, विश यू वर हियर—काश, तुम यहाँ होते—घिसे-पिटे शब्द जोकि प्रायः पर्यटक पोस्टकार्ड पर लिखते हैं, पर कभी-कभी घिसे-पिटे शब्दों में भी कितनी सीधी-सादी सच्चाई होती है।

उसने पोस्टकार्ड वापस रख दिया। क्या मालूम किसी के काम आ जाए, उसके लिए तो बेकार ही है।

क्या यह विडम्बना नहीं है कि कोई भी ऐसा नहीं है जिसे वह कार्ड भेजकर बता सके कि वह अनिश्चित समय के लिए गोवा चली आई है। गोवा ही क्यों; और भी जगहें हैं, पर उन सब जगह स्मृतियाँ हैं, पापा-मम्मी के साथ बिताई गई

गर्मियों की, और मम्मी अब स्थायी रूप से ऋषिकेश में रहने लगी हैं, और दिल्ली ? वहाँ अब उसके लिए खँडहर ही हैं।

यह सब कैसे हुआ ? ज़िन्दगी कुछ और भी हो सकती थी, पर यही राह पकड़कर चलती ही गई।

तब मालूम नहीं था कि यह सब यों हो जाएगा, वह तो पढ़ने गई थी, इतिहास में पी-एच.डी. करने; एक नामी इतिहासज्ञ बनने, लौटकर पापा के विश्वविद्यालय में प्रोफ़ेसर बनना चाहती थी, उप-कुलपति निवास के लॉन पर बैठकर चाय पीना चाहती थी, पर वह सब धीरे-धीरे समय के हाथों मिटता गया, और रह गया है यह यथार्थ, कैंसर और तुम...

वह पीछे से मुड़ना चाहती है, पर फिर जाए कहाँ—अगर बचपन और कॉलेज के सालों की याद में न ठिठकी रहे तो क्या करे ? बायौप्सी के बाद उसे लगा था कि वह एकदम बेबस हो गई है, सारे विकल्प सहसा केवल एक ही संकल्प में परिवर्तित हो गए हैं। युद्ध—कैंसर से महायुद्ध। वह अक्सर सोचती है कि इस रोग के सन्दर्भ में युद्ध का रूपक क्यों प्रयोग किया जाता है ? शायद इसलिए कि कुछ कोषाणु अपने ही शरीर में आतंकवादियों की तरह आततायी बन जाते हैं और स्वयं उसी को ही नष्ट करने लगते हैं। तभी उनसे संघर्ष में तरह-तरह के अस्त्र प्रयोग किए जाते हैं, रुग्ण अंग को काटकर निकाल दो; ज़हर से शरीर को भर दो जिससे कैंसर अणु नष्ट हो जाएँ, फिर भयंकर एक्स-रे किरणों से उस भाग को ही दग्ध कर दो। पर इस महायुद्ध की प्रक्रिया में तुम कैसे टूट जाती हो, बिखर जाती हो, आहत और क्षत-विक्षत ! कभी तो समझ में नहीं आता कि रोग अधिक दारुण है या उसका उपचार।

यह आज धूप कैसे निकल आई ? अन्दर-बाहर जैसे एकदम चहल-पहल होने लगी। निकट के कलिंगुटे तट पर तरह-तरह के सैलानी इकट्ठे होने लगे हैं, देसी-परदेसी सब। सीढ़ियों के पास अधेड़ आयु की गुजराती स्त्रियों का गुट खड़ा है सूर्यास्त की प्रतीक्षा में।

वह आज लड़कों जैसी भूषा में है, जींस, सफ़ेद बनियान, सिर पर स्कार्फ़। सबसे अलग-थलग वह रेत पर बैठ जाती है, घुटने समेटकर बाँहों से उन्हें घेरकर अपना मुँह उनमें छिपा लेती है। वह रोएगी नहीं, जितना रोना था, रो चुकी है। प्रारम्भ में ही। अब दिल में अगर कुछ लगता है तो वह ठक-से आवाज़ कर दूर तक गुंजरित होने लगता है।

किसी ने उसे फूलों की पंखुड़ियों जैसे छुआ है, वह सिर उठाती है, एक छोटा बच्चा—उसके बिलकुल पास खड़ा है, उसे कौतूहल से ताक रहा है, फिर वह अपनी उँगली मुँह में ठूँस लेता है। बच्चे की आँखें एकदम काली हैं, उज्ज्वल, बाल ठीक से बने हुए हैं, नीली शर्ट और ख़ाकी नेकर, नंगे पाँव वह खड़ा-खड़ा उसे ताक रहा है।

उसकी माँ दौड़ी-दौड़ी आती है, "राम, आंटी को तंग मत करो—"

राम ! तो गोदवाला बच्चा श्याम ही होगा। वह माँ के काँधे पर सिर रखकर सो गया है; उसका चेहरा नहीं दीखता, केवल पतले-पतले बाल, टाँगें आगे पसरी हुई हैं, छोटे-छोटे नाज़ुक पैर, उनकी छोटी-छोटी कोमल उँगलियाँ...

वह राम, राम की माँ और गोद के बच्चे को दृष्टि से ओझल होता देखती रहती है। राम की माँ सूती छापेदार साड़ी, एकदम मैचिंग ब्लाउज़, वेणी में फूल, गले में मंगलसूत्र पहने हुए है। राम का हाथ थामकर चलने से पहले उसने भर-दृष्टि देखा था, वेशभूषा के बावजूद उसने नारी अस्तित्व को पहचान लिया था—"आंटी को बाई-बाई बोलो—"

राम ने छोटी-सी हथेली नचाई—"बाई-बाई" और दो सालवाली अस्थिर चाल से माँ के साथ हो लिया। शिशु श्याम ने एकाएक जागकर चीख़ मारी—और माँ ने राम का हाथ छोड़कर उसे थपकना शुरू किया।

किचेन बन्द रहेगा, यह उसे सुबह ही पता चल गया है। नाश्ते में चाय, टोस्ट, अमरूद की जैली और एक पतला-सा मसाला आमलेट उसके लिए बहुत है। लंच और डिनर पास के रेस्तराँ से आ सकता है। साफ़-सुथरी, स्वादिष्ट भोजन की जगह है और महँगी भी नहीं।

"साहब ने आपको अपने पेण्ट हाउस में डिनर के लिए इनवाइट किया है..." पिछली शाम लोबो ने आकर कहा।

वह बिना कुछ कहे प्रश्नवाचक मुद्रा से उसे देखती रही। उसे बाहर की तूफ़ानी वर्षा का पूरा-पूरा एहसास हो रहा था। सूखे कपड़ों के भीतर भी जैसे पूरा शरीर अभी भी गीला और आक्रान्त था। "साहब ने, ऊपर..." फिर जैसे कमअक़्ल व्यक्ति से बातें कर रहा हो, "साहब, यानी इस रिज़ौर्ट के मालिक। सबसे ऊपरी मंज़िल पर वह रहता है, मानसून पार्टी चल रही है। आपको आने

को इनवाइट किया है, नहीं तो मैं कमरे में ट्रे भी ला सकता।''

एक निमिष में निर्णय करके उसने कहा, ''ठीक है, मैं आती हूँ—कितने बजे ?''

''पार्टी तो चालू है—'' लोबो मुस्कराकर बताता है।

वह लाल रंग की शिफ़ॉन की साड़ी पहनेगी, बिना बाँहों, पर ऊँचे गलेवाली ब्लाउज, छाती के ऊपर तक दग्ध त्वचा न दिखाई दे इसलिए। बाल सूख गए हैं और छोटे-छोटे घूँघरों में चेहरे को फ्रेम किए हुए हैं। नए बालों का धीरे-धीरे बढ़ना उसने बहुत ध्यान और सावधानी से देखा है। पुराने बाल घुँघराले नहीं थे, लम्बे और सपाट सीधे थे। वह कुछ देर दर्पण में अपने को देखती रहती है; चेहरा अभी भी पीला और रक्तहीन है, फटी-फटी-सी आँखें, उनके नीचे गहरे-गहरे काले वृत्त।

यह लुटा हुआ, हारा चेहरा लेकर कहाँ जाए ? वह सायास अपने को बटोरती है, साड़ी सँभालती है, कानों में माणिक की लड़ियों के लम्बे-लम्बे लटकन डालती है, और फिर चेहरे पर सारी सजावट, आँखों, होंठों, गालों पर रंग, पूरे चेहरे पर पाउडर की पर्त...

चलेगा—इत्र की फुहार अपने चारों ओर छिड़ककर वह पार्टी में जाने को तैयार है। वह दरवाज़े पर हल्की-सी दस्तक देती है, वह गुन रही है कि वह एकदम रीती है, मन में कोई उछाह, कोई आशा या सम्भावना नहीं है। दरवाज़ा लोबो ही खोलता है—आदर से पीछे हटकर वह अन्दर आने का संकेत करता है—

''आइए—स्वागत''—एक बहुत सफ़ेद दाँतों की झलक; सफ़ेद लिनेन के सूट पर लाल, हारवर्ड यूनिवर्सिटी की टाई, करीबन उसकी साड़ी के रंग से टक्कर लेती हुई।

''मैं हूँ वनमाली—''

वह एकटक, चुपचाप पिछली रातवाले काउंटर क्लर्क को देख रही है, उस बदतमीज़ व्यक्ति को जिसे उसने साठ-सत्तर रुपए टिप दिए थे।

उसने अपना नाम लिया।

''जानता हूँ—'' वनमाली ने मुस्कराकर कहा, ''कल रात 'चेक इन' मैंने ही किया था। उसकी आँखों में कौतुक था—''आइए—आपको कुछ लोगों से मिलाऊँ।''

वह एक अच्छी लड़की की तरह उसके साथ हो ली। क्या मालूम था कि साधारण-सी सफ़ेद कमीज़ और ख़ाकी पतलून में काउंटर के पीछे बैठा व्यक्ति मालिक होगा। इस वक़्त तो जनाब ख़ासे सजे-वजे हैं पर रात को नौकर जैसे ही दीख रहे थे।

कमरा बहुत बड़ा है, यहाँ-से-वहाँ तक दीवारें। छत से लेकर काफ़ी नीचे तक पारदर्शी काँच। अवश्य ही समुद्र-छटा देखने के लिए डिज़ाइन किया गया है, पर अभी बाहर कुछ नहीं दिखाई देता। सघन, प्रच्छन्न अन्धकार-ही-अन्धकार। देखो तो काँच में अन्दर कमरे का ही प्रतिबिम्ब है, मोमबत्तियों, लैम्पों और अतिथियों का—जैसे यह कमरा यदि यथार्थ है तो दूसरा यथार्थ काँच के उस ओर है, बिलकुल ऐसी ही पार्टी—परन्तु वह केवल आँखों का भ्रम है।

"आप कब से हैं— ?" रँगाई के कामवाली छोटी-सी ड्रेस में एक युवती उससे पूछ रही है।

"कल रात से—"

"उफ़—मैं तो घबरा गई हूँ इस बरसात से। कौन जाने कब तक चलेगी—सुना है कि कई महीनों तक," वह एक मौन, सुननेवाले को पाकर अपने को रोक नहीं पा रही है, "जब धाड़-धाड़ पानी गिरता है तो लगता है कि सब कुछ उसी में डूब जाएगा—सोचकर ही मेरा दम घुटता है—"

वनमाली ने आकर युवती की बाँह पर हाथ रखकर कहा—"सिल्वी, तुम ख़ामख़ाह परेशान हो रही हो, बताओ, क्या लोगी ? और रेड वाइन ? लोबो—"

लोबो पुकार सुनते ही प्रगट हो गया है, आधी ख़ाली बोतल से सिल्वी का गिलास तीन-चौथाई भरकर वह उसकी ओर उन्मुख होकर पूछता है—"आप मैडम ?" वह बार पर नज़र डाल चुकी है, उसे सोचते देखकर लोबो सुझाव देता है, "कुछ गरम ड्रिंक दूँ—आपको अच्छा लगेगा—"

सिल्वी की बाँह पर वनमाली का हाथ अभी भी टिका है, क्या यह अधिक आन्तरिकता का संकेत नहीं करता—आपके लिए मैं भले ही बैरा जैसा दीखता होऊँ—पर देखिए मेरा पेण्ट हाउस—और यह गोरी, विदेशी युवती—

वह लोबो से कहती है, "हाँ, गरम चलेगा, मुझे ठंड-सी लग रही है—"

लोबो ने गरम सूप का प्याला उसे लाकर थमाया—"इसमें कुछ डाल दूँ ?" और बिना रुके सूप में रम की बोतल से काफ़ी मात्रा में शराब उड़ेल देता है।

उसने चम्मच से सूप हिलाया, झीनी शिफ़ान और खुली बाँहों में सचमुच कँपकँपी-सी लगने लगी थी, गरम-गरम सूप अच्छा लग रहा है।

क्या वनमाली अपने को आकर्षक समझता है ? वह अनायास सोच उठती है। उसमें काफ़ी आत्मविश्वास लगता है, क्या इस रिज़ौर्ट के मालिक होने का ? मालिक है तो पैसा तो होगा ही, और दीख भी रहा है, फ़र्नीचर, दीवारों पर की पेंटिंग, कार्पेट और उदारता से प्रस्तुत की जानेवाली मदिरा। उसने वनमाली पर

दुबारा दृष्टि स्थिर की, आँख, कान, होंठ सभी दुरुस्त हैं, अनुपात में। नहीं, बदसूरत तो नहीं कह सकते, व्यक्तित्व है और इस समय आतिथेय होने और महँगे सूट की ठसक। क़द भी ठीक-ठाक है, और सूट के नीचे एक सुगठित-सुडौल शरीर का आभास है, कुल मिलाकर ठीक-ठाक। पर मैं यह सब क्यों सोच रही हूँ ? मुझे वनमाली में कोई दिलचस्पी नहीं है, वनमाली ही क्यों, किसी में भी नहीं।

वनमाली की हँसी में खिंचाव है, यह तो मानना ही पड़ेगा, इसीलिए रह-रहकर हँसता है।

ख़ाली प्याला उसके हाथ से ले लिया गया है। अब झींगे और चिकन लॉलीपॉप की ट्रे घुमाई जा रही है।

"आप बकार्डी में नीबू और गरम पानी लें।"—एक अच्छे आतिथेय की तरह वनमाली अब उसके पास है, "लोबो ने बताया, आप घंटों बारिश में बैठी रहीं—"

"मुझे बरसात अच्छी लगती है, विशेषकर मानसून के बादल, वैसे वहाँ भी बरसात होती है पर हमेशा गरज-तरज, बिजली, अंधड़ और तूफ़ान के साथ—"

यही एक समस्या है, दो घूँट अन्दर गईं नहीं कि वह बहुत मुखर और वाचाल हो जाती है। ध्यान में यह आते ही उसने मुँह एकदम बन्द कर लिया।

"या फिर कोका कोला—" वनमाली ने सुझाव दिया, यह कभी अपने पद से विस्थापित नहीं होते, हर समय हरेक के लिए, इस रिज़ॉर्ट के मालिक। नाम भी तो चुनकर रक्खा है, पैरेगौन।

कब और कैसे उसने बकार्डी में नीबू और कोका कोला पीना शुरू कर दिया, उसे स्वयं ही नहीं याद है। बस यह याद है कि वह कोने में पड़ी आरामकुर्सी पर बैठी, तन्मयता से वर्षा और तूफ़ान का निनाद सुन रही थी। कहीं कोई खिड़की रह-रहकर भड़भड़ा रही थी, और हवा पेड़ों को क्रूरता से झकझोर रही थी, यह भी एक संगीत था, इसमें लय भी थी और ताल भी।

पर नहीं, यह तो बाद की बात है, अपने नीचे तलवाले उस कमरे में सीले-सीले बिस्तर पर पड़ी हुई थी, तब की। वनमाली की पार्टी में वार्तालाप और चहल-पहल में बाहर के स्वर खो गए थे।

शराब उसने हाल में ही पीनी शुरू की थी, पहले भी परहेज़ नहीं था, कभी-कभार पार्टी वग़ैरह में एक-आध गिलास पी लेती थी। कभी लैंड-लेडी श्रीमती पैमला मार्टिन के कहने पर ब्रैंडी या पोर्ट की गिलसिया। यह तो कैंसर की डायग्नोसिस और उपचार प्रारम्भ होने का समय था, घबराहट और आतंक का। अपने शरीर के कम्पन और हृदय की धड़धड़ाहट पर क़ाबू पाने के लिए उसने

ब्रैंडी लेना शुरू कर दिया था। ब्रैंडी इसलिए कि कभी किसी ड्यूटी-फ्री एयरपोर्ट पर उसने पैमला के लिए ली थी पर न जाने क्यों उन्हें दी नहीं।

पर अपने को पूरा-पूरा पियक्कड़ होने से उसने रोक रक्खा था। तीसरी गिलसिया पर उसे लगता था कि शरीर गर्म हो गया है और हृदय पर पड़ी खरोंचों का दर्द अब असहनीय नहीं लगता। बिस्तर पर पड़े-पड़े वह सोचती है—तभी सारे दिल-टूटे शराब पीने लगते हैं। शराब दुख, दर्द और परेशानियों को कुंठित कर देती है, भले ही थोड़ी देर के लिए ही। तभी तो देवदास पारो से बिछुड़कर शराबी बन गया था। यह उसकी कमज़ोरी नहीं, एक कोपिंग मैकेनिज़्म था, जीते रहने का संबल जिससे ज़िन्दगी की छलना को वहन किया जा सकता था। कितना गहरा सत्य चित्रण किया था शरत्चन्द्र ने, पर जिन्होंने भोगा नहीं, देवदास को कमज़ोर समझते रहे। "ज़्यादा नहीं—" डॉक्टर ज़ैकरी ने कहा, "एक-दो गिलसियाँ रात को—पेनकिलर के साथ तो बिलकुल नहीं..."

डॉ. ज़ैकरी को यह सब कहने की कोई ज़रूरत नहीं थी। नियंत्रण करना उसे ख़ूब अच्छी तरह आता है, शरीर पर, भावनाओं पर, पैसे-टके पर, सम्बन्धों में। अपने पर से कंट्रोल हट जावे, इतना पीने की हद उसे मालूम चल गई थी—दो गिलसियाँ।

बकार्डी में थोड़ी-सी कड़ुआहट थी, यह ड्रिंक मेरी फ़ेवरिट नहीं होगी—कहा तो उसने अपने-आप से था, पर शायद मुँह से निकल गया, क्योंकि वनमाली ने सुना और तुरन्त उसका गिलास हाथ से लेकर कहा, "पसन्द नहीं आई—तो कुछ और मँगवाऊँ ?" उसने भर-आँख वनमाली को देखा—"पर यह तो पसन्द के लिए नहीं, ठंड से बचने की दवा है, है न ?"

हल्के-से सुरूर की यह अवस्था पसन्द है, थोड़ी शोखी, थोड़ी अदा आ जाती है। अपने में संपृक्त, अपने में ही कुंडली मारे संयत व्यक्तित्व पर कसाव कुछ ढीला पड़ने लगता है।

वनमाली के साथ वह भी हँसती है। वनमाली उसके पास बैठा है। कमरा ख़ाली-ख़ाली है, अतिथि भोजन करने पास के कमरे में चले गए हैं।

"बरसात आपको अच्छी लगती है ?"

"हाँ—वह खचाखच सावनी में गुलाबी और बैंगनी फूल, चम्पा के पेड़ में मादक गन्ध, रात की रानी, मोगरा—सब गमकने लगते हैं..." इस समय वह बचपन में चली गई है और पापा जब उपकुलपति निवास में रहते थे, तब का उद्यान याद कर रही है। "मैं हवाई से चम्पा का पेड़ लाई थी। पाँच साल के बाद उसमें फूल आए थे—कितने सुन्दर, अवर्णनीय पुष्प थे वह—उसके बाद के

बरसों में—कुछ भी नहीं। फिर भी मैंने उसे रक्खा, इस आशा में कि वह फिर फूलेगा...''

''उसमें फ़ॉस्फ़ोरस डालने से फूल आएँगे।'' वनमाली ने कहा, ''साधारण खाद में अधिकतर होते हैं, नाइट्रोजन 15 प्रतिशत, फ़ॉस्फेट 30 प्रतिशत और पोटाश 15 प्रतिशत। यदि आप नाइट्रोजन और पोटाश दस-दस प्रतिशत करके फ़ॉस्फेट को बावन या पचपन परसेंट कर दें तो हर साल फूल आएँगे...''

''आप इसके विशेषज्ञ जान पड़ते हैं।''

वनमाली मुस्कराया, ''जी, सही है, हॉर्टीकल्चरिस्ट और प्लांट पैथोलॉजिस्ट हूँ मैं।''

''अच्छा, मैं याद रक्खूँगी।'' उसने कहा और कहने के साथ ही सोचा—''कौन याद रखनेवाला है यह गणित—और दूसरा प्रश्न मन में उठा—इन्हें ज़रा भी नशा नहीं है, सौ प्रतिशत होशोहवास में हैं, यद्यपि बराबर हाथ में गिलास रहा है—''और बाक़ी ?'' उसने वार्तालाप चालू रखने के लिए कहा।

''वह तो फ़िलर होते हैं, वॉल्यूम देने के लिए।''

''अच्छाऽऽऽ,'' वह सोचने की मुद्रा में बोली, यद्यपि उसके लिए यह एकदम सतही और दो मिनट में ही भूल जानेवाले स्तर पर चल रहा था, ''मैं तो बाज़ार से ही वृक्ष-भोजन का डब्बा लेती हूँ।''

वनमाली थोड़ा-सा मुस्कराया—''वह कैमिकल भोजन देने से वृक्ष हमेशा भूखे और अतृप्त रहते हैं,'' उसने कमरे की ओर दृष्टि घुमाकर देखा; वहाँ केवल फ़र्श से लेकर छत तक पारदर्शी काँच की दीवारें थीं, कहीं कोई हरा पौधा नहीं था, खचाखच भरा, गुलाबों का एक-एक गुलदस्ता यहाँ-वहाँ रखा था।

''तो आप ग्रीन गार्डनर हैं—सब कुछ नेचुरल, स्वाभाविक, जैसा प्रकृति में होता है—''

''जी, अपने मामले में तो हूँ ही—वैसे व्यावसायिक रूप से फूल उगाए जाएँ, तब तो प्रकृति को थोड़ा उकसाना पड़ता है; मदद करनी पड़ती है।''

''जीऽ,'' कहकर उसने सहमति में सर हिलाया।

''तो नेचुरल भोजन क्या ?'' उसने बात का तार खींचा।

''कम्पोस्ट टी।''

''यह क्या ?''

''खाद से बनी चाय।''

''अच्छा ? पेड़ भी चाय पीते हैं ?''

वनमाली ने अपना गिलास उठाकर बर्फ़ के टुकड़ों को हिलाया—काँच के

गिलास में से प्रकाश की किरनें फूटीं। वनमाली ने गिलास हिलाया तो सही, पर एक घूँट भी नहीं पिया।

"पौधों को यह चाय बहुत पसन्द है, ख़ासकर गुलाबों को। उनकी जड़ों में माइक्रोआर्गनिज़्म काफ़ी सक्रिय हो जाते हैं।"

आगे कुछ और कहने से पहले वनमाली ने कहा, "क्षमा करें," और नए आए अतिथियों का स्वागत करने दरवाज़े की ओर बढ़ गया।

अब वह अकेली थी और सोच रही थी कि यह बरसाती मौसम, जो भारतीय मानस में प्यार करने का समय समझा जाता है, 'मेघदूत' से लेकर फ़िल्म संगीत तक, और उससे बातें हो रही हैं अतृप्त पौधों की, खाद की, पोटाश और फ़ॉस्फ़ोरस की, शायद वनमाली के लिए इसी में रोमांस और आकर्षण हो। उसने याद किया, एक कांफ्रेंस में पुरातत्व वाले खुदाई में निकले एक ठीकरे को लेकर कितने उत्तेजित हो गए थे और दो दिन तक उसी वाद-विवाद में उलझे रहे थे। उसने गुलाब के फूलों को फिर देखा; काँसे के पुराने कटोरों की तरह बड़े-बड़े, घनी पंखुड़ियोंवाले ऐसे फूल कम नज़र आते हैं। उसने झुककर सूँघने की कोशिश की—हल्की-सी सुगन्ध थी, मिर्ज़ापुरी गुलाबों की तरह मदमस्त महक नहीं।

वनमाली थोड़ी देर बाद लौटा तो उसने कहा, "मैं पूरी बरसात रहना चाहूँगी।"

"आपका स्वागत है। मुझे अच्छा लगेगा।"

उसकी आवाज़ में कहीं सच्चाई की खनक है।

"अब मैं चलूँगी।" वह सहसा ही बहुत थका-सा महसूस करने लगी है।

"पर आपने तो कुछ खाया ही नहीं—रुकिएगा मैं कुछ लाता हूँ।"

रोकने के लिए खुली बाँह पर हलका-सा स्पर्श, जैसे तितली ने फूल को चूमा हो।

उसके आगे अब एक ट्रे है, ट्रे में प्लेट, चिकेन, चावल, गोभी-मेथी, खुम्भदुलमा—लोबो ने एक छोटी मेज़ खिसकाकर ट्रे रख दी, और ख़ाली गिलास में सफ़ेद डाले या लाल—दो बोतलें लेकर तत्पर खड़ा है।

"सिर्फ़ पानी।" वह कहती है।

खाने के बाद उसने वनमाली को खोज लिया है।

"शुभ रात्रि ! निमन्त्रण के लिए धन्यवाद।" वनमाली ने तुरन्त हाथ की प्लेट और चम्मच रख दिए, "मैं आपको नीचे तक छोड़कर आता हूँ।"

"उसकी ज़रूरत नहीं है, मैं चली जाऊँगी। मैं होशोहवास में हूँ।"

"जानता हूँ, आप हमेशा होशोहवास में रहती हैं।"

"हमेशा ? कैसे जानते हैं ?"

उत्तर न देकर वनमाली साथ हो लिया। लिफ़्ट में नीचे जाते हुए उसे वनमाली के निकट होने का बोध है। पर उसे अब किसी भी पुरुष की चाह नहीं है। जैसे इतने पानी में आपादमस्तक सराबोर होकर मन का वह कोना रीता ही है—उसके कमरे के आगे रुककर वनमाली ने कहा, "आज आप आराम कीजिए। कल आपकी कॉटेज तैयार हो जाएगी।"

"धन्यवाद।"

उसने दरवाज़ा अन्दर से बन्द कर लिया, साड़ी उतारकर कुर्सी पर फेंक दी, जहाँ वह लाल रंग की सरिता-सी भूमि पर लोटती रही।

सुबह सब कुछ शान्त है, पिछली शाम और रात की तुलना में—हवा अभी भी है पर समुद्र की लहरें उतनी उन्मत्त नहीं हैं। दूर-दूर टूटे हुए पेड़, टहनियाँ और छप्पर रेत पर पड़े हुए हैं। अभी कोई सफ़ाई या ठोका-पीटी नहीं है। तूफ़ान के बाद की ऐसी ही शान्ति अब वह स्वयं महसूस कर रही है।

वह शिफ़ॉन की साड़ी उठाकर तह करती है। बरसों काले, भूरे और स्याह कपड़े पहनते-पहनते अपने जीवन में कुछ नया लाने के लिए उसने यह चटख़ रंग ख़रीद लिया था।

कमरे के बाहर नाश्ते की ट्रे रक्खी है। सुबह-सुबह आया होगा, पर उठने का मन नहीं हुआ था जब दरवाज़े पर हलकी दस्तक हुई थी—ट्रे अलग खिसकाकर वह लाउंज में आती है; शायद सुबह-सुबह कुछ लोग आ गए हैं—लाउंज में चहल-पहल है।

"मैडम—कॉफ़ी लेंगी ? मशीन चालू है।"

"कॉफ़ी चलेगी।"

लोबो ने एक मेज़ सरकाकर उसके लिए कुर्सी हाज़िर कर दी है, बैठते ही गरमागरम कॉफ़ी और एक प्लेट में कटे हुए पपीते और ख़रबूज़े, साथ ही टोस्ट, मक्खन, जैम।

वह धीरे-धीरे टोस्ट खा रही है और सामने फैला विनाशकारी दृश्य देख रही है। पोर्टिको में एक सफ़ेद वैन रुकी है, उसमें से वनमाली उतरता है, चाभी लोबो को पकड़ाकर उसकी ओर छोटी-सी मुस्कान फेंककर वह अन्दर चला जाता है, जो शायद उसका दफ़्तर होगा।

आते-जाते उसने देखी हैं पुस्तकों से भरी अलमारियाँ। उनमें कुछ गम्भीर, साहित्यिक नहीं होगा, उसे पता है, मोटे-मोटे पेपरबैक, जिन्हें यात्री विमान यात्रा के दौरान पढ़ने के लिए ख़रीदते हैं, या भारत में छपी दर्शन और पर्यटन की सामग्री जो लौटने के बाद काम की नहीं होगी। फिर भी दृष्टि डालती है और 'गीतांजलि' निकाल लेती है।

"मैडम—वैन पंजिम जा रही है—आप घूमने के लिए जाना चाहेंगी ?" लोबो ने पूछा। एक त्वरित क्षण में निश्चय करके उसने कहा, "हाँ—इट्स अ गुड आइडिया। मैं अभी कपड़े बदलकर आई।"

यद्यपि वह जींस और टी-शर्ट पहने है पर शायद बाज़ार के लिए कपड़े बदलना ठीक रहेगा, जो पर्यटक वैन के आगे खड़े हैं, सभी ठीक-ठाक कपड़े पहने हैं, स्त्रियाँ पूरी-पूरी बाँहों की कुर्तियाँ और सबके सिरों पर स्कार्फ़।

वह झटके-से वही साड़ी निकालती है जो सूटकेस में ऊपर ही है, सूती ईकात, गुलाबी पृष्ठभूमि पर काला बॉर्डर, जब वह बाहर पहुँचती है, पहली वैन जा चुकी है और दूसरी वैन ख़ाली खड़ी है और ड्राइवरवाली सीट पर वनमाली। वह ठिठकती है, "आइए," वनमाली खिड़की से सर निकालकर कहता है, "आप पंजिम जा रही हैं न ?"

वह बैठती हुई पूछती है, "बाकी लोग ?"

"वह साइट सीइंग के लिए गए हैं, सेंट ज़ेवियर का चर्च, काजू के खेत..."

वैन चल पड़ी है, "काजू खेत में उगता है ?" वह बच्चों की तरह भोली मुद्रा में पूछती है।

"उस तरह खेत में नहीं जैसे अनाज," वनमाली ने उसका प्रश्न गम्भीरता से लिया है, "पर जहाँ एकड़ के बाद एकड़ काजू के पेड़ हों, उसे मैं खेत कहूँगा।"

"कुछ भिन्न होता है काजू का पेड़ ?"

वनमाली वैन किनारे पर रोक देता है, ईंटों की बाउन्डरी के पार इशारा करते हुए कहता है "वह देखिए, काजू का पेड़ और उसके पीछे, लम्बे तनेवाला सुपारी का।"

पेड़ तो पेड़ ही है, उसमें कहीं कुछ अद्‌भुत या विचित्र नहीं है।

"मैंने सोचा था कि अंगूर के गुच्छों की तरह काजू लटकते होंगे," वह कहती है।

"जब मैं छोटा था तो सोचता था, चन्दन के वृक्षों के आसपास उनकी सुगन्ध मँडराती होगी, ऐसी कि उनके तनों से साँप लिपटे रहते होंगे, पर चन्दन का वृक्ष ऐसा कुछ नहीं निकला।"

वे बाज़ार पहुँच गए हैं, "हम एक घंटे में यहीं मिलें ? आपको जगह याद रहेगी न ?"

"जी।" वह वैन से उतरती है, दाईं ओर कॉफी की दुकान, बाईं ओर बैंक, उसके बाद काजू की दुकान और बने बनाए कपड़ों की, 'पहरावा'। याद रहेगी।

"सड़क का नाम याद कर लें, यहाँ गुम हो जाना बड़ा आसान है।"

"मैं घंटे-भर में यहीं मिलूँगी, पक्का वादा," उसे वनमाली का चिन्ता करना अच्छा लगा।

वह थोड़ी देर बाज़ार में घूमती रही, उसे लगा कि उसने साड़ी पहनकर ठीक किया, वह भीड़ में घुल-मिल गई है, बाज़ार की चहल-पहल में एक-सार। पैरेगौन रिज़ौर्ट के एकान्त और स्तब्ध मौन के बाद यह बरसाती बाज़ार कितना जीवन्त और कार्यरत है। पटरियों पर विक्रेता सामान लगा रहे थे, प्लास्टिक के बर्तन; छलनी, मथानियाँ और साबुनदानी, मटमैले कपड़े पर सुरुचि से सजाए गए नीबुओं का एक पिरैमिड। उसके पास ही साबुत जायफल, जावित्री, दालचीनी के प्लास्टिक के पैकेट।

भीड़-भाड़ काफ़ी है पर ग्राहक कम, विक्रेता सभी को आशापूर्ण दृष्टि से देख रहे हैं, वर्षा और तूफ़ान में यही पटरियों वाले मारे जाते हैं, ज़रा-सा मौसम खुला तो बिक्री के लिए निकल पड़े।

उसने जायफल के दो पैकेट उठा लिये, फिर एक पैकेट दालचीनी का भी। एक हरे रंग की मथानी और आठ नींबू, सामान उठाकर उसे लग रहा है कि उसने तीनों दुकानदारों के साथ न्याय किया है। फिर वह अनमने भाव से 'पहरावा' में घुस गई।

"आइए मैडम।" कहकर उसका स्वागत हुआ।

"वो जो नारंगी रंग की साड़ी..." उसने दुकान के आगे चुन्नट की हुई साड़ी की ओर संकेत किया।

दुकानदार के चेहरे पर थोड़ा ताज्जुब आया, परन्तु उसने शेल्फ़ से वैसी ही साड़ी निकालकर दिखाना शुरू कर दिया, कपड़ा चिकना था, मिल की छपी हुई साड़ी। दाम पौने तीन सौ। वह पहनेगी नहीं, यह जानते हुए उसने साड़ी नहीं ख़रीदी, पर दुकान में घुसी है तो कुछ लेना ही चाहिए। वह एक सफ़ेद, एक काली टी-शर्ट लेती है, दोनों पर एक ताड़ का झुका हुआ पेड़ अंकित है और उसके नीचे गोवा ग्रीटिंग्ज। छोटे साइज की उपलब्ध नहीं है, वह एक्स्ट्रा लार्ज ही ले लेती है,

रात में पहनने के काम आ जाएँगी।

एक घंटा पूरा होने में अभी समय था। वह पास की कॉफ़ी-शॉप में चली गई। सूरज की रोशनी से अन्दर के धुँधलके में जाकर जब आँखें अभ्यस्त हुईं तो देखा कि एक मेज़ पर वनमाली अकेला बैठा है।

''अरे ऽऽऽ,'' वह उसकी ओर बढ़ आई, पर बैठी नहीं। ''आपका काम ख़त्म हो गया ? इतनी जल्दी ?''

''बैंक में कुछ काग़ज़ देने थे, बैठिए।''

उसने दो कॉफ़ी का आर्डर दे दिया। वह बैठ गई और प्लास्टिक का थैला उसने पास की कुर्सी पर रख दिया।

अब वह आमने-सामने बैठे हैं, एक-दूसरे को सीधे-सतर देख सकते हैं।

झागदार कॉफ़ी का घूँट लेते हुए उसने सोचा कि कुछ कहे। पर बीच में जो मौन था, उसे भंग करने की इच्छा नहीं हुई। वनमाली ने भी वार्तालाप का कोई प्रयास नहीं किया। बिल आने पर जब स्वभावानुसार पर्स खोला तो वनमाली ने उसे हाथ के इशारे से रोका, ''मुझे देने दें।''

उसने पर्स बन्द कर दिया, ''धन्यवाद।''

वैन थोड़ी ही दूर गई थी कि याद आया, कि जायफल, मथानी और नींबू का पैकेट पीछे ही छूट गया है। 'जा ऽऽ ने दो,' उसने अपने-आप से कहा—''अगले कॉफ़ी पीनेवालों को एक तोहफ़ा...साबुत जायफल का करती भी क्या ? हाँ, मथानी खोने का थोड़ा-सा दुख है।''

भया कबीर उदास

कैंसर डायरी

मैंने जब पहली बार उस गाँठ को देखा, तभी मन में 'कैंसर' शब्द कौंध गया। कई बार दबा-दबाकर देखा, सिर्फ़ सख़्त, कड़ी, पीड़ाहीन गाँठें...

कई दिनों तक बार-बार अनावृत्त करके देखती रही, अपने को समझाती रही, पैंतीस-छत्तीस साल की आयु में वक्ष कैंसर नहीं होता। यह तो बड़ी उम्र की औरतों का रोग है।

फिर भी एक्सरे, मैमोग्राम करवा लिया जाए।

मैमोग्राम की रिपोर्ट—एब्नॉर्मल। एक के बाद एक कई रेडियोलॉजिस्ट ने देखी, सामूहिक निर्णय—बायोप्सी होनी चाहिए।

बायोप्सी के बाद रिपोर्ट का इन्तज़ार। नॉर्मल रहो, घर जाओ, पशु-पक्षियों को दाना-चुग्गा, कॉलेज में क्लास में जाओ, पढ़ाओ, मैं अपने को दिलासा देती रहती हूँ—सब कुछ ठीक निकलेगा, ज़िन्दगी की गाड़ी उसी तरह पुरानी पटरी पर चल निकलेगी, मुझे यह रोग हो ही कैसे सकता है ? कितना स्वच्छ, सात्विक, राग-द्वेष से परे जीवन जी रही हूँ।

फिर भी, कभी-कभी।

नहीं, मैं भीत नहीं हूँ—न इस विचार से कि यदि बायोप्सी में कैंसर निकल आया तो क्या होगा—मैं अकाल मृत्यु से भी नहीं डरती।

मैं रिक्त हूँ, मौन, अपने में डूबी, प्रतीक्षारत।

उन दिनों मुझे बार-बार वसुन्धरा जी, अपर्णा और यूथिका का ध्यान आता रहा। तीनों का कैंसर वक्ष से प्रारम्भ होकर पूरे शरीर में फैल गया था, वसुन्धरा जी के ब्रेन में, अपर्णा के फेफड़ों और यूथिका की हड्डियों में। यह बात दूसरी थी कि फैलने में उसे सालों लगे थे। एक कैंसर कोष को बढ़ते-बढ़ते प्रकट होने तक साठ महीने लगते हैं। जब संख्या दस लाख हो जाती है, तभी उसका पता चलता है। तभी तो इस रोग को 'मौन हत्यारा' कहा जाता है।

एक उजली शाम। पीछे बगिया में झूले पर बैठकर मैं अपना वनस्पति-संसार देख रही हूँ। जिधर दृष्टि जाए, फूल-ही-फूल—वह भी सब एक योजना के अनुसार। मैं कभी वही फूल दुबारा नहीं लगाती—इस बार मूनलाइट गार्डन लगाया है, यानी सब सफ़ेद ही फूल, जो चाँदनी रात में भी दिखें, धतूरा, तम्बाकू, सदाबहार, सफ़ेद ज़िनिया...

फ़ोन पर आवाज़ डॉ. ज़ैकरी की है :

"मुझे दुख है—यह कहते हुए कि—बायौप्सी में कैंसर के सेल निकले हैं।"

मैं अवाक्।

"परसों ऑफ़िस में आना—तब विस्तार से बात होगी—आइ'म वैरी-वैरी सॉरी।"

"धन्यवाद, डॉक्टर ज़ैकरी—इस फ़ोन के लिए। परसो मिलेंगे।"

मैं चुपचाप कुछ समय झूले पर बैठी रहती हूँ, फूल हवा में धीरे-धीरे हिल रहे हैं, हर छोटे-से-छोटा झोंका मिश्रित सुगन्ध अपनी ओर बटोर लाता है। सभी कुछ वैसा है जैसे ज़ैकरी के फ़ोन आने से पहले था।

मुझे कैंसर हो गया है ? मैं अपने-आप से पूछती हूँ। हाँ, मुझे कैंसर हो गया है, बगिया में बैठे-बैठे अपने-आप दोहराती हूँ। फिर अविश्वास, क्यों ? कैसे ? मुझे कैसे हो सकता है ? ख़ानदान में, नानी, मौसी, माँ, किसी को नहीं।

नहीं, अवश्य पैथोलॉजी लैब में किसी से गलती हो गई है; किसी और का होगा। यहाँ अस्पताल का क्या, नवजात शिशु बदल जाते हैं; मृतकों के शव गलती से दूसरे की कब्र में दफ़ना दिए जाते हैं।

पर, एक किसी तल पर मैं जान रही हूँ कि यह सब झुठलावा है। जो डॉ. ज़ैकरी ने कहा है; वही सत्य है। कैंसर ! क्या इस जीवन का इतना भयावह अन्त मेरे ही भाग्य में था ? इस शरीर को, कितने यत्न से सजाया, सँवारा—उबटन, साबुन, क्रीमें, व्यायाम; शुद्ध भोजन; फिर भी यह शरीर धोखा दे गया। छाती से कहीं भी चला जा सकता है, ग्रन्थियों में, फेफड़ों में, कलेजे में, दिमाग में, हड्डियों में। विचारों पर कोई रोक नहीं; कहाँ-कहाँ के भय, किन-किन दूर अँधेरे कोनों में मन भटक जाता है। बहुत आक्रोश से—मुझे ही क्यों ? क्यों मुझे ही ?

वह सप्ताहांत इंटरनेट पर रिसर्च करते हुए बीतता है—उससे डर घटता नहीं; कैंसर की स्टेज, कैंसर रोगी के जीवन की अवधि, कैंसर के कारण, कैंसर का उपचार...

मैं अँधेरे में डॉ. हैदर की बात याद करती हूँ, पाँच-छह साल तक। पर किस दशा में, क्षत-विक्षत अंग, सिर केशहीन, शरीर दुर्बल और शक्तिहीन–

पाँच-छह साल ? अभी तो मैंने मरने के बारे में सोचना शुरू भी नहीं किया है–पैंतीस साल में क्या कोई भी ऐसा सोचता है ?

मुझे भय नहीं है मौत से–भय है ब्रेन कैंसर का, जिसके उपचार में व्यक्ति रुग्ण शरीर मात्र रह जाता है। बातचीत, याददाश्त, चलना-फिरना सब कुछ खोकर बिस्तर पर फिर शिशु की तरह से पड़े रहो। नली से द्रव, भोजन और बड़े लोगों के लिए बने विशेष पोतड़े।

मैं काँप-काँप जाती हूँ। किसी से कहना चाहती हूँ–सुनो मेरी छाती में कैंसर हो गया है, मुझे मालूम नहीं कितना बढ़ चुका है–अभी इस समय भी वह रंध्र मेरे पूरे शरीर में आक्रामक भाव से दौड़ रहे होंगे; न जाने कहाँ-कहाँ तेज़ी से बढ़ रहे होंगे–स्वस्थ कोषाणुओं को लीलते हुए।

पर ऐसा कोई भी नहीं है; कोई ऐसा मित्र, बन्धु-बान्धव, बाल-बच्चा, पति या प्रेमी आगे-पीछे कोई भी नहीं–तब घूँट लो अपने-आप। गालों पर कुछ गीला-गीला है, तब बोध होता है कि मैं रो रही हूँ–

कैंसर सोसाइटी की मदद लाइन पर मैं नितान्त अजनबी से कहती हूँ, "मुझे बहुत डर लग रहा है–आगे न जाने क्या होगा..."

सुबह की ठंडक में नींद आ जाती है; जब आँख खुलती है तो पहला विचार–"मुझे–" आगे कुछ और सोचने की ज़रूरत नहीं है।

"छोटी-छोटी गाँठें," डॉक्टर ज़ैकरी कह रहे हैं, "दोनों ब्रेस्ट्स में, मैं कैसे कहूँ, उन्हें निकालना पड़ेगा।"

मैं चुप, स्तब्ध, जैसे सिर पर किसी ने हथौड़े चलाने शुरू कर दिए हों। उनकी घन्, घन्, घन् कानों में गूँजने लगी।

"मैं बहुत डर रही हूँ।"

"स्वाभाविक है, घर में कोई देखभाल करनेवाला है ?"

"नहीं।"

"ख़ैर, उसका हम प्रबन्ध कर देंगे, होम हेल्प से नर्स आकर ड्रेसिंग कर जाया करेगी, खाना-पीना बाहर से, पर कीमोथेरपी के दौरान किसी को साथ रहना चाहिए, मगर उसकी बात हम बाद में करेंगे।"

अभी मैं एकदम सुन्न हो गई हूँ, मन में कोई भी खुदबुद या हलकी हिलोर

तक नहीं है। यह सब मुझसे अलग, कहीं और, किसी और के साथ घटित हो रहा है, यह सब मुझे क्यों होगा ? अब तक लगता था कि कहीं किसी से ग़लती हो गई है, कि डॉ. हैदर क्या जानें, ऐसे ही फटाक-से कह दिया कि आपको बहुत आक्रामक कमोडो नाम का कैंसर हो गया है। डॉ. ज़ैकरी चुप हैं और मुझे ताक रहे हैं, "यह मेरे प्रोफ़ेशन का सबसे त्रासद क्षण होता है जब मुझे किसी स्त्री से कहना पड़ता है कि उसे ब्रेस्ट कैंसर हो गया है, सच मानो, तुम्हें फ़ोन करने से पहले मुझे कितनी हिम्मत बटोरनी पड़ी थी। और अभी तो तुम–" वह चार्ट उठाकर देखते हैं, "केवल पैंतीस साल की ही हो, कितना लम्बा समय तुम्हारे आगे है।"

मैं चुप सुन रही हूँ, और कर भी क्या सकती हूँ ?

"मैं अभी मरने के लिए उद्यत नहीं हूँ।" मेरे मुँह से बिना सोचे-समझे शब्द फूट पड़े हैं।

"मौत के लिए कभी कोई तैयार नहीं रहता।" डॉ. ज़ैकरी सहसा मुस्कराकर कहते हैं, "हम तुम्हें मरने भी नहीं..."

"मैं डरती नहीं, मरने से, मगर रगड़-रगड़कर घिसटने से डरती हूँ।"

इसका कोई जवाब नहीं है; जो अभी एक्सरे और बायोप्सी में प्रकट हुआ है वह वहीं तक सीमित है या शरीर में और जगहों पर फैल गया है, यह तो बाद में ही पता चलेगा। बग़ल, गर्दन, फेफड़े, आँतें, हड्डियाँ, जिगर, गुर्दे, कहीं भी रक्त-प्रवाह के साथ आततायी घुसपैठ कर सकते हैं, कर चुके होंगे–यह सब एक बड़ा-सा प्रश्नचिह्न ही है।

डॉ. ज़ैकरी के प्रोफ़ेशनल चेहरे पर जो असहाय मुद्रा है, उसे न झेल पाकर मैं अस्पताल की खिड़की से बाहर देखने लगती हूँ। बाहर झील का नीला विस्तार है, और दूर कुछ नावें दिखाई दे रही हैं, झील कितनी नीली और शान्त दीख रही है पर हर साल तीन-चार व्यक्तियों को निगल जाती है। अभी कुछ ही महीने पहले दो विद्यार्थी नाव उलट जाने से डूब गए थे, एक की लाश मिली, दूसरा अभी तक लापता है।

अचानक अन्दर से कुछ उमड़ता है और आँखों से बड़े-बड़े आँसू टपकने लगते हैं।

एक सिसकी निकलती है, अन्दर-बाहर के सारे दुखों, सारे अभावों और भाग्य के अन्याय पर।

डॉ. ज़ैकरी डिब्बे से काग़ज़ का साफ़ रूमाल निकालकर उसे पकड़ा देते हैं। "आइ'म सॉरी–" और खड़े हो जाते हैं। यानी समय समाप्त। किसी और के आने की बारी।

"आई'म सॉरी टू—मैं कमज़ोर पड़ रही हूँ— अब मुझे बहुत डर लग रहा है।"

"यह स्वाभाविक है," वह उसकी पीठ हलके-से थपथपाते हैं, "हम पूरी फ़ौज के साथ इस लड़ाई में तुम्हारे साथ हैं..."

तुम्हें यह लड़ाई लड़नी ही पड़ेगी। जैसे ज़िन्दगी के हर अहम निश्चय से तुम भागती रही हो, वह अब नहीं चलेगा, तुम्हें कितने सारे निर्णय लेने पड़ेंगे, कोई दूसरा नहीं है जो मदद करे। यदि अपनी माँ आम माँओं की तरह होतीं तो उनसे कुछ अपेक्षा की जा सकती थी; पर वह तो संन्यास लेकर कभी कनखल, कभी ऋषिकेश रहने लगी हैं।

तुम डॉ. ज़ैकरी के कमरे से निकलकर गलियारे में खड़ी हो, पैरों में जैसे पानी भर गया है, चलने की शक्ति बची ही नहीं। दीवार का सहारा लेकर खड़ी हो और इन्तज़ार कर रही हो कि कब शक्ति लौटे और आगे क़दम बढ़ें। एक भारतीय डॉक्टर हड़बड़ाता हुआ पास से गुज़रा है, तुम्हें दीवार का सहारा लेकर खड़े देखकर एक सहानुभूतिपूर्ण दृष्टि डालता हुआ थोड़ा-सा ठिठकता है। तुमने मुँह फेर लिया है फिर भी उसने देखे हैं यह निर्बाध आँसू।

सम्पूर्ण कैंसर सेंटर के गलियारे में अकेली खड़ी रोनेवाली केवल तुम ही नहीं होगी। तुम आँसू पोंछ लेती हो, अपनी गाड़ी निकालती हो और घर चल देती हो।

डॉक्टर ज़ैकरी की नर्स मेरी मेडिकल हिस्ट्री ले रही है।

"शादीशुदा।"

"नहीं।"

ईवा की पेंसिल हवा में टँगी है, वह बहुत हलके-से पूछती है, "पार्टनर ? गर्लफ्रैंड ? बॉयफ्रैंड ?"

"कोई नहीं।"

ईवा के मुख पर भाव है—तो तुम अकेले समय कैसे बिता सकती हो ? क्या कोई इच्छा नहीं उठती, पुरुष-संसर्ग की, सहवास की...

मैं स्वयं ही यह विचार ईवा पर आरोपित कर रही हूँ, यहाँ सबके पुरुष या स्त्री मित्र होते हैं, ग्यारह साल से लेकर पिचानबे साल की उम्र तक।

"सर्जरी के बाद देखभाल ?"

"कोई नहीं, डॉक्टर ज़ैकरी ने होम हेल्प के लिए कहा था।"

"सम्बन्धी ? मित्र ?"

मैं ना कहती हुई सर हिलाती हूँ। सम्बन्धी तो कोई है नहीं, वैसे दूर के रिश्तेदार ढूँढ़ने से मिल ही जाएँगे; न कोई निकट की मित्र, जो आकर खड़ी हो और सही मायने में दोस्ती निभाए। डिनर खाने और गाड़ी में लिफ़्ट लेने के लिए तो सहेलियाँ निकल आती हैं, पर डॉक्टर के अपॉयमेंट में ले जाने की जब ज़रूरत पड़ती है तब सबको काम निकल आते हैं, मैं ही एक मूर्खा हूँ जो छह हफ़्ते तक अपर्णा को रेडिएशन ट्रीटमेंट के लिए ले जाया करती थी। ख़ैर, जो हुआ, जो किया उसका लेखा-जोखा करने से क्या फ़ायदा ? अभी तो अपनी ही नाव भँवर में फँसी हुई है।

"ऐसी स्टेज में सोशल सपोर्ट की बहुत ज़रूरत होती हैं। बात करने से, पीड़ा बाँटने से भार हलका होता है। अकेले-अकेले झेलने से और बाक़ी सबको रिजेक्ट कर देने से रिकवरी स्लो हो जाती है, आँकड़े बताते हैं कि जो पेशेंट परिवार, मित्रों के बीच, उनकी संवेदना के साथ यह युद्ध झेलते हैं, उन्हें ठीक होने में कम समय लगता है।"

"मुझे किसी की करुणा या संवेदना नहीं चाहिए।" मुझे अपना स्वर स्वयं कटु लगा, "मैं सब झेलूँगी और अकेले ही।"

ईवा चुपचाप चार्ट में कुछ लिख रही है।

तुम्हें तो मालूम ही है न, कि स्वदेशी बन्धु, स्त्रियाँ क्या कहेंगी, "बेचारी।" फिर सोचेंगी अपने में, "कर्मफल है यह तो, कोई क्या कर सकता है, जो तक़दीर में लिखा है वह तो होगा ही, नसीब ही ऐसा लाई हो तो..."

अब तक भाग्य या कर्मफल पर ज़्यादा सोच-विचार नहीं किया है, अभी तक तो अपने को भाग्यशाली ही समझती हूँ, धन-सुविधा में जन्म हुआ, बचपन में हमेशा एक नौकरानी रहती थी, गाड़ी में साथ कांवेंट जाती थी और ब्रेक में खाना लगाकर देती थी। हाईस्कूल तक आते-आते पापा एक नामी विश्वविद्यालय के उपकुलपति हो गए, उस पद की महत्ता-गरिमा दूसरी ही थी। आम लड़कियों से तो बचपन से मेलजोल नहीं था, जो सहेलियाँ थीं वह भी मेरी तरह आभिजात्य परिवारों की, जिनके पिता जज थे या सफल वकील, कमिश्नर या ऐसे ही कुछ। मेरे लिए आई.ए.एस. ऑफ़िसर ही खोजा जाएगा, जैसी परिवार की परम्परा थी। पापा के उपकुलपति बन जाने पर हम और भी अलग-थलग हो गए थे। ममी का नाम तो था सौजन्या, पर 'मैं सभी से विशिष्ट हूँ' के दर्प का प्रभामंडल उन्हें हर समय घेरे रहता था, और होता भी क्यों नहीं, ममी अपने सौन्दर्य के लिए दूर-दूर तक चर्चित थीं।

अपने को किसी भी प्रकार समर्पित न कर पाने, दूसरों के आगे मैत्री का हाथ न बढ़ाने के संस्कार मैंने ममी से ग्रहण किए थे। अगर किसी को मेरी मित्रता चाहिए तो वही पहल करे—इस भावना को पकड़े-पकड़े मेरी ज़िन्दगी कट रही थी।

पर अब ?

मैं कर्मफलों का विचार अभी भी नहीं अपना पा रही हूँ; मुझे विश्वास नहीं है कि मेरे पूर्वजन्म के कर्म, यदि पूर्वजन्म रहा होगा तब, इतने हीन होंगे।

यह महज़ इत्तिफाक़ है, या फिर उत्तराधिकार। नानी बहुत कम आयु में मर गई थीं, सुना था कि उनकी छाती में फोड़ा था, कभी किसी को बताया ही नहीं, और बताया भी होगा तो मालूम नहीं क्या उपचार हुआ होगा। अन्त समय में लोग उनके पास जाने तक से कतराते थे, मरी हुई मछली जैसी गन्ध आने लगी थी।

"कैंसर !" डॉक्टर स्टीवेन ने सुनते ही कहा था, "तुम्हारी नानी को अवश्य ही कैंसर रहा होगा, यदि ट्यूमर निकाला न जाए तो वह अन्दर-अन्दर ऐसे ही बढ़ता रहता है, जब फूटता है तो सारे शरीर में उसका ज़हर फैल जाता है। बहुत भयंकर, पीड़ा भरी मौत होती है। पर तुम फ़िक्र न करो—हम लोग यहाँ हैं तुम्हारे लिए।"

डॉक्टर ज़ैकरी सर्जन हैं, वह ऑपरेशन करेंगे। मेरी कैंसर टीम में दो डॉक्टर हैं, स्टुअर्ट और स्टीवेन। स्टुअर्ट कीमोथैरेपी करेंगे और उसके बाद रेडिएशन, तीनों में मुझे स्टीवेन भले लगते हैं, वह और भी रोचक बातें करते हैं—शायद ध्यान बँटाने के लिए। सारस उनका प्रिय विषय है, ठीक होने पर मैं निकटवर्ती 'सारस फ़ाउंडेशन' को देखने जाऊँगी।

कोई कितना समझाए-बुझाए, कितने आँकड़े दे, पहली स्टेज में अट्ठानवे प्रतिशत, दूसरी स्टेज में नब्बे प्रतिशत—पर मन को शान्ति नहीं मिलती।

मुझे ही क्यों ? मुझे ही क्यों ? क्यों ? क्यों ? प्रश्न बार-बार अन्दर उमड़ता-घुमड़ता रहता है, चरखी की तरह मन इन्हीं विचारों में घूमता रहता है। दूसरा पक्ष है, जब क्रोध आता है, उस नानी पर, जिसके चेहरे के छवि-पटल पर केवल एक धुँधला-सा अक्स मात्र है, "क्यों मुझे उत्तराधिकार में इतनी बड़ी सज़ा दे गईं, क्यों अपने रोग की सम्भावना मुझमें रोप गईं। याद नहीं मुझे, आपने कभी प्यार किया होगा ?"

दिन उजले हैं और रातें ठंडी, फूल अन्तिम चरण पर हैं, तुषार ने सारे सदाबहार नष्ट कर दिए हैं, बचे हैं तो दीवार की आड़ में तम्बाकू के सुगन्धित सफ़ेद-सफ़ेद फूल।

मैं नियत, निर्धारित दिन का इन्तज़ार कर रही हूँ जबकि डॉक्टर ज़ैकरी दोनों स्तन काटकर निकाल देंगे, और शायद उसी के साथ इस रोग का अन्त भी हो जाएगा। परन्तु मैं वहाँ तक नहीं सोच पाती हूँ, केवल कितना कुछ खोना पड़ेगा, इसी विचार में विकल रहती हूँ। आँखें दृष्टिहीन, हर समय जैसे पूर्ण सूर्यग्रहण।

मोह ! मुझे छोटे-से घर की एक-एक चीज़ से लगाव होने लगा है; एक-एक पत्थर जो नदी और समुद्र-तट से बटोरा गया है; चाणोद में नर्मदा से; हरिद्वार में गंगा से; और जो सामने के पेड़ के नीचे सजी हुई मूर्तियाँ हैं, मिट्टी की और स्फटिक की; दीवारों पर चित्र; अनगढ़ और पटु दोनों ही हाथों से अंकित—मेज़ें, कुर्सियाँ, बर्तन, गिलास, काँटे-चम्मच—यह सब धीरे-धीरे बरसों से संचय होता रहा है। मैं चुप बैठी हूँ, मेरा हृदय एक घायल पक्षी की तरह फड़फड़ा रहा है। यह सब जोड़ते-बटोरते, उठाते-धरते कभी सोचा था कि एक उजाले-भरे दिन में, एक फ़ोन आकर सब कुछ उथल-पुथल कर देगा।

हाँ, भय के पाश में एकदम जकड़ी बैठी हुई हूँ; कुछ नहीं कहना चाहती, किसी का कन्धा भी नहीं चाहिए सुबकने के लिए। इतने वर्ष किसी के मृदुल स्पर्श, सहानुभूति और साहचर्य के बिना बिता दिए थे।

फिर भी मैं कहना चाहती हूँ, पर शब्द मेरे गले में फँस गए हैं, 'मेरी दाहिनी ब्रेस्ट में कैंसर निकला है; पहले होगी सर्जरी, फिर कीमोथेरेपी, फिर रेडिएशन; उसके बाद भी क्या मालूम।'

दरवाज़े पर खट्‌खट होती है, होने दो; कौन होगा ? कुछ बेचनेवाला, चन्दा वसूलनेवाला; कुत्ते बिल्लियों की रक्षा के लिए, स्वच्छ जल और वातावरण के लिए।

मुझे अब किसी के लिए कुछ नहीं करना है। मैं एक ऐसी जगह पहुँच गई हूँ जिसमें केवल एक तरल अँधेरा है; जिसमें दिल की खट्-खट् कानों में कर्कश रूप से गूँज रही है। मेरे मुँह में कसैला-कसैलापन भर गया है और आँखें एकदम सूखी और जल रही हैं, जैसे मुट्ठीभर राख किसी ने उनमें झोंक दी हो।

वसुन्धरा, अपर्णा और यूथिका—मैं उनके चेहरे मन में उजागर करके देखना चाह रही हूँ, कैंसर से पहले, और बाद में, अन्त तक। यूथिका की मृत्यु सबसे बाद में और मेरी अनुपस्थिति में हुई थी, अपर्णा ने अन्तिम दिनों में झगड़ा कर लिया था। और वसुन्धराजी ? मरने से महीनों पहले ही उनके बेटे-बहू ने किसी को भी उनके कमरे में जाना या मिलना वर्जित कर दिया था।

फिर भी हर शाम कोई-न-कोई उनकी बैठक में दिखाई ही देता था। पूरे समय

भारतीय बिरादरी के किसी-न-किसी घर से खाना आया करता था, मैं भी एक बार बिरियानी और एक बार छोले-पूड़ी ले गई थी। जूली, उनकी अमेरिकी बहू ने दोनों बार ही मेरे स्टेनलेस स्टील के बड़े-बड़े भगौने रख लिये थे; और फिर वसुन्धरा जी के जाने के बाद मैं माँगती भी कैसे ?

मैं यह सब निरर्थक, अनर्गल बातें क्यों सोच रही हूँ, यदि कभी ऐसा इत्तफाक मेरे साथ हुआ भी, तो कोई एक कटोरी दलिया भी लानेवाला नहीं है। मैं जान रही हूँ कि इन फ़ालतू बातों में उलझे हुए मुझे इस बात को नहीं झेलना पड़ेगा कि मुझे भी कैंसर है।

अँधेरा होने पर सड़क एकदम शान्त हो जाती है। एक गोलाकार दायरे में सात-आठ घर—मेरा घर सड़क से दूसरा है। जब सामने की सीधी, चौड़ी सड़क पर कोई गाड़ी गुज़रती है तो उसकी रोशनी से बड़ी-बड़ी खिड़कियों के शीशे चमक उठते हैं। अन्दर सिर्फ़ मशीनों की आवाज़ें हैं, फ्रिज के चलने और बन्द होने की। मैं सड़क के बीचोबीच खड़ी हूँ—मेरी दोनों बाँहें ऊपर हैं, सतर, सीधी—आकाश के सितारों को चीख़कर सम्बोधित करती हूँ—मुझे कैंसर...और मैं उन लोगों की तरह—शलजम, पत्तागोभी के स्तर की होकर नहीं जीना चाहती...

एक स्त्री दौड़ते-दौड़ते रुक गई है, ''लिली ऽ तुम हो ? तुमने कुछ कहा ?''

''हाँ—जोन्सी, मुझे ब्रेस्ट कैंसर हो गया है।''

''आइ'म सॉरी।'' वह दौड़ने लगती है; फिर एकाएक थम जाती है, मुड़कर मेरे पास आती है—

''क्या मैंने ठीक सुना ? क्या तुमने कहा कि...''

''हाँ, तुमने ठीक ही सुना—आज ही मुझे ख़बर मिली है कि मेरी दाईं ब्रेस्ट में जो ट्यूमर है, वह कैंसरस है।'' जोन्सी की आँखें एक कातर भय से फैल जाती हैं, वह लड़खड़ा जाती है। दो क़दम पीछे हटकर वह औपचारिक रूप से कहती है, ''अगर मैं कुछ मदद कर सकूँ—तो कहना।''

''कहूँगी।''

मुझे यह स्पष्ट हो गया है कि मैं न कभी जोन्सी से कुछ कहूँगी, न जोन्सी को समय ही मिलेगा। वह पूरे समय बैंक में काम करती है, सुबह-शाम सड़क पर दौड़ती है।

मैं भागती हुई जोन्सी को उदास और अकेली हो आई दृष्टि से देखने लगती हूँ। हवा में उसकी पोनीटेल उड़ती है और सफ़ेद टी-शर्ट में उसके दोनों उरोज ऊपर-नीचे हिलते हैं और जूते ठक्-ठक् आवाज़ करते हैं।

जोन्सी की भावमुद्रा ने एकदम स्पष्ट कर दिया कि अन्य स्त्रियों पर मेरी बात की क्या प्रतिक्रिया होगी। पहले झटका, फिर अपने को लेकर थोड़ा-सा डर, फिर अपने को जल्दी-से-जल्दी उस स्थान से हटा लेने का उपक्रम।

मैं अन्तिम दिनों तक अपर्णा के पास अस्पताल जाती रही थी। मैंने कभी अपने बारे में नहीं सोचा—कैंसर कोई लगनेवाली बीमारी नहीं है। काम से लौटकर मध्याह्न में नर्सिंग होम में कुछ देर रुक जाना मेरे लिए कोई भी दिक्कत नहीं थी, उस समय अपर्णा अकेली ही होती थी। नीले गाउन में, सिर पर टोपी, उड़े हुए बाल ढकते हुए, वह प्रायः आशापूर्ण बातें ही करती थी, "मैं इस बीमारी को पछाड़कर ही रहूँगी—मैं आख़िरी साँस तक उससे लड़ूँगी, अभी तो मेरी बेटी कितनी छोटी है, मैं उसे बड़ा होते देखना चाहती हूँ..."

मुझे मालूम था कि पिछले कुछ महीनों में अपर्णा का ट्यूमर उसकी रीढ़ की हड्डी को खा गया और एक बुभुक्षित दानव की तरह उसके फेफड़ों में पहुँच गया है। अपर्णा का सोच-विचार एकदम स्पष्ट और सटीक था; वसुन्धराजी की तरह दिमाग तक नहीं पहुँचा था। बिरादरी में हरेक की बीमारी पूरे-पूरे विस्तार से चर्चित होती थी, और उसके केन्द्र में न होते हुए भी प्रायः हर किसी को एक-एक चरण पता रहता था। वसुन्धराजी की छाती से लिम्फ़नोड और वहाँ से सीधे दिमाग़ में, अपर्णा की छाती से रीढ़ की हड्डी और अब फेफड़े—यूथिका का लिवर।

बाक़ी समय सभी अपनी-अपनी दिनचर्या में, अपनी-अपनी व्यस्तताओं में; पर शाम को वसुन्धराजी की बैठक में, अपर्णा के कमरे में; कभी-कभी तो बिलकुल औत्सविक माहौल लगने लगता था। हँसी-मज़ाक, चाय-नाश्ता; सबके बीच अपर्णा; जिसका चेहरा, आशापूर्ण बातों के बाद भी कभी-कभी इतना ग़मग़ीन हो जाता था, जैसे सब कुछ आँखों के सामने ही ध्वंस हो रहा हो। किसी-किसी शाम वह अकेली होती थी और आँखें खोलकर, मुझे चुपचाप कुरसी पर बैठा देखकर कहती थी, "कुछ बातें करो, लिली।"

मैं तब क्या कहती; आगे-पीछे सब सोचकर कहती, "आज थोड़ी ठंड बढ़ गई है। मौसम के बारे में कहते हैं कि इस साल ठंड ज्यादा पड़ेगी और बर्फ़ भी..."

उतने दिन—पता नहीं; पिछली ही बात करना ठीक रहेगा—"तुम्हें याद है अपर्णा, जब बर्फ़ पर फिसलकर मेरा टख़ना टूट गया था। तब तुम मेरे लिए खाना लाया करती थीं, बैंगन का भर्ता और गरम-गरम पराँठे।"

"तुमने मेरा टिफ़िन कैरियर ही गोल कर दिया।"

अपर्णा ने अचानक कहा।

"नहीं तो। वह तो मैंने वापस कर दिया था।"

''वापस नहीं किया।'' अपर्णा ने सख़्ती से कहा, ''अब कल आओ तो लेती आना, तीन साल से रक्खे हुई हो।''

''मेरे पास नहीं है, मैंने लौटा दिया था, बल्कि एक डब्बे में काजू भरकर लौटाया था।''

''कल लेती आना, ज़रूर। कहीं किसी को खाना भेजना होता है तो ज़रूरत पड़ती है।''

मैं चुप; एकटक अपर्णा को ताक रही हूँ; अपर्णा भूल गई है, स्वाभाविक भी है; अब बहस करने से क्या फ़ायदा ? फिर भी मुझे मन-ही-मन बहुत बुरा लगा है—

''तुमने दिया ही नहीं।'' अपर्णा ने कहा, ''मैंने पैंतालीस डॉलर में ख़रीदा था।''

मैंने बिना कुछ कहे पर्स से पचास डॉलर निकालकर मेज़ पर रख दिए, ''तुम अपूर्व से कहकर नया मँगवा लेना।''

अपर्णा की आँखें बन्द थीं; मैं चुपचाप कमरे से निकल आई, बाहर गलियारे में खड़े होकर मैंने अपने को सुस्थ करने का प्रयत्न किया। अपर्णा भूल रही है, फिर भी इतना मोह, इतना लगाव—कितने दिन बचे हैं, क्या मालूम; फिर भी डॉक्टर फेफड़ों को साफ़ करने की कोशिश कर रहे हैं—कीमोथेरेपी चल रही है।

मैंने उदार होना चाहा; बेचारी अपर्णा ! नर्सिंग होम की पगडंडी से कार पार्क तक आते हुए मैंने एक निर्णय ले डाला, बहुत हुआ; मेथी की परौठियाँ और आम कुल्फ़ी, ढेर-ढेर फूल, बस!

उसके बाद मैं नर्सिंग होम नहीं गई। अपूर्व के मित्र का फ़ोन आया कि अपर्णा अन्तिम साँसें ले रही है; तब भी नहीं। अपर्णा के अन्तिम संस्कार या मेमोरियल पर भी नहीं; न उसकी बरसी पर; न उसके बेटे की सगाई पर।

तब यह कैंसर स्वयं अन्दर-अन्दर पनप रहा था ? मैंने एक बार कडुवाहट से सोचा—अपर्णा ने अपनी जलन में अपनी बीमारी मुझे ट्रांसफर कर दी ? क्या कैंसर सचमुच लगनी बीमारी है ? क्या बहुत आसपास रहने से उसके कीटाणु स्वयं शरीर में प्रवेश कर जाते हैं ? पर अपर्णा को मुझसे जलन और गुस्सा क्यों ? क्या टिफ़िन कैरियर के चलते ?

मैं जान रही थी कि अतार्किक हो रही हूँ और मेरा अपना कैंसर अपने शरीर, अपने अणुकोषों के कारण है।

मैं रोती हूँ, अकेले में; बिलख-बिलखकर; फिर छोटी बच्ची की तरह सुबकियाँ लेती-लेती सो जाती हूँ।

डॉक्टर ज़ैकरी ने मुझे आन्ना टॉमस के पास भेजा है—वह साइकौलॉजिस्ट हैं।

"मैं मरने से नहीं डरती," मैंने कहा।

आन्ना टॉमस का ऑफ़िस चौकोर था; एक सोफ़ा, दो कुर्सियाँ; आमने-सामने, बीच में नीची मेज़। मेज़ पर एक नीचा-सा जापानी पद्धति से बनाया सूखी शाखों और तिनकों का एक अरेंजमेंट। दीवार पर डीबेनथार्न का एक प्रिंट।

आन्ना कत्थई रंग की स्कर्ट और नीचे गले का काला स्वेटर पहने थी; लम्बे-लम्बे काले बूट। मैं एक ढीला रेशम का पैंट सूट पहने थी।

"क्या तुम्हें कोई डर है ? किसी बात का ?"

मनोवैज्ञानिक से यदि सच बात नहीं कहें तो बेकार समय और पैसा व्यय करने से क्या लाभ ?

"अपनी ब्रेस्टों को खो देने का—बालों के झड़ जाने का—पर अल्टीमेटली मरने का नहीं। डर है घिसट-घिसटकर, बेहद पीड़ा से मरने का ?"

आन्ना देख रही है, मुझे आगे बोलने को उत्साहित करते हुए—"मेरे लिए मेरे बाल और मेरी ब्रेस्ट मेरी सम्पूर्णता के लिए बहुत आवश्यक हैं—उनके बिना मैं बदसूरत और अधूरी हो जाऊँगी।"

"पति हैं ?"

"नहीं—शादी नहीं की।"

"कोई प्रेमी ? मित्र ? बॉयफ्रेंड ?"

"न बॉयफ्रेंड, न पार्टनर।"

"किसी से जुड़ने की इच्छा नहीं होती ?"

"शायद मैं अन्दर से बहुत ठंडी स्त्री हूँ—मुझे किसी ने अट्रैक्ट नहीं किया—और बिना आकर्षण, बिना रसायन कोई भी रिलेशनशिप मुझे वर्थव्हाइल, सार्थक नहीं लगी।"

"अपनी सेल्फ़ इमेज ?" आन्ना ने पूछा।

"सच कहूँ ? एक मेधावी और एकदम स्वतंत्र स्त्री की।"

"और अब ? कैंसर की डायग्नोसिस के बाद।"

"मैं अपने को बहुत कमज़ोर पा रही हूँ।" मेरी आवाज़ काँप उठी थी, "मेरी कोई निकट की मित्र भी नहीं है, न कोई परिवार का सदस्य। मुझे घबराहट है कि मेरी देखभाल कैसे होगी ? कौन करेगा।" कुछ देर चुप रहकर। अपने पर क़ाबू पाकर मैंने कहा, "मेरी कल्चर में कर्मफल पर बहुत ज़्यादा ज़ोर है। यदि मुझे एक दारुण रोग हो गया है तो यह मेरे पूर्वजन्म के कर्मों का फल है, और इसलिए मुझे यह पीड़ा, यह यातना झेलनी ही होगी। इसीलिए मैंने अपने कैंसर की बात किसी

को नहीं बताई है, जिन दो-एक अमेरिकन पड़ोसियों को बताई, वह भी जैसे यह सुनकर पीछे हट गए।''

''कैंसर का डर हर स्त्री को त्रासित करता रहता है। जब हम किसी को उस दशा में देखते हैं तो हमारे सारे डर स्वयं को दंश देने लगते हैं–तुम पाओगी कि जो लोग हिम्मतवाले हैं, वे सहारा देंगे, जो कमज़ोर हैं वे तुम्हारे जीवन से दूर हो जाएँगे। तुम्हें मैत्री और सहारा चाहिए–क्या तुम कैंसर सपोर्ट ग्रुप में शामिल होना चाहोगी ? उसमें वही स्त्रियाँ हैं जो इस स्थिति से स्वयं गुजर रही हैं–''

''अभी मैं उसके लिए प्रस्तुत नहीं हूँ।''

आन्ना टॉमस मुझे ज़ोलौफ्ट की गोली का नुस्ख़ा देती हैं, घबराहट कम करने और रात को सो पाने के लिए।

अब मैं घर में फिर अकेली हूँ; एक कमरे से दूसरे कमरे में, रसोई से गलियारे में, सीढ़ियों से ऊपर, फिर नीचे।

यह सब कैसे हो गया ? यह सब क्यों हो रहा है ? क्या यह सच में पूर्वजन्मों का कर्मफल है ? क्या मुझे इस जन्म में भगवान सज़ा दे रहे हैं ? क्या किया होगा मैंने उन जन्मों में–किसलिए इतनी यातना मिलेगी ?

पीड़ा और यातना के बारे में मुझे पता है, मैंने अपर्णा को एक-एक साँस के लिए लड़ते देखा है, लम्बे अरसे तक वसुन्धराजी तड़पती रही हैं और यूथिका तो महीनों मॉरफ़ीन पर रही है, क्या यह सब मेरा भी हश्र होगा ?

डायरी में लम्बा अन्तराल है; केवल छिटपुट पंक्तियाँ–

लगता है कि कैंसर की डायग्नोसिस के साथ ही एक नए, अपरिचित संसार में प्रवेश हो जाता है। नर्सें, टेक्नीशियन, कार पार्क करनेवाले वैले, सभी अत्यंत कोमल और मृदुल स्वर में बोलने लगते हैं, अतिरिक्त मदद करने लगते हैं। सम्पूर्ण कैंसर सेंटर में घुसते ही एक वालंटियर तुरन्त कॉफी या चाय के लिए पूछती है। मेज़ पर सन्तरे, केले और बिस्कुट सजे रखे रहते हैं। प्रतीक्षारत पेशेंट के लिए ढेरों नई पत्रिकाएँ जिनमें पृष्ठों के पृष्ठ, कैसे वज़न घटाएँ, क्या व्यायाम करें, क्या स्वास्थ्यपूर्ण भोजन बनाएँ, के साथ महँगे-महँगे कपड़ों, जूतों और आभूषणों के विज्ञापन और अपने को अधिक सुन्दर दिखने के लिए मेकअप के सुझाव, पर यह सब देखते और पढ़ते हुए भी आगे का सब कुछ अलभ्य और धुन्ध में लिपटा-सा लगने लगता है। एक

जगत होता है नॉर्मल स्त्रियों का, जिनके शरीर स्वस्थ और रोग-मुक्त होते हैं; जिनकी आँखों में चमक और चाल में दमख़म होता है; पर हमारा संसार दूसरा है, उसमें फ़र्क-फ़र्क डॉक्टरों से मीटिंगें होती हैं, अस्पतालों के वेटिंग रूम में देर-देर तक प्रतीक्षा करनी पड़ती है जहाँ पर हम जैसे लोग, हारे हुए जुआरी-सा चेहरा लेकर बैठे रहते हैं। वहाँ बातें भी दूसरी तरह की होती हैं—चौथी स्टेज का मतलब है कि कैंसर शरीर के अन्य अंगों में पहुँच गया है। तुम्हारी स्टेज दूसरी है, यानी दोनों ब्रेस्ट और बग़ल के लिम्फ़ नोड में।

मैं चुपचाप सुनती रहती हूँ, यह सब कैसे और क्यों हो गया—न मेरे, न डॉक्टरों के पास कोई जवाब है। दिन-प्रतिदिन साधारण तौर से जीते हुए, कब किस घड़ी अपने शरीर के कोषाणु अप्राकृतिक रूप से बढ़ने लगते हैं ?

वैकल्पिक चिकित्सा—यानी चीनी या तिब्बती, होमियो और नेचुरोपैथी, जापान की मैक्रोबायोटिक आहार पद्धति—दूसरी स्त्रियाँ तरह-तरह के उपाय ढूँढ़ रही हैं। कुछ का कहना है, जैसे हार्ट अटैकवाले का एक विशेष व्यक्तित्व होता है, वैसे ही एक कैंसर पर्सनैलिटी होती है, कोमलहृदया, उदार, निस्वार्थ—और जीवन में कोई-न-कोई बेहद हिला देनेवाली घटना।

तरह-तरह के प्रश्नचिह्न जैसे सामने टँगे रहते हैं।

चलते-चलते मैं रुक जाती हूँ। गैरेज और सड़क के बीच सिमेंट की एक दरार में पौपी का एक फूल खिल उठा है, एक छोटा-सा पौधा, उसे मालूम नहीं कि गाड़ी गैरेज से निकलेगी और उसे कुचल डालेगी। कुछ दिन हैं उस फूल के पास; अपनी नन्ही-नन्ही पंखुड़ियाँ फैलाकर सूर्य का स्वागत, हलके-हलके झोंकों पर झूमना और नर्तन।

मुझे किसी संकेत की प्रतीक्षा थी; कोई सहायता करे; मैं डॉ. ज़ैकरी की शल्यक्रिया पर अपने को सौंप दूँ, या सीधे टिकट कटाकर धर्मशाला पहुँच जाऊँ और तिब्बती चिकित्सा प्रारम्भ करूँ।

मैं सारे दिन पौपी के बारे में सोचती रहती हूँ। जंगली पौपी का बीज कहाँ से आया और उस दरार में उग उठा। घास में, क्यारियों में, गमलों में नहीं, सीमेंट में।

क्या यही संकेत है—हिम्मत हारकर बैठ जाना उचित नहीं होगा, तो फिर आगे बढ़ूँ ?

''डॉ. ज़ैकरी—मैं प्रस्तुत हूँ; आप तारीख़ तय करके सूचित करें।''

डॉ. ज़ैकरी के ऑफ़िस से शहर का बौटनिकल बाग़ दिखाई देता है। हम दोनों ही कुछ देर चुप रहते हैं।

''हमें दोनों ब्रेस्ट निकालनी पड़ेंगी और बग़ल में भी...''

''मैंने सोच लिया है, आप इस बीमारी को काटकर निकाल ही दें।''

मैं अपने शब्द स्वयं सुनती हूँ और अचरज है कि यह मैं ही कह रही हूँ ?

''तुम सही निर्णय ले रही हो।'' डॉक्टर ज़ैकरी कहते हैं, कुछ रुककर, ''रिकंस्ट्रक्शन के लिए तुम प्लास्टिक सर्जन से मिलना चाहोगी ?''

''रिकंस्ट्रक्शन ? यानी नई ब्रेस्ट का पुर्ननिर्माण।''

''हाँ, अक्सर पेट का मांस निकालकर नई ब्रेस्ट गढ़कर उसे आरोपित कर देते हैं, उसमें आठ दस घंटे लगते हैं। और शायद तुम्हारे पेट पर इतना मांस भी नहीं है, तुम्हारे लिए मैं सिलीकोन इम्प्लांट का सुझाव दूँगा।''

मुझे चुप देखकर वह आगे कहते हैं ''अगर फ्री फ़्लैप, यानी पेट के मांस से गढ़न नहीं करवानी है तो तुम यह निर्णय स्थगित कर सकती हो। बहुत-सी स्त्रियाँ कुछ नहीं करतीं, पाउच वाले ब्रा मिलते हैं, बहुतों के लिए वही पर्याप्त होते हैं।'' फिर भी वह मुझे प्लास्टिक सर्जन का नाम देते हैं—हैरीदास। मैं हरीश दास को जानती हूँ !

मैं कुछ नहीं करती। फ़्लैप में आठ-नौ घंटे लगेंगे। पहले डॉ. ज़ैकरी ब्रेस्ट निकाल देंगे, फिर हैरी दास पेट के मांस से उरोज गढ़कर आरोपित करेंगे।

मैं इतना सब नहीं झेल सकती।

यहाँ सब काम अपनी गति से चलते हैं, जल्दी हो तो जल्दी भी, नहीं तो प्रतीक्षा करो। डॉ. ज़ैकरी ने सत्रह दिन बाद सर्जरी की तिथि दी है; वह अस्पताल के वरिष्ठ सर्जन हैं, फिर भी उन्हें ऑपरेशन रूम की उपलब्धता पर निर्भर रहना पड़ता है। छोटे-से, साफ़-सुथरे ऑफ़िस में शैरन कम्प्यूटर के सामने बैठी है, डॉक्टरों और ऑपरेशन के कक्षों की ऑर्डिनेटर।

''यदि कोई इमर्जेंसी आन पड़े तो ?'' मैं शैरन से पूछती हूँ।

''तब जो भी डॉक्टर ऑन कॉल होता है, वही करता है। आप सत्रह दिन इन्तज़ार कर सकती हैं, डॉ. ज़ैकरी एक मेडिकल कांफ्रेंस में हवाई जा रहे हैं।''

यह डॉक्टर भी हमेशा सुन्दर-सुन्दर, रम्य स्थानों पर ही अपनी व्यावसायिक मीटिंगें करते हैं।

तब ? उठो, तैयार हो, क्लास में जाओ—पढ़ाओ।

वह बेमन से पन्ने उलटती है, सत्र का प्रारम्भ कितने चाव से किया था। उसे जब अमेरिका के उत्तर-पूर्व भाग में, एक प्रख्यात कॉलेज में प्राचीन इतिहास और भारतीय सभ्यता पढ़ाने का ऑफ़र मिला तो उसने बेझिझक स्वीकार कर लिया था।

उस बात को भी अब ढाई-तीन साल होने आए। कांट्रैक्ट भी तीन साल का था। यदि इस बीच थीसिस समाप्त करके पी-एच.डी. पूरी कर लेगी तो आगे स्थायी पटरी पर स्थानांतरित कर दिया जाएगा। तीसरे साल की शुरुआत वह पुनः काम से करेगी। परन्तु पहले के लिखे पन्ने देखकर उसे लगा कि मन इतना उचट गया है कि थीसिस अगर पूरी करनी है, अपने को रह-रहकर ठेलना ही पड़ेगा।

और रफ़्तार भी सरपट ही रखनी होगी क्योंकि पुराने विभाग में चिट्ठी बाबू, जो पुरातत्व के वरिष्ठ प्रोफ़ेसर थे, अपनी पुत्रवधू से मिले-जुले विषय पर ही काम करवा रहे थे। काम उसने प्रारम्भ में चिट्ठी बाबू के साथ ही किया था परन्तु उनका पितृसत्तात्मक दृष्टिकोण और चाटुकारिता-लोलुप व्यवहार उसे बिलकुल नहीं रुचा था। फिर भी उसने गाड़ी घसीटी ही; रिसर्च करी, लिखा-पढ़ा; पर एक बार जो तार टूटा तो टूट ही गया। कभी-कभी मन में कचोट-सी उठती, केवल दो ही चैप्टर तो बचे हैं पर वह एकदम दूभर लगने लगे थे। कभी-कभी कम्प्यूटर खोला और पहले का लिखा हुआ फिर पढ़ा तो वह एकदम फ़ालतू और तर्कहीन लगा। पाँच साल होने के बाद विश्वविद्यालय से उसका नाम भी कट जाएगा और पी-एच.डी. करने के लिए दुबारा दाख़िला लेना पड़ेगा, और अब तो इस पूरे विषय में कोई सार या तत्व ही नहीं बचा। कैंसर थेरपी के साथ-साथ अनिच्छापूर्वक थीसिस लिखना, जिससे कि नौकरी बनी रहे; यह सब कुछ तर्कहीन लगने लगा था।

वैसे इस साल के बाद यह शहर और कॉलेज छोड़ते हुए दुख तो होगा। दो-ढाई लाख की आबादी वाला शान्त, हरा-भरा शहर था; जहाँ मीठे पानी की कई झीलें थीं और थोड़े ही फासले पर समुद्र। इंटरव्यू के बाद शहर घूमकर देखा। चौड़ी-चौड़ी सुनसान सड़कें, किनारे-किनारे घने वृक्ष, मेपल, ओक, हनी लोकस्ट। सड़कों पर सभी घर पुरानी पद्धति और एक-से स्थापत्य के। घर में घुसने से पहले छोटा-सा पोर्टिको, बर्फ़-पानी से बचने के लिए। एक कमरा गलियारे के एक ओर, एक कमरा गलियारे के उस ओर। सामने के दरवाज़े से ऊपर जाती घुमावदार सीढ़ियाँ। ऊपर

दो मंज़िलें और थीं, हर मंज़िल से पिछवाड़े की सीढ़ियाँ भी थीं, सँकरी और ऊँची। सीढ़ियाँ एक पतली अँधेरी-सी गली में उतरती थीं, जहाँ अब कूड़े और गत्ते के डब्बे पड़े रहते थे। टोनी की कूड़ागाड़ी प्रति सप्ताह आकर सब कुछ उठा ले जाती थी। चौराहे से सड़क के किनारे-किनारे चलते हुए उसे जगह पसन्द आई थी, शान्त और स्वच्छ, हर घर के आगे फुलवारी थी। सितम्बर के प्रारम्भ में सारे ही फूल अपने पूर्ण विकास पर थे, पीले, बैंगनी, सफ़ेद और गुलाबी। उन पर जगह-जगह मधुमक्खियाँ भटक रही थीं।

पैमला मार्टिन के घर में एक फ़्लैट ख़ाली था, तीसरी मंज़िल पर। दो कमरे, दो ग़ुसलख़ाने, रसोई और सड़क की ओर उन्मुख बाल्कनी। बाल्कनी में खड़े होकर उसने सामने फैले नीले आकाश को देखा, उसे फ़्लैट का पुरानापन अच्छा लगा था। किसी दूसरे के घर में जाकर अजीब-सा लगता है, आसपास सब अजनबी, अचीन्हा।

नई दिनचर्या बनाने में थोड़े दिन लगते हैं।

सुबह-रसोई में भगौना, पानी उबालने की केतली ढूँढ़ने में कुछ समय लगता है। वह तैयार होकर बाहर निकलती है कि नुक्कड़ की दुकान से कॉफ़ी ले लेगी। बाहर अभी ठंड है, सड़कें साफ़-सुथरी; ख़ाली इक्का-दुक्का मोटरें; नहीं तो शान्त, सुन्दर। कॉफ़ी और मफ़िन का भूरा बैग लेकर बाहर निकलते हुए उसे लगता है कि यहाँ उसे अच्छा लगेगा। यहाँ मन लग जाएगा—दुबारा पढ़ाने के लिए, चाहे कितनी-कितनी मेहनत करनी पड़े, गम्भीरतापूर्वक पढ़ाने के लिए। इतना समय एक तितली की तरह इधर-से-उधर काट दिया। अब एक जगह जमकर रहेगी।

मार्कस ने उसे खाने पर बुलाया है, अपने घर; कुछ लोग और भी हैं। वह पुराना वरिष्ठ सहयोगी रहा है, पहले के कॉलेज में, पार्टी के दौरान पता चलता है कि मार्कस अब अकेला है, उसकी पत्नी उसे छोड़कर चली गई है, तीनों बच्चे वही ले गई है, वह ग्रीस में रहकर पेंटिंग करेगी और अनुवाद करेगी।

मार्कस दुखी नहीं लगता; उसने घर-गृहस्थी, विभाग सभी सम्हाल लिया है।

एक छोटे क्षण में उसे अकेला पाकर मार्कस कहता है, "तुम बिलकुल नहीं बदलीं—वैसी की वैसी, सुन्दर और इच्छित।"

हाथ में गिलास पकड़े-पकड़े वह एकदम ठंडी हो गई। पूरा का पूरा दृश्य उसके सामने उजागर हो गया। मार्कस अकेला है और उसे दूसरे की तलाश है;

सारे आवेदन-पत्रों में उसी को चुनकर नियुक्ति क्या इसी कारण हुई है ?

"धन्यवाद मार्कस !" उसका चेहरा कस गया है।

"रिलैक्स।" मार्कस हँसता हुआ कमरे में और लोगों के पास बढ़ गया है।

मार्कस ? वह सोचती है।

नहीं—ऐसा कैसे ? उसमें कोई रुचि नहीं है। यदि वह कुछ संकेत देगा तो उसे मना करना ही पड़ेगा।

मार्कस कुछ दिन बाद उसे रेस्तराँ में भोजन का आमंत्रण देता है और वह उसे बहुत शिष्टता से नकार देती है।

मार्कस समझदार है; उसके बाद वह केवल विभागाध्यक्ष है, कामकाजी व्यवहार, मैत्रीपूर्ण।

वह स्वस्ति की साँस लेती है।

कुछ दिनों में उसे सब कुछ अच्छा लगने लगा है; अपनी कक्षाएँ, विद्यार्थी, फ़्लैट और परिवेश। कभी-कभी वह सोचती है कि अपनी छोड़ी हुई थीसिस की फिर से शुरुआत करे।

वह रोज़ सुबह सात बजे तक उठ जाती है। उबले पानी में चाय का बैग डुब्ब-डुब्ब करते हुए वह टेलिविज़न पर दृष्टि डालती है; दिन का मौसम और देश-विदेश की घटनाओं की सुर्खियाँ। वह अपनी कक्षा में पढ़ाने के नोट्स उलटती-पलटती है; फिर किताबें और कापियाँ, काग़ज़ थैले में डालकर दो-तीन बार उसे थपथपाती है कि सब कुछ है या नहीं। काली या भूरी स्कर्ट; बन्द गले की ब्लाउज़ और ऊपर कार्डिगन। ऊपर से स्वेटर और कार्डिगन रोज़ लौटे-पौटे जाते हैं; अदल-बदलकर पहनने से विविधता रहती है; और विद्यार्थियों का कुछ क्षण को ध्यान उस पर अवश्य जाता है।

कभी लंच ले जाती है, कभी नीचे की कैफ़ेटेरिया में कुछ खा लेती है। जाने से पहले आगे-पीछे के दरवाज़ों के ताले बन्द करती है। कभी-कभी आधे रास्ते से लौट आती है, दरवाज़ा खुला तो नहीं रह गया, केतली के नीचे स्टोव बन्द किया है या नहीं। एक बार फिर थैले से कॉपी और नोट्स निकालकर देख लेती है, फिर एक लम्बी साँस लेकर वह कॉलेज की ओर चल देती है। जाड़ा हो तो नीली जींस और मोटे-मोटे कोटों में लिपटे विद्यार्थियों का झुंड हर जगह दिखाई देता है। गर्मी में सब कुछ खुला-खुला, आसमान, लड़कियाँ-लड़के, खुश, हँसते हुए। बत्तखें झीलों में तैरती रहती हैं।

सारा दिन क्लासों में निकल जाता है; वह थकी-थकाई घर लौटती है। शाम को वह अक्सर खाना बनाती है; केवल अपने लिए, पर विधि-विधान से। मसाला

भुना हुआ, दाल छौंकी हुई और रोटी-पराँठा कुरकुरा। बाद में एक प्लेट और एक प्याली खँगालकर बर्तन धोने की मशीन में लगा देती है; पूरे पाँच-छह दिन लग जाते हैं मशीन भरने और चलने में।

फिर शाम अपनी है, रात अपनी है। नरम, गुदगुदे बिस्तर पर लेटकर वह एक लम्बी साँस लेती है। वह प्रतिबद्ध है, कॉलेज, कक्षाएँ और बुद्धिजीवी जीवन से। उसे खुशी है अपने नियमित, सुव्यवस्थित जीवन पर; उसे प्राचीन इतिहास क्लास में पढ़ाना अच्छा लगता है।

पैमला मार्टिन बीच के खंड में अपनी दो बिल्लियों के साथ रहा करती थीं। नीचे का भाग उन्होंने तीन मेडिकल विद्यार्थियों को दिया हुआ था। आते-जाते उनसे भेंट होती तो 'हलो' का आदान-प्रदान होता।

नए-नए कोर्स, नए विद्यार्थी, नई रिसर्च से उसका जीवन परिपूर्ण था। सारे दिन के बाद वह जब अपने फ़्लैट में जाने को सीढ़ियाँ चढ़ती तो उसके मन में ढेर-सा सन्तोष होता, एक दिन पूरी ईमानदारी और मेहनत से गुज़ारने का।

पैमला कभी-कभी उसे अपनी बाल्कनी से पुकार लेतीं, "आज शनिवार की शाम को तुम क्या कर रही हो, लिली ?"

"कुछ विशेष नहीं। घर की साफ़-सफ़ाई, कुछ पढ़ना-लिखना।" लिडिया पोर्टर सर हिलाती हैं, "अब समय आ गया है, तुम्हें गम्भीरता से बॉयफ्रेंड ढूँढ़ लेना चाहिए।" वह हँस देती है।

"तुम इसे जोक समझती हो—पर समय की घड़ी किसी के लिए नहीं रुकती।"

इस तथ्य का कोई उत्तर नहीं है। पैमला आते-जाते उसे देखती हैं। "लिली कैसी हो ?"

चेहरे का मुखौटा मुस्कान से भरा रहता है। पैमला उस पीढ़ी की स्त्रियों में हैं जिन्हें हमेशा मुस्कराने का अभ्यास पड़ा हुआ है, शायद सोते समय भी उनके चेहरे पर यही मुस्कान चिपकी रहती होगी।

अपने फ़्लैट में घुसते ही वह अमरीकन कपड़े उतार फेंकती है; दक्षिणेशियाई बौद्धिक स्त्रियों की, ऊपर से लेकर नीचे तक काली। ब्लाउज़ या स्वेटर; या जैकेट—पैंट या स्कर्ट, लम्बे काले पारदर्शक मोज़े और काले सैंडल। वह अरगनी पर से अपना ढीला-ढाला चोग़ा उठाकर पहन लेती है और नंगे पैरों घर में डोलती रहती है।

"लिली," पैमला मृदु स्वर में कह रही हैं, "जीवन में किसी का साथ, साहचर्य बहुत अनिवार्य है। अगर मैं तुम्हारी जगह होती तो अवश्य एक साथी की खोज

में रहती।''

वह चुपचाप बिस्कुट कुतरती रहती है, अब तक केवल एक प्राणी ने उसमें रुचि दिखाई है; माइकेल राजकुमार—जो अगले शहर में भारतीय विडियो की दुकान चलाता है। पर उसे चाहिए कम-से-कम अपने मानसिक स्तर का व्यक्ति। पर यहाँ गुंजायश ही कहाँ है, बी.ए. करते-करते हर लड़के के साथ एक लड़की चिपक जाती है, अमरीकी, कोरियाई या भारतीय ही सही। तीस तक आते-आते सिर्फ़ वही पुरुष उपलब्ध होते हैं जिनका एक तलाक़ हो चुका होता है, पर पूर्वपत्नी, बच्चों और बने-बनाए परिवार में अपने को जमाना उसे ग्राह्य नहीं है।

''मिसेज मार्टिन, मैं सुखी हूँ, मुझे किसी की ज़रूरत नहीं।'' उन्होंने बार-बार कहा है कि उन्हें पैमला कहा करे—पर वह उनके लिहाज में कभी यह नाम नहीं ले पाती, यद्यपि उसके छोटे-बड़े सारे विद्यार्थी उसे नाम लेकर बुलाते हैं।

वह उस पुराने, लिली पांडेय, नाम की लड़की से कितनी अलग, कितनी भिन्न हो गई है। बाल, मुद्रा, कपड़े यह तो प्राध्यापिका होने का तकाज़ा है; टिपटॉप, सोफ़िस्टिकेटेड, पॉलिश, पर अन्दर ?

शायद अन्दर से भी; जुड़कर, हँसते हुए, घुलते-मिलते हुए भी मन में हरेक से दूरी। पर्याप्त वेतन मिलने पर भी सायास कंगाली, कम-से-कम में गुज़र; उन्हीं कपड़ों को महीनों तक अदल-बदलकर पहनते रहना। सबसे बड़ी बात—तनहाई में भी अकेलेपन का एहसास नहीं।

क्या मैं एब्नॉर्मल हूँ ? कभी-कभी वह सोचती है, क्या शरीर-सुख के प्रति विरक्त हो चुकी हूँ। मेरे मन में कोई हिलोर, कोई तरंग क्यों नहीं ? समवयस्क पुरुषों से बतरस नहीं, न कृपा-कटाक्ष, न उन्हें उलझाने में कोई रुचि।

आयरलैंड में गर्मी की छुट्टी बाहर बिताने के बाद वह लौटी है। पैमला की बिल्लियाँ उसका स्वागत करती हैं। वह प्रापर लैंड में उनके लिए एक सफ़ेद शाल लाई है जिसे स्वीकार करते समय वह गद्गद् हो उठती हैं। कक्षाएँ शुरू होने में अभी कुछ दिन बाक़ी हैं। वह सुनहरे, चमकीले दिन बाल्कनी पर बैठकर बिताती है। इस मौसम में आकाश का नीलापन विशिष्ट है; एकदम स्वच्छ; जगमगाता हुआ; गिलहरियों की झबरी पूँछें, बिजली के तारों, बड़े-बड़े पेड़ों की शाखाओं पर दौड़ती दिखाई देती हैं। सब कुछ कितना शान्त, कितना सुखद, कितना

व्यवस्थित। वह कोई नया कोर्स नहीं पढ़ा रही है, इसलिए लाइब्रेरी में अधिक समय बिताने की आवश्यकता नहीं है। नोट्स, पाठ्य-पुस्तकें, साप्ताहिक कार्यक्रम सब कुछ तैयार है, क्लास के पहले दिन के लिए।

वह पैमला के साथ चाय पीती है, ''तुम शामों को भी घर में घुसी रहती हो, बाहर जाओ, सिनेमा, रेस्तराँ, बार—तुम हमेशा तरुणी नहीं बनी रहोगी, यू नो।''

वह हँस देती है, ''पुरुषों को रिझाने का गुर मुझे नहीं आता, मिसेज़ मार्टिन—देखिए न, दूसरी डेट के बाद कभी कोई फोन ही नहीं करता।''

पैमला तर्जनी उठाकर चेतावनी के स्वर में कहती हैं, ''तुम बहुत प्रखर हो; अपनी बौद्धिकता से प्रज्वलित, स्वतंत्र। पुरुष डर जाते हैं। अपने में लचक लाओ; आँखें झुकाकर मुस्कराना सीखो, हर बात पर बहस मत करो, न तू तड़ाक से उत्तर दो।''

''यानी कि एक्टिंग।''

''एक्टिंग नहीं, बहुआयामी।''

''यानी कि—''

''हाँ, तुम अपने एक ही ध्येय पर टिकी हुई हो—सफलता, पैसा, स्वछन्द जीवन। पैसे का भी क्या करती हो ? पैदल चलती हो, कभी शॉपिंग भी नहीं...''

अन्तराल

सत्र का अन्तिम दिन। इस दिन का अपना महत्त्व होता है, तीन-चार हफ्तों की छुट्टियाँ, कक्षाओं का अन्त। थके हुए विद्यार्थी और प्राध्यापक; सभी एक विश्राम की अपेक्षा और उत्सुकता में प्रफुल्लित और मुदित। इस दिन सभी विभागों में एक सम्मिलित आयोजन होता है; विद्यार्थी, अध्यापक, रिसर्च स्कॉलर सभी इकट्ठे होते हैं, बड़े पैमाने पर खाना-पीना। सभी कुछ न कुछ बनाकर या ख़रीदकर लाते हैं। दोपहर से ही गलियारों में चहल-पहल होने लगती है। उसके अपने सबसे बड़ी कक्षा के लड़के-लड़कियाँ भी जमा हो रहे हैं। जब से नई पौध के भारतीय-अमरीकन बच्चे कॉलेज आने लगे हैं, यह कोर्स बहुत पॉपुलर हो गया है। वह इसे रोटी-दाल देनेवाला कोर्स कहती है, ''भारतीय इतिहास और संस्कृति : पुरातन काल।'' वह हर साल सत्रान्त के अवसर पर क़रीब-क़रीब चार लीटर मैंगो आइसक्रीम बनाकर लाती है, और देखते-देखते वह समाप्त हो जाती। इस बार भी वह अपना सामान सँभालने में व्यस्त थी, और छात्रगण आइसक्रीम खाने में। बीच-बीच में कोई आइसक्रीम की विधि भी पूछ लेता था। आधा डब्बा हापुस या केसर पल्प, चौदह आउंस कूल व्हिप और एक डब्बा कंडेंस्ड मिल्क; सबको मिलाकर फ्रीज़र में रख दो।

किसी ने बीच में टोका, एक तीव्र से स्वर में—''पर कूल व्हिप तो नारियल के तेल से बनता है जिसमें कोलेस्टरोल बहुत होता है और हार्ट की आर्टरी को क्लौग कर देता है।''

उसने हाथ रोककर, पूरे धैर्य के साथ बात सुनी।

''मेरी माँ—'' रघु ने कहा, उसके चेहरे पर खिसियानापन और झेंप थी।

''प्रसन्नता हुई आपसे मिलकर।'' उसने औपचारिक रूप से कहा। एक साधारण रूप रंग की अधेड़ महिला, जिनका चेहरा गर्वोन्नत था और परिवेश एकदम पाश्चात्य, स्कर्ट, ऊँचे गले का स्वेटर और दामी चमड़े के बूट जिनमें चार इंच ऊँची एड़ियाँ थीं।

''मैं ज्योति राय।''

"बहुत अच्छा—बहुत अच्छा।"

लम्बे वार्तालाप का समय न देते हुए उसने संक्षेप में बात समाप्त कर दी, एक औपचारिक मुस्कान उधर फेंककर उसने औरों की ओर उन्मुख होना चाहा—

"और यह मेरे फ़ादर—शेषेन्द्र राय।"

रघु ने उसे छोड़ा नहीं।

प्रथम दृष्टि-विनिमय में उसका दिल एकबारगी धड़धड़ाया और फिर शान्त हो गया। और कुछ नहीं हुआ। बस दृष्टि मिली और कहीं मन में यह भरोसा, यह आस पनप आई कि इसके आगे कुछ और ज़रूरत नहीं बची। जैसे जन्म जन्मांतर से चीन्हते हैं। कहीं भी, समुद्र पार, पहाड़ की तराई, वृक्षों की छाँह या एक भीड़-भड़क्के में मिलेंगे, तो अनायास, निस्संकोच एक-दूसरे की बाँहों में आ जाएँगे; डूब जाएँगे, एक-दूसरे में। शेषेन्द्र की दृष्टि ने यही कहा था और उसने देखा, गुना और मन में सहेज लिया, एक अलभ्य, अपूर्व माणिक की तरह; बाँध लिहिले जियरा के अँचरे में...

उसके चारों ओर कोलाहल था, हलचल थी, विद्यार्थियों की रेल-पेल और भीड़ थी, आइसक्रीम की बाल्टी तेज़ी से समाप्त हो रही थी। रघु—रग्घू—राघवेन्द्र राय अभी भी उसके सामने खड़ा था और अभी एक छोटे पल पहले उसने कहा था, "यह शेषेन्द्र राय—मेरे पिता।"

अब वह क्या कहे, मुस्कराए, औपचारिकता से कहे कि आपसे मिलकर प्रसन्नता हुई; वह सब कितना कृत्रिम, कितना खोखला नहीं लगेगा ?

शेषेन्द्र ने ही उसे उबारा, "रघु आपका बहुत बड़ा प्रशंसक है। हर वक़्त आपकी क्लास की बातें करता रहता है।"

उसने स्नेहिल दृष्टि से रघु को देखा। वह पुरानी परिपाटी की प्राचार्या है, गुरु-शिष्य-सम्बन्ध को इस विदेशी वातावरण में भी क़ायम रखनेवाली। शिष्य केवल उपभोक्ता नहीं है, केवल परीक्षा लेकर नम्बर दे देने से ही इस सम्पर्क की इति नहीं होती है। उसे देखना अच्छा लगता है, हर नए सत्र में नए-नए युवा चेहरे, उनकी उत्सुकता, उत्साह, उनके प्रश्न—यह सब उसे स्वयं युवा रखता है। वर्षों बाद तक उसके पास क्रिसमस कार्ड और ई-मेल आते रहते हैं। वह कहती है, "रघु क्लास को बहुत रोचक बना देता है, बहुत गहरे और पैने प्रश्न पूछता है।" टनन-टनन, घंटी बजती है और लोग तितर-बितर होने लगते हैं।

"आप शाम को आएँगी ?" रघु ने पूछा, "हाउस कंसर्ट है न, श्री चिताले के घर ?"

किसी गायक का कंसर्ट है, उसके पास निमन्त्रण है, पर उसका इरादा जाने

का नहीं। फिर वही दृष्टि, शेषेन्द्र की आँखों की पिघलती हुई काली पुतलियाँ; एक मूक आग्रह, एक मौन प्रतीक्षा।

उसने तुरन्त निश्चय कर लिया, "हाँ, सोचा तो है, मिलेंगे तब।"

वह सारी दोपहर थकी हुई, गहरी नींद में सोती रहती है। जब जागती है तो साँझ हो रही है। बाहर गमलों में पौधे मुरझा रहे हैं; अन्दर भी सब कुछ अव्यवस्थित है।

फिर वही विचार—कुछ दिन बाद सर्जरी की तारीख़ है; क्या निकलेगा ? उसने सुना है कि कभी-कभी डॉक्टर देखते हैं कि रोग इतना बढ़ गया है कि ऑपरेशन करना भी एक फ़ालतू बात-सी रहेगी। पर उसे, कहीं दर्द नहीं है, कहीं भी कोई लक्षण नहीं है, गाँठें हैं केवल जो न बढ़ती हैं, न घटती हैं। उसने तो चाहा था कि बायौप्सी के अगले दिन ही डॉक्टर ज़ैकरी सब कुछ काट फेंकें, पर ऐसा हुआ नहीं, उन्हें बाहर जाना था। उसे सत्र समाप्त करना था, और सबसे ऊपर, मोह था अपने अंगों से, भले ही वह रुग्ण हों और उनके अन्दर कैंसर धीरे-धीरे अपने पंजे फैला रहा हो।

वह तैयार होती है, बाल, चेहरा, आँखें, होंठ; कमर से नीचे रेशमी घेरदार पेटीकोट। देर तक वह अपने उघड़े शरीर को देखती रहती है। दाएँ हाथ से गाँठों को छूती है—कैंसर ! फिर वह ब्लाउज़ के बटन लगा लेती है, एक उन्नाबी रंग की साड़ी पहन लेती है, सादी सी शिफ़ॉन। कानों में लम्बे बुन्दे।

वह दर्पण को देखकर आश्वस्त होती है, गाड़ी की चाभी उठाकर वह श्री चिताले के घर की ओर चल देती है। श्री चिताले सांध्य संगीत के गायक से परिचय कराते हैं, "यह प्रसिद्ध ग़ज़ल गायक हैं—वैसे हैं डॉट कॉम बैरन भी।"

शेषेन्द्र ! जो इस समय तंग मोहरी का सफ़ेद पाजामा और ऊपर भारतीय छापे का लम्बा कुर्ता पहने हुए हैं—कुर्ते में न हीरे के बटन हैं, न उँगलियों में नग। क्योंकि कमरे के अन्दर थोड़ी-सी गर्मी-सी हो रही है, इसलिए कन्धे पर आम गायकों की तरह शाल या लम्बा दुपट्टा भी नहीं।

उसके चेहरे पर हलकी-सी मुस्कान, "और मेरे प्रिय शिष्य के पिता भी।"

कंसर्ट में केवल तीस-पैंतीस व्यक्ति हैं; संगीत-प्रेमी, और लगता है उसके अतिरिक्त सभी शेषेन्द्र के नाम और गायकी से परिचित हैं। कमरे में बत्तियाँ मद्धिम हैं, तानपूरे पर मिसेज़ चिताले और तबले पर रघु।

बाप-बेटे दोनों ही दीखते हैं कुछ और, असल में निकलते हैं कुछ और,

बहुरूपिए। वैसे रघु चेहरे-मोहरे में माँ पर गया है। बेचारा।

श्रीमती शेषेन्द्र उन दो-तीन महिलाओं में हैं जो सोफ़े पर बैठी हुई हैं, जमकर और अकड़कर। वह काले रंग की क्रेप की साड़ी पहने हैं जिसमें दो अंगुल चौड़ा ज़री का बॉर्डर है। उनके चेहरे पर एक ऊब का भाव है; ज़ाहिर है पति की गायकी में उनकी रुचि नहीं है।

शेषेन्द्र ने क्या गाया, उसे याद नहीं; उसे उनका स्वर दानेदार और मीठा लगा; और वह शब्दों, भावों और संगीत के मिश्रण में जैसे नीचे और नीचे तक डूबती गई। कभी-कभी उसे लगता कि शेषेन्द्र उसी के लिए गा रहे हैं, भले ही यह भ्रम रहा होगा, पर फिर भी कितना सुखद।

संगीत समाप्त होते ही माँग-टीका लगाए, एकदम झकाझक सफ़ेद गरारे कुर्ते में दो लड़कियों ने उन्हें घेर लिया—चाटुकार भाव से। जुड़वाँ बहनें। वह दोनों को जानती थी, तान्या और सान्या।

वह चुपचाप बाहर निकल आई। लौटते समय उसे राह बहुत लम्बी और अँधेरी लगी, यद्यपि सभी सड़कें पहचानी हुई थीं।

सत्र अगले दिन समाप्त हो गया, इमारतों में सन्नाटा और विभाग की चहल-पहल शान्त। अब बचे थे अध्ययनरत विद्यार्थी और उसके सामने सत्र-आलेखों की गड्डी।

और ऊहापोह।

आगे क्या होगा ? क्या निकलेगा ? कितना फैला होगा ?

अपर्णा ने कहा, "मेरी हड्डी-हड्डी में दर्द बिंध गया है, क्या करूँ ? अब बर्दाश्त से बाहर है, बिना मॉर्फ़ीन लिये रात को सो नहीं सकती।"

उसने अपना पीला, निचुड़ा हुआ चेहरा लिली की ओर मोड़कर देखा। वह थर्रा गई, अपर्णा की आँखों में एक अजीब-सी पीड़ा थी, हार जाने का मलाल; या जीवन-यात्रा बीच में ही टूट जाने का बोध।

आजकल हर समय अपर्णा का ध्यान क्यों आता है ? उसने उसके साथ बहुत समय बिताया था, छह हफ्ते लगातार रेडिएशन के लिए ले गई थी, जब-तब अपनी विशिष्ट मैंगो आइसक्रीम या मेथी की परौंठी उसके लिए दे आती थी। वैसे अपर्णा की एक सहेली हर पन्द्रह दिन पर दो हफ्ते का खाना बनाकर फ्रीजर में लगा जाती थी; अपर्णा अपनी ह्वीलचेयर पर बैठे-बैठे ही उसे माइक्रोवेव में गरम कर लेती थी और जब पति थकामाँदा लौटता तो दोनों वही खाना खा लेते थे।

पति क्यों नहीं कभी-कभी कुछ ताज़ा बना लेता था ? उसके मन में कई बार विचार उठा था। दाल-चावल या दही-पराँठा—या बाज़ार से ही कुछ मँगा लेता ?

पर ऐसा कुछ नहीं किया—वही बना-बनाया खाना जो अपर्णा गरम कर देती थी। कभी-कभी ऐसा भी लगता था कि जैसे अपूर्व ने अपने को अपर्णा से किसी स्तर पर दूर कर लिया है, शायद अपने बचाव के लिए। दिनचर्या को अधिक-से-अधिक नॉर्मल बनाते हुए अपूर्व वैसे ही जिए जा रहा था, जैसे अपर्णा को कैंसर से पहले। उसी प्रकार उठता, अस्सी मील दूर अपनी फैक्टरी में जाता, शाम को आता और खा-पीकर टेलिविज़न देखता। फ़र्क़ केवल इतना था कि रोग अपर्णा को ग्रस रहा था; और उसकी छाया स्थायी रूप से अपर्णा के चेहरे पर बस गई थी। शायद उसने स्वीकार कर लिया था कि अभी नहीं तो कुछ समय बाद कैंसर की बीमारी पूरे शरीर में फैलकर अपर्णा को लील लेगी। लिली चाहती थी कि कभी तो अपूर्व कोई चिन्ता, कोई दुख, कोई घाटे के भाव का प्रदर्शन करे, पर अपूर्व था कि उसने सब कुछ घूँट लिया था।

अन्तिम कुछ दिनों में, जब अपर्णा के फेफड़े बेकार हो गए थे और डॉक्टरों ने कह दिया था कि अब कुछ नहीं हो सकता; अपर्णा पूरी तरह मॉर्फ़ीन पर थी, बेसुध, बेहोश। अपूर्व ने फ़ोन करके उसकी कुछ निकट की सहेलियों को बता दिया था कि अब आकर अलविदा कह जाओ। जानेवालों ने बाद में बताया कि अपूर्व शान्त था। वह कमरे के बाहर गलियारे में खड़ा आने-जानेवालों का अभिवादन कर रहा था; तब भी उसकी आँखें रीती ही थीं।

वह अकेले कमरे में पड़ी हुई, आँखें फाड़-फाड़कर क्या देखती है ? कभी-कभार सड़क से गुज़रती हुई किसी गाड़ी की हेडलाइट्स खिड़कियों के शीशों पर चमक जाती हैं; रात को दो-ढाई बजे चाँद पश्चिमी खिड़की से झाँकने लगता है और कभी-कभी सारी रात यों ही अर्धनिद्रा और जाग्रत अवस्था में बीत जाती है। जब घर के आगे एक पुरानी गाड़ी रुकती है और न्यूयॉर्क टाइम्स की प्रति ड्राइव वे पर गिरती है तो वह जान जाती है कि अब सुबह के साढ़े चार बजे होंगे—

बड़े-से पलंग पर, जहाँ पति, प्रेमी-पुरुष या समलिंगी पार्टनर को होना चाहिए था, जगह घिरी हुई है, सत्र आलेखों से, पत्रिकाओं और कैंसर के बारे में अनपढ़ी पुस्तकों से। पलंग के दाईं ओर पतली-सी पट्टी पर लेटी रहती है, पास में मेज़, टेबिल लैम्प, डिजिटल घड़ी में चमकते लाल अंक।

और अब शेषेन्द्र की घड़ी।

शेषेन्द्र महाभुलक्कड़ हैं, कभी घड़ी, कभी अँगूठी, कभी गाड़ी की चाभी या कभी अपना बैग; पीछे ही छोड़ जाते हैं।

फ़ोन बजता है–"क्या मैं घड़ी छोड़ आया हूँ ?"

शेषेन्द्र की साधारण बातचीत में भी लय है, लोच है, स्वर में उतार-चढ़ाव है।

क्योंकि यह जो घट रहा है उसे 'हलके-फुलके रोमांस' या एक ऐसे 'अफ़ेयर' की संज्ञा दी जा सकती है जिसमें न पीछे की स्मृतियाँ या इतिहास है, न भविष्य की कोई प्रॉमिस, न कोई वादा, बस आज है, आवेग और नए-नए देह सुख की उमंग है, इसलिए वह हँसकर कहती है–

"नहीं–यहाँ तो नहीं, शायद उस दूसरी या तीसरी..." शेषेन्द्र की हँसी थोड़ी देर गूँजती है–"इसी से तो क्रमवार पूछ रहा हूँ–देखो–शायद हाथ धोते समय ग़ुसलख़ाने में..."

"अच्छा, अच्छा, मिल गई।" वह भी उसी अन्दाज़ से कि "मैं भी सोचूँ कि इसे कौन छोड़ गया।"

दोनों जानते हैं कि दोनों के बीच कोई तीसरा नहीं है, समय ठहरा हुआ है; सारी-सारी शामें और भोर होने तक रातें एक-दूसरे में डूबे हुए बीत रही हैं–बतरस में–

अब जान रही है, शब्दों के विविध सन्दर्भों और परत-दर-परत नए-नए मायनों को। अच्छा लग रहा है, खिजाना, सताना, मान-मनुहार, लाड़-प्यार, छोह-मोह...

नहीं, उसने शेषेन्द्र को अपने वक्ष में पलते हुए कैंसर के बारे में नहीं बताया है, बताएगी भी नहीं। वह उनकी दृष्टि में ऐसी ही कसी-कसी देह लिये सम्पूर्ण बनी रहेगी; एक पूर्ण युवती। परन्तु, जब वह कभी अकेले होती है तो सोचती है; क्या मैं शेषेन्द्र को इस्तेमाल नहीं कर रही हूँ ? इन कुछ दिनों में एक पुरुष को पूरी सच्ची बात न बताकर उसे निचोड़ नहीं रही हूँ–पहले भी आकर्षक पुरुष मिले हैं, परन्तु किसी को यों आगे बढ़कर नहीं आमंत्रित किया है अपनी शैया पर। और शेषेन्द्र भी एक विद्यार्थी के पिता मात्र रह जाते अगर सर्जरी की तिथि खिसकती हुई पास न आ रही होती। वह पूर्ण रूप से देह का सुख भोगना चाहती है; अपने को समर्पित भी करना चाहती है और शेषेन्द्र का सामीप्य-सुख भी बटोरना चाहती है।

यह जानते हुए कि यह शुरू जैसे भी हुआ हो, अब केवल देह का सम्बन्ध नहीं रहा है, अल्प समय में ही गहराई से बिंधता जा रहा है। क्या शेषेन्द्र को भी ऐसा लगता होगा, वह हल्के-हल्के उनका चेहरा छूते हुए सोचती है।

पहली बार चादर पर रक्त की कुछ बूँदें देखकर वह अचकचा गई थी, फिर

शेषेन्द्र की आँखों में आश्चर्य, और विभ्रम देखकर वह बुरी तरह लजा गई—ऊपर से नीचे तक लाल। उसने झटपट रेशमी चादर खींचकर अपने निर्वस्त्र शरीर को ढँक लिया और एक झटके से पलंग की चादर खींचकर हटा दी। जब तक शेषेन्द्र ग़ुसलख़ाने से लौटे, बिस्तर पर नई धुली चादरें थीं और उस पर पैचवर्क का बेडकवर। शेषेन्द्र किचेन में जाकर कॉफ़ी बनाने लगे और वह असमंजस में पड़ी सोचती रही कि क्या करे ? इतने वर्षों से सँजोए कौमार्य की कोई सफाई दे ? पर उसे किसी को भी कुछ नहीं कहना है। शेषेन्द्र ने आकर ट्रे पलंग के पासवाली मेज़ पर रख दी, निकट आए, और उसका हाथ पकड़कर उठाया और बिना कुछ कहे उसे बाँहों में भर लिया। उनका चेहरा उसके बालों में छुपा हुआ था और वह महसूस कर रही थी उनके हृदय की धड़कन।

उसका अपना पूरा शरीर धीरे-धीरे काँप रहा था। शेषेन्द्र ने दाहिने हाथ से बेडकवर अलग किया और बाएँ हाथ से उसे पलंग पर लिटा दिया। दोनों में से किसी ने कुछ नहीं कहा, एक-दूसरे की बाँहों में बँधे रहे। शेषेन्द्र उसे धीरे-धीरे चूमते रहे—कभी-कभार उसके बाल थपकने लगते। उसका मन कुछ कहने को, शेषेन्द्र को सम्बोधित होता रहा—पर क्या कहे—प्राण ? जान ? स्वामी ? वह स्वयं मुस्कराने लगी, पर शेषेन्द्र ने उस छोटी, मीठी, सन्तुष्ट, मौन हँसी को नहीं सुना—न जाना उन छोटी-छोटी समर्पण और पूर्णता की उन हिलोरों को जो उसके अन्दर उमड़ रही थीं।

इस समय वह आने वाले कल के आतंक को भूल गई थी।

वह अलसाई पड़ी शेषेन्द्र को कमरे में चलते-फिरते देख रही है। वह स्वयं पहने है कमर से नीचे रेशम की लुंगी और ऊपर पतली-पतली डोरियों से सधा झीना आवरण। कभी शेषेन्द्र के कोमल हाथ उसके वक्ष की ओर बढ़ते हैं तो वह बड़े चातुर्य से उन्हें बीच में थाम लेती है, उसे डर है कि जाने-अनजाने उनकी उँगलियाँ किसी गाँठ से न छू जाएँ।

शेषेन्द्र बहल जाते हैं, उनके हाथ कहीं और टिक जाते हैं, और वह बच जाती है, एक बार फिर।

शेषेन्द्र हमेशा कुछ-न-कुछ गुनगुनाते रहते हैं, वह पूछ उठती है—"संगीत में हमेशा से रुचि थी क्या ?"

"मैं तो बचपन से ही प्रोफ़ेशनल सिंगर बनना चाहता था। घर में हमेशा से गाना-बजाना चलता रहता है—सभी गाते थे, पिता, चाचा, बुआएँ—पर सभी पुरुष

प्रोफ़ेशनल थे, इंजीनियर, आई.ए.एस. अफ़सर, डॉक्टर—मैं भी आई.आई.टी. में पढ़ने चला गया। फिर यहाँ आया। कुछ दिन प्राध्यापक रहा, फिर अपनी डॉट कॉम कम्पनी खोली और मार्केट क्रैश होने से पहले ही बेच दी—पैसा बनाया और पूरा समय संगीत को देने लगा, तुमने कभी गाना नहीं सीखा ?''

वह हलके से हँसी—''कुछ दिन एक मास्टर आए, सीखा था, 'बन-बन ढूँढ़न जाऊँऽऽऽ।''

''गाकर बताओ।''

''धत् ! तुम्हारे सामने गाऊँगी क्या ?''

''नहीं, सच, ज़रा गाओ न ?''

उसने मुँह फुलाकर कहा, ''तंग मत करो—मुझे नहीं आता गाना, वाना। मैं तो गीतों के शब्दों तक पर ध्यान नहीं देती।'' शेषेन्द्र कुछ कहने को हुए, पर चुप रह गए।

''एक काम करो,'' वह चपलता से बात बदलती हुई बोली, ''मुझे एक नया नाम दे दो—अपनी पसन्द का, मैंने सुना है कि नाम बदल लेने से बदक़िस्मती टल जाती है—वह तो उसी पुराने नामवाले व्यक्ति को ढूँढ़ती रहती है न।''

''नया नाम ?'' शेषेन्द्र की मुद्रा विचारमय थी।

''हाँ—मैं अपना जीवन नए सिरे से शुरू करना चाहती हूँ।'' शेषेन्द्र ने उसकी हथेलियाँ हलके-से थाम लीं, ''बाँधो न नाव इस ठाँव—यह तो तुम जानती ही हो।'' उसकी पलकें थरथराईं और झुक गईं। वह शैया के बीचोबीच बाँहें घुटनों के चारों ओर बाँधे निश्चल बैठी रही—कोई भी ठाँव शायद न बचे इस नाव को बाँधने के लिए। एक बार डॉक्टर ज़ैकरी का चाकू तन को चीर दे तो फिर क्या मालूम क्या निकले ?

''पता है'' उसने इतनी धीमे से कहा कि जैसे होंठ मात्र हिलकर रह गए हों।

''यमन !'' शेषेन्द्र ने अचानक कहा, ''तुम्हारा नया नाम अब यमन।''

''राग यमन ?'' उसने भोलेपन से शेषेन्द्र की आँखों में झाँका।

''हाँ, वही।''

''कौन-सी ताल में ?''

शेषेन्द्र हँस पड़े।

''बस अपनी ही लय और अपनी ही ताल में। यह तुम्हारी विशेषता है यमन। क्या सचमुच बदक़िस्मती को चकमा दिया जा सकता है ?''

''तुम तो बहुत लकी हो।'' शेषेन्द्र ने सूत्र हल्के-से बढ़ाया, ''रघु तो यही कहता है; इतनी छात्रप्रिय प्राचार्या। वह कहता है कि कक्षा के सभी लड़कों को

तुम बहुत भाती हो। तुम्हें हरेक का नाम याद रहता है, हरेक के गुण और...''

''मिस पॉपुलरिटी—'' वह हँस दी।

अब वह यमन बनकर ही उभरेगी। पीछे छोड़ देगी इस अभागी लिली को—जिसका जीवन पराजय और असफलताओं से परिपूर्ण रहा है—परन्तु दूसरी ओर से देखा जाए तो वह सचमुच भाग्यवान है—चलो नहीं पूरी की अपनी पी-एच. डी. इतिहास में—फिर भी अच्छी नौकरी पा गई। क्या और कितने लोगों ने प्रयत्न नहीं किए उसे उखाड़ने और पछाड़ने के ? कितनों ने उसके रिसर्च आइडिया चुराकर पुस्तकें लिख डालीं—भारत जाकर रिसर्च करने का हर प्रोजेक्ट रिजेक्ट हो जाता था, यह तो बाद में पता चला कि स्वयं उसी के विभाग-चेयरमैन डॉ. चिट्ठी बाबू उसकी क्षमता को नीचा करते रहते थे।

यमन।

क्या होगा यमन का रूप ?

''कल तुम चले जाओगे...'' यह न प्रश्न है, न उत्तर; केवल एक सत्य।

''यमन।'' शेषेन्द्र की आवाज़ कोमल है, स्नेहिल।

''हाँ-हाँ—मुझे शुरू से ही पता था कि तुम फ़लानी तारीख़ को चले जाओगे।'' थोड़ी देर कमरे में एक तनाव भरी चुप्पी टँगी रही।

''परन्तु यह 'इति' नहीं है, है ?''

शेषेन्द्र मौन हैं, उनकी भाव-मुद्रा से पता नहीं चलता कि वह क्या सोच रहे हैं—गिलासों में बर्फ़ पिघल रही है और बाहर साँझ का धुँधलापन नीचे उतरता जा रहा है—उसकी आँखों में एक तरलता की परत है जिसे वह भरसक छुपाने का प्रयत्न कर रही है। शरीर जब इतने एकाकार हो जाएँ तो क्या भावनाएँ और मन अछूते रह सकते हैं ? क्या उससे अलग होते हुए शेषेन्द्र के मन में कोई मलाल, कोई कचोट नहीं है ?

रघु अपनी माँ को लेकर कैनेडा गया है; अपनी बड़ी बहन से मिलने; अगले दिन वह लौट रहे हैं; उसके बाद वापस कैलिफोर्निया; उसके बाद ? कुछ समय बाद शेषेन्द्र एक संगीत टूर पर।

उन दोनों ने एक बार भी नैतिक-अनैतिक की बात नहीं की है; दोनों के मन में शेषेन्द्र की पत्नी की उपस्थिति की बात कहीं-न-कहीं छिपी हुई है; पर अपने सुख, अपने तोष और परिपूर्णता के आवेग में वह निरानिर ढँक गई है।

जैसे उसके मन की बात पढ़कर शेषेन्द्र ने अपने-आप ही कहा, ''पत्नी से

मुझे बहुत लगाव है—तुमसे पहले भी औरतें मेरे जीवन में आई हैं; पर मैं ज्योति से जुड़ा ही रहा हूँ।" शेषेन्द्र जैसे अपने शब्दों को तोल रहे हैं; वह चुप अपना फ्रूटपेय पी रही है; ठंडी जिन; लीची का रस।

उसे यह बिन्दु अच्छा लगता है जब हलका-सा सुरूर आ जाए, पर अपने पर कंट्रोल बना रहे। वह ज़रा अधिक चुप हो आई।

"मुझे पता है।" वह हलके-से कहती है।

"मैं बहुत कमज़ोर और कायर व्यक्ति हूँ।" शेषेन्द्र कहते हैं—वह सुन रही है—"चार-पाँच साल पहले पत्नी को वक्ष कैंसर हो गया था। मैं अपनी या किसी और की बीमारी देख ही नहीं सकता, अस्पताल की गन्ध से मैं दूर भागता हूँ। मैं उन्हें वैसा सहारा या आश्वासन न दे पाया जो एक पत्नी अपने पति से अपेक्षा करती है। मैं उनसे बहुत दूर-दूर चला गया। तभी मैं अपने बिज़नेस को बेचने में व्यस्त था, आए दिन कभी जापान, कभी दक्षिणी कोरिया, कभी शंघाई के चक्कर लगाता रहता। ज़रूरत नहीं होने पर भी। और जब तक वह पूर्ण रूप से स्वस्थ हुईं, हमारे सम्बन्ध एकदम टूट चुके थे, टूट चुके हैं। मुझे यह कहने में बहुत शर्म महसूस होती है कि मैंने उसके बाद ज्योति को निरावरण देखना ही नहीं चाहा; मैं उनके घाव या निशान तक नहीं देख सका।"

"और अब ?" उसने हलके-से पूछा।

शेषेन्द्र अनुत्तरित रहे।

फिर हलके-से बोले—"अब संगीत ही मेरा जीवन है, मेरी साधना—उसी में रम गया हूँ, वैसे भी एक बिन्दु पर आकर शारीरिक सम्बन्ध समाप्त ही हो जाते हैं।"

"मैं दूसरी औरतों के आँकड़े में वृद्धि ?" उसका गला भर आया। शेषेन्द्र ने आकुल होकर उसे बाँहों में भर लिया, उसके सुगन्धित बालों पर अपना गाल टिकाकर कहा—"नहीं, ऐसा नहीं। तुमने तो मुझे बाँध लिया है।" फिर एक शर्मीली, संकोच-भरी हँसी के साथ बोले, "तुम जुड़ गई हो मेरे जीवन में अब ! मेरे दिवास्वप्नों का भाग बनती जा रही हो। मैं सोचने लगा हूँ कि क्या कभी हम संग—" उसने अपने को शेषेन्द्र से अलग कर लिया—"नहीं, सब कुछ ऐसे ही रहने दो शेषेन्द्र। हम दोनों देश के दो छोरों पर, दो अलग-अलग सागरों के तट पर रहते रहेंगे; मैं यहाँ, अटलांटिक के पास, तुम उधर, प्रशान्त महासागर की ओर।"

कहने के साथ ही उसे लगा कि जैसे वह स्वयं अटलांटिक महासागर में नीचे, और नीचे डूब गई।

"तुम रो रही हो—इस अँधेरे में !" शेषेन्द्र ने उसके गालों को छुआ।

"हाँ—रो रही हूँ।" उसका गला रुँधा हुआ था।

"तुमसे एक विनती है," उसने आगे कहा, "जाते समय तुम पीछे मुड़कर मत देखना।"

"कोशिश करूँगा, पर सम्भव नहीं लगता।"

कितना आसान था यह कहना। क्या कुछ ही दिनों में शेषेन्द्र उसके मन पर इतना नहीं छा गए थे कि वह एक स्कूली लड़की की तरह सोते-जागते उन्हीं के बारे में अपने को सोचती हुई पाती। बार-बार उन्हें याद करती, फ़ोन की ओर बढ़ती पर रुक जाती। जो एक वादा उन दोनों ने एक-दूसरे से किया था, जो लक्ष्मण रेखा उसने अपने दोनों के बीच खींच ली थी, उसे लाँघने से मिलना ही क्या था। शेषेन्द्र ने कितनी सचाई, खुलेपन से अपने को बताया था, अच्छा है, वह सुखद स्मृति ही बनकर रह जाए। शेषेन्द्र को कभी उसकी सचाई न मालूम हो।

पर यह सब कितना मुश्किल, कितना दुश्वार लग रहा था।

कैंसर डायरी

विभाग की सेक्रेटरी सुबह-सुबह मुझे अस्पताल ले जाने के लिए आ गई है। कोई साथ रहे और होश में आने तक प्रतीक्षा करे—यह सर्जरी क्लिनिक का सुझाव है। मार्कस ने रौबिन को दिन-भर की छुट्टी दे दी है; वह कैथोलिक क्रिश्चियन है; धार्मिक और आस्थावान।

मैं तुम्हारे लिए प्रार्थना करती रहूँगी—

वह कहती है।

मेरी आँखें अचानक भर आती हैं। कितने जाने-अनजाने लोगों की करुणा, सहायता, प्रार्थना; डेढ़ साल में मैंने इसके लिए क्या किया है ? क्रिसमस पर एक उपहार और सेक्रेटरी सप्ताह में एक दिन साथ लंच।

''थैंक यू,'' मैं कहना चाहती हूँ पर मेरी आवाज़ गले में ही फँस गई है।

हॉस्पिटल के सर्जरी सेक्शन में क़तार के क़तार केबिन हैं, सिरहाने की दीवार पर तमाम यंत्र; दाईं ओर एक बड़ा-सा बर्फ़ के दृश्य का चित्र, पास देखने से पता चलता है कि वह एक कोलाज है; तीन आयामों का। प्राइवेसी के लिए लगा हुआ पर्दा भी फूलदार, नेत्रप्रिय छापे का है, नर्सें भी यूनिफ़ार्म नहीं पहनती हैं, केवल सफ़ेद पैंट पर छोटे-छोटे प्रिंट का कुर्ता।

हर नर्स आकर वही-वही प्रश्न पूछती है, ''आपका नाम, जन्म-तिथि, किस अंग का ऑपरेशन होना है ?'' फिर एक ने आकर सुई चुभोकर इंट्रावीनस इंजेक्शन चालू कर दिया है, ऑपरेशन से पहले डॉक्टर ज़ैकरी आएँगे।

पास की कुर्सी पर रौबिन बैठी है और अख़बार पढ़ रही है।

''जाओ, कुछ कॉफ़ी वग़ैरह पी आओ।'' मैंने रौबिन से कहा।

''आ'म ओके।'' रौबिन ने अख़बार मोड़कर रख दिया, ''टी.वी. देखें ?''

''देखो।''

संसार, समय सब अपनी गति से चल रहा है। दूसरे केबिनों में तरह-तरह के रोगी हैं, किसी को हर्निया, किसी को मोतियाबिन्द, किसी की टाँग। गलियारे में काफ़ी गतिविधि है, मैं पलंग पर लेटे-लेटे सब देख रही हूँ। नर्सें आकर पलंग

पर लेटे रोगी को, पलंग सहित ले जाती हैं, और अपने-अपने पलंग पर ही लोगों को वापस ले आती हैं। सामने के केबिन का व्यक्ति शायद बधिर है, इसलिए डॉक्टर ऊँची आवाज़ में कह रहे हैं, "आँखों में थोड़ी किरकिरी-सी होगी—समय-समय पर यह दवा डालते रहें, दर्द हो तो 'टाइलनौल' की दो गोलियाँ ले लें—और रात को यह शील्ड लगा लें, कल हम आपको दस बजे क्लिनिक में मिलेंगे।"

डॉक्टर चले गए हैं, तुरन्त नर्स आकर पूछती है, "कुछ पिएँगे आप ? कुछ बिस्कुट वग़ैरह लाऊँ।" उस केबिन का पर्दा खिंच जाता है, इस छोटे-से नाटक का अन्त।

मेरे अस्पताली कमरे में लोगों का ताँता लगा हुआ है, पहले नर्सें, फिर अनीस्थिज़ियावाली डॉक्टर। डॉक्टर ज़ैकरी अपने मेडिकल विद्यार्थियों के साथ। चार्ट हाथ में पकड़े-पकड़े वह पूछते हैं—"तैयार हो ?"

"हूँ।"

वह मेरा हाथ धीरे-से थपथपाते हैं, "डरने की कोई बात नहीं है—जब तुम जागोगी तो—"

आप मेरे स्वर्ण-कटोरों-से उरोज काटकर फेंक चुके होंगे।

"अपने को स्वस्थ और रोगमुक्त पाओगी।"

वह अपने रेज़ीडेंट से कहते हैं, "लिली ने फ्रीफ्लैप या सिलिकोन इंप्लांट को मना कर दिया है। इनके शरीर पर अतिरिक्त मांस है भी नहीं।"

अब गलियारों से होती हुई मैं ऑपरेशन थियेटर की तरफ़ ले जाई जा रही हूँ—छत पर बत्तियाँ अतिरिक्त चमकदार लग रही हैं और आसपास आती-जाती नर्सें बहुत अवास्तविक और दूर-दूर मालूम होती हैं।

मैं आँखें मूँद लेती हूँ, या नशे में वह अपने-आप झिप गई हैं, मुझे मालूम नहीं।

वह नया दिन है या रात, मैं आँखें खोलती हूँ—डॉक्टर ज़ैकरी मेरा हाथ पकड़े हुए हैं—

"जहाँ तक उम्मीद है, हमने सारे रोगी अंग निकाल दिए हैं—ऑपरेशन ठीक-ठीक हो गया, अब सो जाओ।"

"थैंक यू।" क्या यह मेरी ही आवाज़ है ? मेरे शरीर में न पीड़ा है न कोई संवेदन, ऊपर से नीचे तक सब कुछ सुन्न।

मैं ठीक हो जाऊँगी—डॉ. ज़ैकरी ने सब काटकर निकाल दिया है।

पर, हाय !

रोओ नहीं—एक कोमल स्वर कहता है; किसी ने मेरे गाल पोंछ दिए हैं, पर आँखों का पानी रुकता नहीं।

धीरे-धीरे मेरा शरीर अपने ढर्रे पर लौटता है; मैं पलंग से उठकर ग़ुसलख़ाने तक जाती हूँ, पर कई दिनों तक मुझे अपनी ओर देखने का साहस नहीं होता। पट्टियाँ उतर जाने पर भी नर्स कहती है—"डॉ. ज़ैकरी का हाथ कितना सधा हुआ, कितना कुशल है, तुम देखना नहीं चाहोगी ?"

"नहीं," मैं काफ़ी कटुता से कहती हूँ।

"जैसा तुम चाहो।"

अपर्णा की सर्जरी के समय मैं वेटिंग रूम में थी, अपूर्व और बच्चों के साथ। अपर्णा के भाई, भाभियाँ, बहनें सभी अमरीका के कोनों से निकलकर वहाँ आकर इकट्ठी हो गई थीं।

अपर्णा की बेटी आकर मेरे गले लग गई।

"आंटी," एक सुबकी उसे पूरा हिला गई।

"तुम्हारी मॉम एकदम ठीक हो जाएँगी—देखना तुम—एकदम पहले जैसी।"

"मुझे डर लग रहा है।"

"इट्स ओके; रानी, इट्स ओके।"

मैं उसे दिलासा देती हूँ।

अब जान पड़ता है कि दिलासे के शब्द कितने हलके और खोखले होते हैं।

कितने फूल, कितने गुलदस्ते, कितना खाना, कितने फ़ोन; यह सब मेरे इतिहास के क्लास की दो छात्राएँ सँभालती हैं, संगीता शास्त्री और निकोला। दोनों बिना कुछ कहे मेरे पास आकर खड़ी हो गई थीं। निकोला ने कहा—"लिली ! हमने निश्चय किया है कि आपके अस्पताल से घर आने के बाद हम कुछ दिन आपके पास आपकी देखभाल को रहेंगे।"

कुछ क्षण अवाक् रहकर मैं कहती हूँ, "थैंक्स। सो थॉटफुल ऑफ़ यू।"

"आपको आपत्ति तो नहीं है, हम नीचे ज़मीन पर स्लीपिंग बैग डालकर सो लेंगे। ज़्यादा तो नहीं, पर जो भी आता है, बनाकर खिलाएँगे।"

"तुम दोनों इतनी स्वीट हो। नीचे सोने की ज़रूरत नहीं है, मेहमान कमरे में बड़ा पलंग है, दोनों वहाँ सो सकती हो।"

होम हेल्प केवल दिन में रहेगी, रात में कोई हो तो अच्छा है।

ज़्यादातर खाना बाहर से ही आ जाता है। संगीता और निकोला दोनों ही सात्विक भोजन पर विश्वास करती हैं, सूप, सलाद और तरह-तरह की उबाली हुई सब्जियाँ।

"संगीता, तुम्हें भारतीय भोजन बनाना नहीं आता ?" मैं पूछती हूँ।

"साबूदाने की खिचड़ी—बनाऊँ क्या ?"

रात को अपने कमरे में वे धीरे-धीरे हँसती हैं; फ़ोन पर लम्बी-लम्बी बातें करती हैं, और आहिस्ता-आहिस्ता चलती हैं जिससे मुझे कोई असुविधा न हो।

कभी मैं भी इतनी ही किशोरी रही होऊँगी—सुन्दर, कोमल त्वचा, कसा-कसा शरीर, आँखों में चमक, युवा स्वस्थ शरीर।

लगता है कि पूरा जीवन ही इस रोग के इर्द-गिर्द घिर आया है। डॉ. ज़ैकरी कहते हैं, "गुड न्यूज़, सारे मार्जिन साफ़ हैं। ऑपरेशन सफल रहा।"

यानी कि जहाँ-जहाँ, जितना भी रोग था; निकल गया है, बचा है स्वस्थ शरीर।

चार दिन बाद संगीता और निकोला चली जाती हैं—मेरा हृदय उनके प्रति कृतज्ञ है, उन्हीं के प्रति नहीं, हरेक के प्रति, मार्कस, पड़ोसी और सहयोगी, और उनके बच्चे।

एक दिन साहस करके अपने को देखती हूँ—सपाट छाती, आड़ी-तिरछी लाल-लाल रेंगती हुई रेखाएँ—देखते-देखते मेरी आँखें धुँधला जाती हैं; तो यह है यथार्थ।

मेरे घाव भरने लगेंगे, कम-से-कम ऊपर से। जो कुछ अपने शरीर का अभिन्न अंग था, उसे निर्ममता से खो देना आसान नहीं है। वह मेरा था, मेरे शरीर की छवि का एक सुन्दर अंग और अब केवल तत्काल भरे हुए घावों के दाग़।

मैं 'चूज़ होप' नामक बोतीक के आगे खड़ी हुई हूँ। 'आशा का चयन' नाम पर विचार कर रही हूँ, यानी कि विकल्प है, निराशा और उदासी की बजाय आशा और भविष्य ! दोनों सहायिकाएँ मुझे सहानुभूति से देखती हैं—मुझे विशेष अन्तर्वस्त्र चुनने में सहायता करती हैं। बोतीक में तरह तरह की टोपियाँ, स्कार्फ़ और हैट हैं। कीमोथेरेपी के दौरान बाल झड़ जाने पर।

बोतीक डोनेशन पर चलती है; चूज़ होप के अतिरिक्त बटन, बिल्ले और टी-शर्ट भी हैं।

"यह एक युद्ध है और तुम एक योद्धा की तरह जूझो, तुम विजेता होगी।"

एक सहायिका, जो अपनी ब्लाउज़ पर कारलीन नाम का टैग लगाए हुए है, कहती है।

स्त्री योद्धा; क्यों नहीं, मैं अपने-आप से कहती हूँ—जौहर करनेवाली राजपूतानियाँ; और झाँसी की रानी।

बन्द दरवाज़े पर फूलों का एक गुलदस्ता है और एक डलिया। डलिया में कुछ खाने को होगा। गरम-गरम मैकरोनी।

मैं इतना आभार नहीं लेना चाहती, मैं दब गई हूँ लोगों की उदारता और शुभ कामनाओं से।

मैं अकेली हूँ, और रणस्थली में मेरा वास है। मैं चुपचाप सब स्वीकार कर लेती हूँ, करना ही पड़ता है।

क्यों इतने उदार हैं, पड़ोसी, सहयोगी, मेरे पुराने विद्यार्थी। हफ्ते-के-हफ्ते भोजन; डॉक्टर, अस्पताल हर जगह ले जाने को तत्पर। सबका अपना-अपना जीवन है, बच्चे हैं, घर की सफ़ाई, बाज़ार-हाट। उसके बीच एक अकेली भारतीय स्त्री, जिसका आगे-पीछे कोई नहीं है; जिसे कैंसर हो गया है; जिसने अभी कुछ पहले ही इस कॉलेज टाउन में घर ख़रीदा है और सिर्फ़ 'हलो' करने के अतिरिक्त किसी से भी मैत्री करने या आत्मीयता बनाने की कोशिश नहीं की है। फिर भी रोज़ शाम को गरम भोजन का डिब्बा मुझे दरवाज़े पर मिलता है।

सामना पड़ने पर—"यदि कुछ मदद की ज़रूरत हो तो"—यही वाक्य बार-बार सुनने को मिलता है।

घर की सफ़ाई के लिए किसी ने अपनी नौकरानी को भेज दिया है। वह हर सप्ताह धुलाई, सफ़ाई करती है।

क्या कैंसर ऐसी बीमारी है जिससे सब डरते हैं और चढ़ावा चढ़ाते हैं अपने से दूर रखने को, वैसे ही जैसे शीतला देवी का मन्दिर गाँव की सीमा से बाहर होता है और उन्हें शान्त और सन्तुष्ट रखने के लिए वहीं फूल आदि चढ़ते हैं।

मैं अपने इस संकुचित विचार को पीछे ठेल देती हूँ—विपत्ति पड़ने पर मानव की सहायता करना अमरीकावासियों का चलन है।

मैं, अलग-थलग रहनेवाली, 'न काहू से दोस्ती न काहू से बैर' के सिद्धान्त पर जीवनयापन करनेवाली इतने सत्कार्यों के भार से दबी जा रही हूँ।

बहुत दिनों बाद डायरी खोली है।

कैंसर डायरी–II

कितना समय, कैसे बीत गया। मुझसे अपने सपाट सीने पर उकेरे हुए घावों के दाग़ों को कभी भर आँख नहीं देखा गया, और एक दिन अचानक नज़र पड़ गई तो मैं कटे वृक्ष की तरह हरहराकर वहीं ग़ुसलख़ाने की ठंडी भूमि पर बैठ गई।

अब मैं नकारने की स्टेज से आगे आ गई हूँ, स्वीकारने पर। तो हो गया वक्ष कैंसर, जैसे भी हुआ, अब तो इससे जूझना ही पड़ेगा। अस्पताल से आने के बाद काफ़ी समय तक रात और दिन भर की नर्सें रहती थीं, यह सस्ता नहीं था पर कोई विकल्प भी नहीं था, उसे सतत देखभाल की ज़रूरत है, फिर पैसा है तो किस काम का।

डॉ. ज़ैकरी अपने कार्य से प्रसन्न हैं, यदि उसे प्रसन्न होना कहा जा सकता है।

''मैंने सबकुछ काटकर निकाल दिया है। नीचे तक, मुझे पूरी आशा है कि अब तुम्हारे शरीर में कहीं भी रोग नहीं बचा है।''

कैंसर के बाद भी क्या कोई ज़िन्दगी हो सकती है ? डॉ. ज़ैकरी चुप हैं। फिर वह धीरे-से कहते हैं, ''तुम्हारे चांसेज़ बहुत अच्छे हैं।'' अब क्या अन्तर पड़ता है; मैंने सोचा—समझो कि मौत की सज़ा तो मिल ही गई—''मैं मरने के लिए अभी उद्यत नहीं हूँ।''

''मैं समझ रहा हूँ—मौत के लिए कोई भी कभी पूरी तरह तैयार नहीं रहता।''

मेरी दृष्टि डॉ. ज़ैकरी पर है; डॉ. ज़ैकरी मुझ पर स्वीट होते जा रहे हैं—यह आभास मुझे इस उपचार के दौरान होने लगा है। पर प्रोफ़ेशनल मुखौटे के पीछे उनकी मुद्रा में जो असहाय दीनता है, उससे मैं अचानक विचलित हो उठती हूँ। आँखें बचाकर बाहर देखने लगती हूँ, अस्पताल की ऊँची इमारत के पार एकदम नीले, स्वच्छ पानी का विस्तार है और उसके किनारे की सड़क के आसपास निर्द्वन्द्व बत्तखें घूम रही हैं।

डॉ. ज़ैकरी डिब्बे से फिर काग़ज़ का साफ़ रूमाल निकालकर मुझे पकड़ा देते हैं।

''आइ'म सॉरी—मैं कमज़ोर पड़ रही हूँ। मैं बहुत डर रही हूँ।''

डॉ. ज़ैकरी खड़े हो गए हैं—"यह स्वाभाविक है," वह उसकी पीठ हलके-से थपथपाते हैं, "हम पूरे दल-बल के साथ तुम्हारी इस लड़ाई में साथ देंगे।"

यह लोग हमेशा युद्ध और आक्रामक भाषा में बात करते हैं, जैसे रोग कोई बाहर का शत्रु है जिस पर पूरे साहस व शक्ति से विजय पानी है। शरीर का जो अंग रुग्ण है, उसे काटकर निकाल दो, ग्रन्थियाँ, मांसपेशियाँ, अन्दर तक, दूर तक। फिर आक्रमण करो तरह-तरह की विष भरी दवाइयों से; चाहे शरीर को कितनी तकलीफ़ हो—हर वक़्त उबकाइयाँ, भोजन न पचना; एकदम दुर्बल हो जाना; फिर तीसरे सप्ताह से बालों का झड़ना, भौंहों की अनुपस्थिति और फिर नाख़ूनों का गिरना, मुँह में छाले—इस सबके बाद भी रेडिएशन में वह भाग जला देना।

यह शत्रु ही तो है जो चुपचाप न जाने कब अपने शरीर को स्वयं के विरुद्ध कर देता है, जब अपना शरीर स्वयं अपना बैरी बन जाता है।

डॉ. जैक़री से हाथ मिलाकर मैं बाहर आ जाती हूँ और कुछ देर गलियारे में सम्पूर्ण कैंसर सेंटर में खड़ी रहती हूँ। यहाँ पैर रखते हुए सोचा; क्या-क्या उठापटक करती है ज़िन्दगी। पहले ही कौन सुख मिला था जो अब यह दिन भी देखना पड़ रहा है।

स्वर्ण-कटोरों की तरह मेरे उरोज, नागिन की तरह काले, लम्बे बाल—सब कुछ अब इस कैंसर की आहुति।

यमन को मालूम है कि स्वदेशी मित्र, सहेलियाँ क्या कहेंगी—"भगवान सज़ा दे रहे हैं। बाल-बच्चा न होने से, पुरुष संसर्ग के शारीरिक सुख से वंचित इसी फ्रस्ट्रेशन से यह दारुण रोग—दैया रे—"

इस विपत्ति में भगवान को याद करना, प्रार्थना करना कुछ कृत्रिम, अवसरवादी-सा नहीं लगेगा क्या ? कभी तो मन्दिर नहीं गई, कभी पूजा, जप-तप नहीं किया; कोई मन्त्र या श्लोक तक याद नहीं, पुकारे तो किसको पुकारे—जीसस को; यहाँ की भाषा में, नागशैया पर लेटे विष्णु, कैलाश पर्वत पर शिव-पार्वती; या फिर आपदाहारी गणेश, या संकटमोचन हनुमान...

वह याद करती है, घर के पास में ही नया मन्दिर बना था, वहाँ जब लाउडस्पीकर बजता था तो वह पूरे घर में गूँजता था, रोज़ाना सुनते-सुनते उसे कुछ पंक्तियाँ याद हो गई थीं, "को नहिं जानत है जग में; कपि संकटमोचन नाम

तुम्हारो...''

यदि भगवान हैं, और हैं करुणामय, दयानिधि तो यह रोग दिया ही क्यों ?

पर क्या भगवान का दिया है ?

क्या यह सचमुच कर्मफल है ?

किन कर्मों का फल ऐसा होगा, ऐसे ही बुरे कर्म थे तो साँप, कछुआ, गाय, बैल बनकर क्यों नहीं जन्म लिया ?

यह तार उलझते ही जाते हैं; पर यमन तो पूर्वजन्म या पुनर्जन्म को मानती नहीं, जो है, यहीं है।

फिर भी कोई सहारा चाहिए, कोई भी अपना, जिसके सामने वह खुलकर रो सकती, चीख़कर कह सकती—मुझे नहीं निकलवाने अपने शरीर के अंग, मुझे नहीं पीना है कीमोथेरेपी का विष।

पर यमन चुप है; घर में ऊपर-नीचे, आगे-पीछे करती रहती है।

कैंसर सोसाइटी की मदद लाइन पर वह कहती है।

''क्या मैं आत्महत्या कर लूँ ? मैं नहीं झेल पा रही हूँ।''

''कैसे ?'' उधर से अनजान स्वर ने पूछा।

''किसी भी तरह...पानी में डूबकर, गाड़ी का क्रैश करके...गोली मारकर...''

''बन्दूक है ?''

''नहीं।'' कहते ही उसे लगा कि यह वार्तालाप एकदम निरर्थक है।

उसने फ़ोन रख दिया।

तुरन्त ही घंटी बजी। ''आपने फ़ोन क्यों बन्द कर दिया ?''

''मैं बहुत कायर हूँ—मैं अपने को बहुत बहादुर समझती थी, मुझे फ़ख्र था अपने ऊपर। ज़िन्दगी की कितनी लड़ाइयाँ लड़ीं।''

''यह भी एक लड़ाई है,'' स्वर ने कहा, ''इसमें आप अकेली नहीं हैं, डॉक्टरों की पूरी टीम है; रोज़-रोज़ नई-नई दवाइयाँ निकल रही हैं—आप अपने पर भरोसा रक्खें।''

''अपने पर भरोसा ?'' उसने विद्रूपता से कहा, ''जब कि मेरा अपना शरीर खुद अपने पर ही आक्रमण कर रहा है—''

''डॉक्टर-दवा, पॉजिटिव रहना, खुद और भगवान पर विश्वास।''

''भगवान पर विश्वास ?'' उसने व्यंग्य से कहा।

''यह मैं निजी स्तर पर कह रहा हूँ—मैंने भी कभी प्रार्थना नहीं की; और मैं आपको यह भी बता दूँ कि मैं स्वयं इस रोग का शिकार रह चुका हूँ।''

दो क्षण निस्तब्ध अन्तराल के बाद उसने पूछा, ''कब से—कैसा ?''

"ब्लड कैंसर, यानी ख़ून का कैंसर। मुझे डॉक्टरों ने छह महीने दिए थे; और उस बात को सात साल हो गए हैं। मैंने तभी पहली बार भगवान से प्रार्थना की; और मुझे पूरा विश्वास कि मेरी प्रार्थना स्वीकार भी हो गई। आप भी क्यों नहीं प्रयत्न करतीं ?"

"हे भगवान," वह प्रार्थना करती है, "अगर तुम हो, तो मेरी विनती सुनो।" (यदि मेरी विनती तुम तक पहुँच सके तो)

भगवान के सामने असंख्य आवेदन-पत्र हैं, क्या उसकी पतली, अस्पष्ट चीख़, उसकी उत्पीड़ित विनती किसी जड़ पदार्थ से टकराकर वहीं विलीन नहीं हो जाएगी ? क्या वह बैकुंठ या कैलाश तक पहुँच पाएगी ?

दीवार के कैलेंडर पर जो तारीख़ कीमोथेरपी के लिए रेखांकित है, कभी लगता है कि बहुत तेज़ी से पास आ रही है; और कभी पल सरकते ही नहीं—उसे महसूस होता है कि वह जिस स्थान पर खड़ी है, वह बाक़ी संसार से कटकर अलग हो गया है, बीच में एक दुर्गम खाई बढ़ती ही जा रही है। संसार के नॉर्मल लोग 'अन्य' हो चले हैं, चैन से सोते हैं, उन्हें कल का डर नहीं।

पहले कभी इतना अकेलापन नहीं लगा।

क्या होता है आकस्मिक मौत का मुखौटा ? क्या मौत धीरे-धीरे क़दम रखती हुई उसके आगे-पीछे, साथ-साथ चल रही है ? उसे भारतीय दर्शन या मिथकों का ज्ञान कम है, बस सुना-सुनाया, वातावरण से आत्मसात किया हुआ। इतना मालूम है कि यमराज के दूत बड़े-बड़े काले कुत्तों के रूप में प्राण लेने आते हैं। कभी सड़क पर टहलता काला कुत्ता दीख जाता है तो वह न चाहते हुए भी सोच उठती है कि क्या यही अन्तिम क्षण है ? पर अपने को सम्हाल लेती है, कैंसर का रोगी वैसे नहीं मरता जैसे हार्ट अटैक का। उसकी मौत धीरे-धीरे रेंगती हुई आती है, और पश्चिम में तो अन्त समय तक रोगी को आराम और असह्य पीड़ा से बचाने के लिए दवाइयाँ देने का विधान है। उसने अपर्णा को देखा है, धीरे-धीरे वह मृत्यु के कगार तक चलती रही थी—एक मादक दवा से बेहोश—बेसुध।

रातें कितनी ख़ाली और कितनी लम्बी, उनसे कुछ ही कम लम्बे बरसात के दिन। झिर-झिर-झिर गिरता पानी, और उस बरसते आसमान से स्पर्धा करता ज्वारभाटे में बढ़ती-घटती समुद्री लहरों का रव। एक-एक दिन जैसे स्वस्थ होने के लिए शरीर को थपकता रहता है। बाल बहुत धीरे-धीरे बढ़ रहे हैं। दग्ध त्वचा अब नए लाल रंग में उभरने लगी है, पर झुकने, हाथ ऊपर उठाने से अभी भी सारे टाँके एकदम से जागरित हो उठते हैं और उनसे उभरता दर्द एक बार फिर यथार्थ जता देता है; तुम्हें कैंसर हो चुका है, तुम उससे उबर रही हो इसीलिए एक भयंकर यात्रा के अन्त की थकान तुम्हारे पोर-पोर में रम गई है; बस कुछ नहीं करना, हर दिन का स्वागत—मैं जीवित हूँ, मुझे अपनी ऊर्जा और शक्ति दो सूर्य भगवान, और तुम वरुण देवता, अपने जल की शीतलता और शान्तता। वह बाँहें फैलाकर सब कुछ ग्रहण करना चाहती है। नए सिरे से एक शुरुआत करना चाहती है। वह कोई ग़लती नहीं दोहराना चाहती।

अपने ही शरीर में कहाँ से उगा, कहाँ पनपा, कहाँ प्रकट हुआ—यह एक दारुण घटना हुई। पर अब आगे—इस मोड़ पर आकर वह एकदम खो जाती है; आगे कितनी ज़िन्दगी ? पाँच साल ? पर अभी, चलो पाँच साल क्या कम हैं, कहकर केवल अठारह सौ पच्चीस दिनों को आलिंगन कर गले से लगा लेने का उत्साह नहीं जन्मा है।

पैंतीस साल होते ही कितने हैं, सत्रह-अठारह साल तक स्कूल, फिर कॉलेज, यूनिवर्सिटी, तब तक चौबीस-पच्चीस, फिर पी-एच.डी. का चक्कर। उसे बीच में छोड़कर आगे पढ़ने के लिए विदेश। वहाँ नौकरी, पढ़ाई और रिसर्च। यूनिवर्सिटी की राजनीति की उठापटक, कभी आगे, कभी पीछे, विदेश की भंगिमा समझने में बहुत समय लगा। तब तक देर तो नहीं हुई थी, पर वह भागदौड़ में कहीं पीछे रह गई थी। एक बार पीछे रह जाओ तो आगे बढ़कर साथियों की क़तार में खड़ा होना कितना मुश्किल हो जाता है ? स्कॉलरशिप, असिस्टेंटशिप, नौकरी, सभी में उसे उच्छिष्ट ही मिला, पहले सफ़ेद पुरुष, फिर सफ़ेद स्त्रियाँ, फिर अश्वेत पुरुष; टर्की, पाकिस्तान, नेपाल, आंध्रप्रदेश के बाद उसका नम्बर। इस समुदाय में केवल एक भारतीय लड़की।

कभी-कभी सोचती है—शायद ग़लती मेरी ही थी, बहुत ज़्यादा गर्वीले होने

का नतीजा; उसकी तेज़ी और तलवार की धार जैसे मस्तिष्क से दूसरे लोग अक्सर सहम जाते थे। दबी हुई, कुंठित, मौन, निष्क्रिय नारी की छबि के फ्रेम में वह अपने को फ़िट नहीं कर पाई। हुआ वही, जो ऐसे लोगों के साथ होता है; इस सब हाथ-पैर पीटने से क्या ? वह बार-बार अपने से पूछती—क्या सफल होना ही जीवन का उद्देश्य है ? इस अस्तित्ववादी दुविधा में फँसे-फँसे भी वह एक गहरे स्तर पर जानती है कि वह बिना पी-एच.डी. समाप्त किए भारत नहीं लौट सकती थी। जिस ठसक से वह भारतीय रिसर्च को तिलांजलि देकर विदेश चली आई थी, किस मुँह से वापस जाएगी, और फिर जब एकाएक पापा के देहान्त की ख़बर मिली, तब तो बची-खुची दिलचस्पी भी समाप्त हो गई। पी-एच. डी. के नोट्स, रूपरेखा, कुछ अध्याय कम्प्यूटर पर पड़े रह गए। जब तक कि वह कम्प्यूटर भी, रिसर्च के साथ-साथ ही पुराना होते-होते कचरा बनकर रह गया। एक कमरे के कोने में कम्प्यूटरों का क़ब्रिस्तान-सा बन गया था, आठ सालों में कम-से-कम पाँच-छह कम्प्यूटर तो लिए ही होंगे। ऐपल, मैकिंटॉश, तोशीबा लैपटॉप, पावर बुक, आई-मैक—हर मशीन का जीवन दो-ढाई साल से अधिक नहीं था, फिर भी फेंके नहीं जा पाते थे। सब क़तार से रक्खे हुए थे।

लिली पांडेय; पापा बेहद अँगरेज़ी पसन्द होते हुए भी अपने नाम की शुद्धता पर ज़ोर देते थे। उसे अपना नाम बड़ा लचर-सा लगता था, लिली, कोई नाम में नाम ? स्कूल में औरों के नाम थे, नलिनी, कुमुदिनी, वनज्योत्स्ना, मृणाल—और वह एक लिली। नाम उसे ममी ने दिया था जो आभिजात्य में पापा से कई क़दम आगे थीं। उनके पिता रायबहादुर थे, अंग्रेज़ों के भक्त; बाराखंभा रोड में बड़ा-सा बँगला, उनकी अंग्रेज़ी स्कूल में पढ़ी, छोटे बालों और हमेशा ऊँची ऐड़ी पहनने वाली सन्तान, ममी। न जाने किसने ममी का नाम सौजन्या रख दिया था, ममी को उस नाम से पुकारने की हिम्मत किसी में न थी। ममी थीं सूज़ी; पापा के कैम्ब्रिज से डॉक्टरेट लेकर आने के बाद ममी की अँगरेज़ियत और भी बढ़ गई थी—भारतीय अंग्रेज़ीपन पर अब तीन साल इंग्लैंड में रहकर एकदम असली पॉलिश हो गई थी, उनकी एकमात्र बेटी लिली। हाईस्कूल का फ़ॉर्म भरते समय उसने अपना नाम 'अपराजिता' लिख दिया था, अपराजिता पांडे। पापा को दिखाया तो उन पर कोई विशेष प्रतिक्रिया नहीं हुई। "अच्छा नाम है।" कहकर उन्होंने फ़ॉर्म उसे वापस दे दिया।

"मम्मी क्या कहेंगी ?" उसने थोड़े भीत भाव से पूछा।

"तुम्हारी ज़िन्दगी—तुम्हारी पसन्द का नाम," पापा हलके से मुस्कराए, "तुम बच्ची थीं, चार-पाँच दिन की, इससे तुम्हारी राय न ले सके। हमने अपनी पसन्द

से तुम्हारा नाम रख दिया, छोटा-सा, स्वर कोमल, अर्थ सुन्दर, हरेक को पुकारने में सुविधा।''

वह भी हँसी, पापा के साथ। स्कूल जाकर दूसरा फ़ॉर्म लेकर भरा, लिली पांडेय।

अपराजिता का जीवनकाल कितना लघु रहा, मैं लिली हूँ, और वही रहूँगी। तुम विरासत को नहीं बदल सकतीं—वही विरासत, जिसमें मिली परिवार की मेधा; आभिजात्य—और शायद यह रोग भी—जिसे झेलना जीवनयात्रा का अनिवार्य भाग बनता जा रहा है।

दरवाज़े पर घंटी। वह चौंक पड़ती है। शायद लोबो या फ्रांसिस होगा। पर वहाँ वनमाली है, स्वयं उसके हाथों में वही पैकेट है, जो वह कॉफ़ी-शॉप में भूल आई थी।

"आइए।" उसने हलके-से कहा और अन्दर आकर सब बत्तियाँ जला दीं—उस प्रकाश में बाहर का सब कुछ गहरे अँधेरे के गर्त में डूब गया।

"अँधेरे में बैठी थीं ? मच्छर नहीं हैं क्या ?"

वनमाली ने चारों ओर एक त्वरित दृष्टि डालकर देखा।

"कुछ तो हैं," उसने कहा, "मैं शायद सो गई थी।"

"आपको मैंने डिस्टर्ब किया ?" वनमाली जैसे जाने को मुड़ा।

"नहीं, नहीं," उसने कुछ अधिक ही आग्रह से कहा, "बैठिए, मैं डिस्टर्ब बिलकुल नहीं हुई हूँ। कुर्सी पर बैठे-बैठे बरसात देख रही थी, शायद इतनी रिलैक्स हो गई कि आँखें झपक गईं।"

वनमाली आकर सामनेवाली कुर्सी पर बैठ गया।

"कुछ पिएँगे आप ? ठंडा, गरम ?" पूछना तो था ही, यद्यपि घर में पानी के अलावा और कुछ नहीं था।

"कुछ नहीं, कुछ नहीं।" वनमाली ने कहा। ग्रे पैंट पर, गहरी ग्रे धारियों की कमीज़। अच्छा दिख रहा था।

"मुझे बरसात बहुत पसन्द है, जैसे हर ओर संगीत के स्वर। पेड़ों की पत्तियों पर, एयर कंडीशन पर, नीचे पड़े टीन की छत पर—सुनते-सुनते लगता है कि जैसे अन्दर-बाहर सब कुछ जो टूटा, बिखरा है, अपने-आप एकत्र होकर जुड़ने लगा है।" वह एकदम चुप हो गई, शायद कुछ ज़्यादा ही बोल गई, अपने को अचानक यों उघाड़ दिया, एक अपरिचित के सामने। पर वनमाली ने सहज भाव से कहा—

"नेचर थेरेपी—सचमुच अगर अपने को प्रकृति के नियमों के साथ एकसार कर लिया जाए तो मन को बहुत सुकून मिलता है। चाहे अमरनाथ के पहाड़ों का सूर्योदय हो या यहाँ का सूर्यास्त।"

"आप अमरनाथ गए हैं ?" उसने हलके-से पूछा। वनमाली ने सर हिलाया।

"कैलाश मानसरोवर ?"

"वह भी।"

"एवरेस्ट की चोटी ?"

वनमाली खुलकर हँसा—"सिर्फ़ वही बाक़ी रह गई।"

उसने कहना चाहा—अरे, मैं तो मसूरी के अलावा कहीं और नहीं गई—पर वह भी अपने ही बारे में कहना होगा।

वह चुप रही।

"आप खाने के लिए क्या करेंगी ? किचेन स्टाफ़ छुट्टी पर है।"

"लोबो ने कहा है कि वह पास के चाइनीज़ से ला देगा।"

वनमाली उठ खड़ा हुआ। कुछ क्षण असमंजस में पड़ा-सा खड़ा रहा, फिर अलविदा में हाथ हिलाता हुआ सीढ़ियाँ उतर गया।

वह जाते हुए वनमाली की पदचाप सुनती रही। अकेली कमरे के बीच खड़ी हुई। सूर्यास्त और सूर्योदय के बीच के इस ख़ालीपन, अँधेरे अन्तराल में।

वह ज़ैकरी से पूछना चाहती थी, काटकर रुग्ण अंगों का क्या होता है ? उसके मन में एक वीभत्स-सा चित्र उभरा है; एक ढेर का, जिस पर गुर्दे, आँतें, पेट के भाग, फेफड़ों के अंग, और लहुलूहान स्तन कूड़े की तरह फेंक दिए गए होंगे।

उसी किसी ढेर पर डॉ. ज़ैकरी उसका भी एक अन्तरंग भाग काटकर फेंक देंगे—नहीं—नहीं—वह बिसूरती है।

"लिली।"

वह आँखें खोलती है—डॉ. ज़ैकरी और डॉ. सिन्धू—कोमल स्पर्शवाली भारतीय अनैस्थिटिस्ट।

"हम सोचते हैं कि हमने सारा रोगी भाग निकाल दिया है।"

वह फटी-फटी आँखों से उन्हें देखती है; डॉ. सिन्धू कुछ देर उसके पास ठहरती हैं।

"बाहर कोई सम्बन्धी इन्तज़ार कर रहा है ?"

"नहीं।"

"तो फिर देखभाल के लिए कौन है ?"

"होम हेल्पवाली नर्स।"

"मैं उसे जानती हूँ, वह बहुत केयरिंग स्त्री है।"

"डॉक्टर सिन्धू, आपसे एक बात पूछूँ ?"

"पूछो ?"

पर वह अभी भी दवाइयों के नशे और ख़ुमार में है। उसकी आँखें झपक गई

हैं। जाते हुए डॉ. सिन्धू उसके केबिन का पर्दा खींचकर बन्द कर देती है।

शुरू-शुरू में अजीब-सा लगता है, सपाट छाती के नीचे, बहुत नीचे, दिल के पर्दों को भेदकर एक गहरा दर्द बस गया—उपयोगिता के अतिरिक्त वह शरीर के अंग थे, स्त्री होने की छवि से जुड़े हुए। घाव पुर जाने पर भी हिम्मत उधर देखने की नहीं होती।

कैंसर डायरी-III

कीमोथेरेपी। यानी शरीर में अगर कैंसर के कोषाणु फैल गए हैं तो उन्हें नष्ट करने का एकमात्र साधन। नाम से ही कँपकँपी आती है। परन्तु, एक बार फिर यही विचार—कोई और विकल्प भी तो नहीं है।

मुझे डॉक्टर स्टुअर्ट ने डोज़ डेंस थेरेपी की सलाह दी है। A/C (यानी एड्रियामाइसीन और साइटॉक्सिन) ड्रग के सम्मिश्रण के चार चक्र, परन्तु तीन सप्ताह के अन्तर पर नहीं, दो-दो सप्ताह पर। उसके बाद चार चक्र टैक्सोटेयर के। वह भी दो सप्ताह पर। इससे थेरेपी जल्द समाप्त हो जाएगी, प्रयोगशाला में इसके रिज़ल्ट अच्छे निकले हैं।

मैं वापस; उसी कैंसर सेंटर में; मैं बहुत घबरा रही हूँ, एक बार फिर इस विपत्ति में भगवान को याद करना बहुत अवसरवादी-सा लग रहा है। कभी मन्दिर नहीं गई, कोई पूजा, जप-तप नहीं किया। पूरी रामायण तक नहीं पढ़ी, तो किसको पुकारूँ, कोई मंत्र या श्लोक तक याद नहीं है। फिर किस भाषा में—जीसस को—या विष्णु को, शिव जो मृत्युंजय हैं, या दुर्गा। लगता है, मेरी विनती किसी तक पहुँचनेवाली नहीं, किसी द्वाररक्षक या अवरोध से टकराकर वहीं विलीन हो जाएगी। नागशैया पर लेटे विष्णु, समाधिरत शिव—आसुरी शक्तियों के विनाश में रत दुर्गा—नहीं, नहीं, कोई नहीं सुननेवाला, इस स्त्री की पुकार जो एक कमरे में बैठी है और उसके शरीर में विष का काकटेल बूँद-बूँद प्रविष्ट हो रहा है।

नर्स जो साथ रहेगी, चार बच्चों की माँ है और काफ़ी प्रफुल्ल और बातूनी, शायद यह इस पेशे का अंग है, प्रसन्न रहो और मरीज़ को भी ऊपर उठाने का प्रयत्न करो। सारी रात वह मुझे सँभालती है, बार-बार उबकाइयों के दौरान, और जब मैं थककर वहीं फ़र्श पर लुढ़क जाती हूँ तो वह गीले कपड़े से मेरा पसीने-पसीने चेहरा

पोंछती है—"यह अस्थायी अवस्था है, इसका मतलब है दवा काम कर रही है, अभी इसी समय तुम्हारे शरीर के अन्दर का सब कुछ सड़ा-गला नष्ट हो रहा है।"

आन्ना टॉमस द्वारा दिए गए लेक्चर नोट्स

एक : अकेले रहना और जीवनयापन करना भी एक प्रामाणिक लाइफ़ स्टाइल है, अकेलापन तब नहीं काटेगा जब अपने अन्दर सुरक्षा की भावना होगी। यदि कभी ऐसा क्षण आए कि लगे कि पास में कोई और हो, तो आप किसी को फ़ोन करें—फ़ोन पर बात करके ही अपने को जोड़ लें, किसी से मिलने चली जाएँ और यदि शरीर में इतनी शक्ति है तो बाहर जाएँ, शॉपिंग करें, पर याद रक्खें कि कैंसर से पहलेवाली 'आप' अब कैंसर के बादवाली आप से अलग हैं।

दो : दूसरों से सम्बन्ध बनाए रक्खें; अक्सर बीमारी के बाद क्रोध, डिप्रेशन अपने को दूसरों और समाज से काट लेने का आग्रह होता है—परन्तु ऐसा न करें—अपना दायरा बढ़ाएँ, संकुचित न करें—हर पुरुष जो दिखाई देता है, क्या यह मेरा पति हो सकता है, यह न सोचें—(हम सब हँसते हैं)

तीन : अपने संस्कारों और संस्कृति के लिए मूल्यों का भरपूर पालन करें—आज की खुशी कल पर न टालें।

चार : जो अकेला रहता है उसके पास विकल्प होता है कि वह अकेला रहे—या न रहे। इस दुनिया में कहीं-न-कहीं हमारा मनपसन्द साथी अवश्य है; अपने को ग्रहण करने के लिए खुला छोड़ दें, तभी कोई आपके निकट आ पाएगा।

डॉ. टॉमस का भाषण समाप्त।

कीमो डायरी : तीसरा सप्ताह

उफ़—फिर वही विष-काकटेल, फिर वही उबकाइयाँ और बेहद थकान।

और मेरे बाल—मेरे लम्बे, घने, काले-काले बाल जो पीठ पर लहराते रहते थे, मैं उन्हें खुला ही छोड़ दिया करती थी, थक्के-के-थक्के गिर रहे हैं, तकिए पर, बाथटब में, तौलिया में। "यह भी बीत जाएगा," नर्स कहती है, "फिर नए बाल आएँगे तो पहले से भी सुन्दर और घने। मेरी बात मन में रखिएगा।"

घर में स्कार्फ़, पर बाहर जाने का विग, अजीब-सा लगता है, पर मेरे अलावा कोई मुझ पर दूसरी नज़र तक नहीं डालता।

टैक्सोटेयर शरीर कुछ बेहतर झेल रहा है, उबकाई है पर पहले की तरह नहीं।

मगर मेरे हाथ-पैरों के नाखून रंग बदल रहे हैं। आँखों से हरदम पानी निकलता रहता है और त्वचा बेतरह सेंसेटिव हो गई है, और-तो-और, जले पर नमक, सारा चेहरा मुँहासों से भर गया है।

डॉ. स्टुअर्ट मुझे न्यूपोजेन नाम का इंजेक्शन दे रहे हैं, सफ़ेद अणु बढ़ाने के लिए, और 'प्रोक्रिट' लाल अणुओं के लिए, शायद इसीलिए पहली जैसी थकान नहीं है और मुँह के छाले भी कम हो रहे हैं, पर मुँह का स्वाद अभी भी उतना ही ख़राब है। सुप्रिया मेरे लिए गाजर का हलुवा बनाकर लाई है, पर उसमें भी कोई मज़ा नहीं है।

कीमोथेरेपी के दो सप्ताहों के अन्तराल में अचानक डॉ. स्टुअर्ट का फ़ोन आता है—"हाउ आर यू फ़ीलिंग नाउ ?"

"थकान, कमज़ोरी—उबकाइयाँ..." मैंने कहा।

एक छोटा मौन, फिर—"मेरे पास तुम्हारे लिए एक गुड न्यूज़ है और एक बैड न्यूज़ भी। अच्छी ख़बर पहले दूँगा—तुम प्रेग्नेंट हो, क़रीब-क़रीब तीन माह—" वह रुके, "मगर, हम तुम्हें सुझाव देंगे इस प्रेग्नेंसी का अन्त करने को, कीमोथेरेपी शिशु को बहुत नुक़सान पहुँचाती है, उसके नॉर्मल होने के चांसेज़ बहुत कम होते हैं।"

एक चट्टान हरहराकर सिर पर गिर पड़ती है, उसके भार से मैं अपने को पिसा, एकदम कुचला हुआ पाती हूँ।

"तुम सोच लो, हमें देर नहीं करनी चाहिए।"

"मुझे समय चाहिए।"

"केवल दो-तीन दिन का। समय ही तो हमारे पास नहीं है। अगले सप्ताह तुम्हारी कीमो फिर चालू हो जाएगी।"

पहले मैं गुड न्यूज़ के बारे में सोचती हूँ। पहला विचार आता है, शेषेन्द्र को बताने का, पर वह सम्भव नहीं है, और बताकर होगा भी क्या ?

मगर फिर भी, जैसे भी तुम इस समय होगे मेरे अन्दर, क्षत-विक्षत, एब्नॉर्मल ही सही, हो तो मेरे—और उस मतवाले प्यार की परिणति—खुशी की एक छोटी लहर उठती है।

अगर सब कुछ नॉर्मल होता तो शायद शेषेन्द्र को बताती भी; और सब कुछ नकारने के बाद भी शेषेन्द्र उस स्थिति में मुझे अकेला नहीं रहने देते। भले ही वह अपने को कितना कायर और भीरु कहें। कैसा होता वह सहवास ? वह खुशी कल्पनातीत होती। यदि शेषेन्द्र विवाह न भी करते, तो भी मैं अपना नाम पांडेय वैधानिक रूप से बदलकर 'राय' कर लेती। मुझे उनकी दौलत या सम्पदा से मोह

नहीं था, प्यार हुआ तो उस संगीत सम्पूर्ण, कोमल कलाकार से, जो चाहे मुख से कुछ न कहे, पर उसका मुखर स्पर्श मुझे बार-बार सन्निहित भावनाओं की साक्षी दे रहा था।

पर कहा क्या था—बाँधो न नाव इस ठाँव...

यह सब मेरा ही रणस्थल है। अकेले ही जूझना है मुझे।

अस्पतालों में अब गर्भपात नहीं किया जाता, उसे फ़ैमिली प्लैनिंग क्लिनिक में जाना पड़ेगा। डर, धमकियों और अस्पताल के आगे प्रदर्शन से होती गड़बड़ी से बचाने के लिए बहुत-से डॉक्टरों ने यह काम छोड़ दिया है। एंटी-अबोर्शन दल बहुत प्रभावशाली होते जा रहे हैं, उनके अनुसार हर जान अलभ्य है और उसे नष्ट करना अपराध होना चाहिए।

उसे ले जाने दो वालंटियर स्त्रियाँ आएँगी। "अच्छा होगा तुम इधर-उधर, प्रदर्शनकारियों की ओर देखो ही नहीं। वह तरह-तरह की ध्वजा-पताकाएँ हाथ में उठाए रहते हैं, तुम डरोगी तो नहीं ?"

"कैंसर होने के बाद मुझे किसी चीज़ का डर नहीं बचा।"

फिर भी मैं प्रदर्शनकारियों के लिए प्रस्तुत नहीं हूँ; क़ानून के अनुसार उन्हें क्लिनिक बिल्डिंग से कुछ दूर रहना पड़ता है; रेलिंग के उस पार भीड़ है, तरुण, युवा, वृद्धाएँ सभी उस हुजूम में शामिल हैं—न चाहते हुए भी मेरी दृष्टि उधर चली जाती है, एक सफ़ेद बालोंवाली वृद्धा, एक सिर-कटी गुड़िया मेरे सामने हिलाने लगती है।

"सुनिए—सुनिए—अभी भी समय है।" एक पुरुष की आवाज़ है।

"चलती रहो।" साथ की वालंटियर मुझे जल्दी से प्रवेश-द्वार के अन्दर धकेल देती है।

"हत्यारे—हत्यारे..." प्रदर्शनकारी चांट करने लगे हैं।

प्रवेशद्वार बन्द हो गया है।

फिर एक वातानुकूलित कमरा—एकदम सन्नाटा, मेज़ पर लेटते हुए मैं मन में शिशु से क्षमा-प्रार्थना करती हूँ।

आँसू एकदम उमड़ आए हैं, नर्स हलके-हलके मेरे गाल पोंछ देती है।

डॉक्टर का चेहरा धुँधला-धुँधला-सा है।

जागकर भी लगता है कि एक अज्ञात शिशु की चीत्कार कमरे में फुसफुसा रही है। माँ के शरीर से ज़बरन निष्कासित होते हुए क्या उसे दारुण पीड़ा नहीं

हुई होगी—तुम्हें तो जाना ही था शिशु—तुम तो जाने के लिए ही आए थे।

घर लौटने के रास्ते भर मैं ज़ोर-ज़ोर से रोई हूँ—ऐसे जैसे पापा की अचानक मृत्यु के समाचार से रो पड़ी थी—यह भी तो एक प्रकार का मातम है, अपने लिए, शेषेन्द्र और अब इस शिशु के लिए।

क्लिनिक में घुसने और निकलने के दौरान बर्फ़ पड़ गई है, पेड़, इमारतें, सड़कें, गलियाँ, चौराहें, गाड़ियाँ सब एक सफ़ेद आवरण से ढँक गए हैं। क्रिसमस और नया वर्ष कब आया और चला गया, सड़कों पर अभी भी नन्हे-नन्हे, रंग-बिरंगे सजावटवाले बल्ब उतारे नहीं गए हैं।

आँसुओं के बीच वह बिजलियाँ झिलमिलाती हैं—क़तार-की-क़तार।

अब मुझसे झेला नहीं जाता।

नर्स धीरे से उसका हाथ दबाती है, "गॉड तुम्हें झेलने की शक्ति भी देगा। मैं तुम्हारे लिए प्रार्थना कर रही हूँ।"

अपने मुँह से न कहने पर भी लोगों को न जाने कैसे पता चल गया; शायद मेरे चेहरे-मोहरे, हुलिया से। कीमोथेरेपी के मरीज़ आसानी से पहचाने जाते हैं और बिरादरी ने तो कई बार यह लक्षण देखे थे, पर सामने आकर किसी ने कुछ नहीं कहा। चुपचाप कुछ न कुछ करते रहे। एक बार फिर मुझे ताज्जुब होता है लोगों पर; कितनों ने मदद की है, किसी ने अपनी नौकरानी सफ़ाई के लिए भेजी, कोई लगातार सूजी या खीर बनाकर भेजता रहा, जब तक मुँह में छाले रहे, लगता है कि यदि शहर में तीन-चार ही दयालु परिचित हों तो फिर पूरी पलटन की क्या ज़रूरत ? मैंने सुप्रिया, अणिमा, मिसेज़ कुमार को पूरी तरह पहचाना ही नहीं था। मैं अभिभूत हूँ, उनकी उदारता, बड़प्पन और संवेदनों से। धन्यवाद देने पर अणिमा कहती हैं, "तुम भी तो सबका इतना करती हो। तुमने अपर्णा के लिए जो कुछ किया, क्या हमने देखा नहीं। यहाँ हम सब परदेसी हैं, एक-दूसरे का नहीं करेंगे तो कौन करेगा ?"

दुख का संवरण—कहीं पढ़ा हुआ वाक्य याद आता है। सहने की क्षमता अपने में होगी, यह तो जाना ही नहीं था। अपने को लाड़-प्यार में बिगड़ी, धन-सम्पत्ति में पली, अकेली सन्तान ही के रूप में जानती आई हूँ। अपना मनपसन्द, अपने उपयुक्त कभी कोई पुरुष मिला ही नहीं और अपने से बौद्धिक या मानसिक रूप से कमतर को कभी लिफ़्ट नहीं दी।

अब सोचती हूँ, ऐसा तो नहीं था, कॉलेज में लड़के थे। ममी किसी आयोजन में देहरादून गई थी, वहाँ से आईं तो बहुत खुश थीं। उनकी सहेली ने अपने, तभी आई.ए.एस. में आए, बेटे की बात छेड़ी थी, बेटे को मसूरी में ट्रेनिंग से बुलाया

था, वह ममी को पसन्द आया था, "बस, ज़रा काला है, पर रुतबे की पॉलिश में रंग कौन देखता है ?" कहकर पापा की ओर देखा था। वह नाश्ते की मेज़ पर थे, पापा चाय पी रहे थे और साथ-साथ अख़बार भी पढ़ते जा रहे थे। "पटना कॉलेज के लड़के बड़े लफंगे होते हैं," उन्होंने टीका की थी, ममी अप्रतिभ हो चुप हो आई थीं।

मैं स्वयं निर्लिप्त ही रही थी—यह तो आए दिन का क़िस्सा था, ममी लड़के ढूँढ़ती और पापा उनमें कुछ-न-कुछ कमी निकालकर रिजेक्ट कर देते।

"जल्दी क्या है ?" अख़बार रखते हुए उन्होंने कहा, "अभी एम. ए. करने दो। आगे कहीं बाहर जाकर पढ़ेगी, ऑक्सफ़ोर्ड या कैम्ब्रिज। शादी करके घर गृहस्थी में अभी से झोंक दें, इसकी क्या ज़रूरत है ?"

पी-एच. डी. शायद ख़त्म भी कर लेती, यदि बीच में इतनी अच्छी नौकरी न मिल गई होती। थी तो अस्थायी, और केवल एक साल की लेक्चररशिप, परन्तु ध्यान बँटाने और पापा की मृत्यु के आघात को बरदाश्त करने के लिए यह व्यवधान ठीक विकल्प लगा। विद्यार्थी जीवन का सामान ही क्या था, तीन सालों तक इधर-उधर, एक कमरे में सम्पृक्त जीवनयापन किया था, दो सूटकेस कपड़े, दो बड़े-बड़े डब्बों में जूते व चप्पल, किताबें, थोड़े-से बर्तन। नई नौकरी के उत्साह में एक गाड़ी ले ली थी, उसी में सब समोकर मैं चल दी थी।

कैंसर डायरी-IV

कभी-कभी दिन काटे नहीं कटते। पहले ऑपरेशन, फिर चार महीने कीमो, फिर रेडिएशन की प्रतीक्षा लगता है कि यह सिलसिला ख़त्म ही नहीं होगा, और सब कुछ हो जाने के बाद गारंटी कुछ भी नहीं। कैंसर से कभी छुटकारा नहीं पा सकते।

डॉ. ज़ैकरी ने मुझे प्लास्टिक सर्जन के द्वारा नए वक्ष बनवाने के लिए अनुत्साहित किया था और सच तो यह है कि मैंने जब देखा कि पेट से मांस निकालकर, एक वृत्ताकार गढ़कर आरोपित किया जाएगा, फिर कई महीने बाद कुचाग्र। उस पर काला गुदना जिससे वह प्राकृतिक लगे, यह सब डॉक्टर दूर तक सोचते हैं, तो मैं उस दर्द और बाद की पीड़ा से घबरा गई। सच तो यह है कि उस समय मेरे सोच में इतना कनफ़्यूज़न था कि इतना बड़ा निर्णय लेना मेरे लिए सम्भव नहीं था। मैंने तरह-तरह के आरोपण के चित्र देखे थे; छाती, पेट और पीठ पर निशान देखे थे, ट्राम फ्लैप, फ्री फ्लैप और सिलिकोन पाउच की सम्भावना पर भी नज़र डाली थी।

''इस समय मैं कुछ नहीं सोच पा रही हूँ।'' मैंने बेबसी में कहा।

''अभी अपने को इतने निर्णय लेने के लिए बाध्य न करो। यह विकल्प तो बाद में भी रहेगा। फिर तुम्हारे शरीर पर इतना मांस भी नहीं है, उसे एक जगह से निकालकर रोपना मुश्किल होगा।'' डॉ. स्टुअर्ट ने कहा। यह डॉक्टर भी, जैसे मानव शरीर एक सतत प्रयोगशाला है, यहाँ से काटो, वहाँ जड़ दो, इसे खोलो, उसे बन्द कर दो।

पर सारा ट्रीटमेंट समाप्त होने पर, अपनी ओर देखकर स्वयं रोना आता है। अब मैं एकदम थक गई हूँ, उकता गई हूँ, हर दो हफ्तों बाद की क़वायद। कैंसर सेंटर के अन्य रोगियों से पहचान हो गई है, दूसरे आपस में काफ़ी बातें करते हैं; अपने कैंसर की स्टेज की, मेरा ट्यूमर दो सेंटीमीटर का था, यानी पहली स्टेज पर, तो दूसरी स्त्री कहती है, ''मेरी तो बग़ल की ग्रन्थियाँ भी पॉज़ीटिव निकलीं। मैं स्टेज दो पर हूँ।''

''मेरा नाम फ़िलिस टेट है,'' पास बैठी स्त्री मेरी ओर मुड़कर कहती है, ''आई

लव इंडिया। मैंने कैंसर उपचार के बाद धर्मशाला जाकर तिब्बती दवाई की थी। वह साल बहुत महत्त्वपूर्ण और आनन्दमय थे। यहाँ का सारा तामझाम छोड़कर एक कमरे में रहना। एक नौकर था, वही मेरा खाना बना देता था। खुली हवा और सुबह-शाम पूजा और ध्यान। कैंसर ने मुझे यह तोहफ़ा दिया था—एक पुनर्जन्म हुआ था मेरा। मुझे लगता था कि मैं बदल गई हूँ, कुछ और आध्यात्मिक हो गई हूँ।''

फ़िलिस स्वभाव से ही वाचाल थी या घबराहट में बोले ही जा रही थी, ''मेरे परिवार में भी परिवर्तन आया, मेरे तरुण बच्चे मुझसे मिलने आया करते थे और उस वातावरण का असर उन पर पड़ा। वह अधिक संवेदनशील, अधिक गम्भीर हो गए—एक बेटी डॉक्टर है, अफ्रीका में एक जच्चा-बच्चा क्लिनिक चला रही है।'' फ़िलिस एक लम्बी साँस लेती है, ''नहीं बदला तो मेरा पति। उसे तो जैसे एक नारी शरीर ही चाहिए था; मुझमें कुछ क्षति आ गई थी, जैसे बच्चा एक टूटा खिलौना फेंक देता है, उसी तरह उसने भी—'' यहाँ फ़िलिस का गला भर आया और वह अचानक चुप हो आई। उसके चेहरे पर विषाद की रेखाएँ गहरी हो गईं।

मैं फ़िलिस की मृत्यु की ख़बर अख़बार में पढ़ती हूँ, ''फ़िलिस टेट—कैंसर से लम्बी लड़ाई के बाद, जो उन्होंने बहुत धैर्य और साहस से लड़ी।''

फ़िलिस की इस लड़ाई से कुछ ग्रहण करना होगा; हार-जीत तो होती ही रहती है। फ़िलिस में कितनी हिम्मत थी, अनजान देश में जाकर रहना, बौद्ध मूल्यों को आत्मसात् करना, उनसे अपना जीवन सँवारना। फ़िलिस, मैं भी तुमसे कुछ सीखूँगी, बात-बात पर हिम्मत छोड़ देना, हर बात पर रो पड़ना—इन सबसे उबरने की कोशिश करूँगी। यह मेरा तुमसे वादा है, यही तुम्हारी समाधि पर मेरी श्रद्धांजलि है।

कैंसर डायरी-V

कैसे आश्चर्य की बात है, जो डॉक्टर, पुस्तकें, लेक्चर-भाषण नहीं कर सके, वह फ़िलिस अपनी मृत्यु के बाद कर गई। मैं अपने अन्दर एक परिवर्तन पा रही हूँ। झेलने की, बरदाश्त करने की ताक़त, बिना दुख मनाए, बिना रोए। जैसे एक अन्धी सुरंग से बाहर आ गई हूँ। रोग तो केवल शरीर को ही है, मैंने इतनी जल्दी पराजय क्यों मान ली ? नहीं फ़िलिस, मैं भी धैर्य और साहस से लडूँगी और मैं अवश्य जय पाऊँगी।

फ़िलिस ने मुझे खान-पान, भोजन, आचार की अपनी नोटबुक दी थी– "मुझे इसकी ज़रूरत नहीं है, सब ज़बानी याद है।" मेरा अपना भारतीय खाना तो बहुत कुछ उसी पद्धति का था, शक्कर, चिकेन, पनीर आदि न खाने में कोई विशेष समस्या नहीं थी। गेहूँ की बालियों का रस, जो पीने में घास का सत्त लगता था, फलों में सन्तरे, सब्ज़ियों में गाजर, गोभी, पालक, ब्रौकली।

जो कुछ हो रहा है, होने दो, हरेक चीज़ की एक गति होती है, नक्षत्रों की, सूर्य, चन्द्र और धरती की, ज्वार-भाटे की, फूल खिलते हैं, फल पेड़ों से गिर-गिरकर नीचे घास पर एकत्र होते रहते हैं। वैसे ही इस रोग की भी एक स्पीड है, पर मुझे अपने-आप लगने लगा है कि जैसे मेरा यह रोग ढलान पर है, महीनों की कीमोथेरेपी ने मेरे अन्दर के सारे रोगी सेल्स समाप्त कर दिए हैं, रोगी सेल्स के साथ स्वस्थ सेल भी, पर वह आहार, विश्राम और न्यूपोजेन और प्रोक्रिट के सहयोग से फिर बनने लगेंगे।

नर्स जाते हुए कहती है, "मैं देख रही हूँ आपमें चेंज, बहुत अच्छी बात है। खुश रहें, अपनी देखभाल करें, कितने सारे ख़ैरख्वाह हैं आपके।"

यह है कैंसर का मेरे लिए तोहफ़ा—मैं याद कर रही हूँ, जाने-अनजाने लोगों की सहायता—अनुकम्पा। कीमोथेरेपी के दौरान जब मैं बिस्तर से उठ भी नहीं पाती थी, मेरे सहयोगी मेरी कक्षाएँ ले लेते थे। उनकी पत्नियाँ हमेशा अस्पताल

लाने और ले जाने को प्रस्तुत रहती थीं।

मैं कृतज्ञ हूँ—अब तक किसी से कुछ भी लेने में अस्वस्ति होती थी, अब तक देना ही जाना था, पर अब दूसरे तत्परता से मेरी देखभाल कर रहे हैं तो एक स्तर पर अच्छा लग रहा है। एक ऊर्जा और गति मिलती है। मुँह में छालों के दौरान संगीता की सहेली एक भारतीय छात्रा मेरे लिए रोज़ साबूदाना या पतली खिचड़ी बनाकर लाती थी, मेरा बिस्तर सँवार देती, बर्तन धो देती, मैं तो उसे जानती भी नहीं थी।

उसने कक्षाओं की संख्या में कमी करने की अर्ज़ी दी थी, कारण लिखा था, कैंसर का उपचार। यदि दो की जगह एक क्लास कर दी जाए प्रति सप्ताह तो आभार होगा।

मार्कस ने अर्ज़ी नामंजूर कर दी, बजट में कटौती है, परन्तु उसके स्थान पर कोई दूसरा रखना सम्भव नहीं है, जैसे भी हो उसे कांट्रैक्ट पूरा करना ही होगा। न चले तो इस्तीफ़ा।

मार्कस इतना कठोर कैसे हो गया ? क्या उसे मालूम नहीं कि कैंसर का उपचार कितना महँगा होता है, कि उसे विश्वविद्यालय की ओर से दी गई मेडिकल इंश्योरेंस की सख़्त ज़रूरत है।

जब तबीयत थोड़ी सुधरती तो वह काम पर जाती। एक टैक्सी रख ली थी जो सुबह आकर उसे ले जाती और शाम को वापस छोड़ जाती। सिर पर कभी स्कार्फ़, कभी हैट, कभी दुपट्टा ओढ़कर वह अपनी केशहीनता ढँकने का प्रयत्न करती। गलियारों में, लिफ़्ट में, क्लास में आते-जाते कुछ लोग एकदम आँखें बचा जाते, या मौन रहते। पर कुछ ऐसे भी थे जो सामने आकर पूछते—"कैसी हैं आप ? कैसी तबीयत है ? अगर मैं कुछ सहायता कर सकूँ तो..."

फिर पता चला कि जिस दिन वह नहीं आ पाती है, उस दिन मार्कस उसकी क्लास लेने लगा है, और ए.सी. ट्रीटमेंट के बाद विभाग की सेक्रेटरी से उसने फ़ोन भी करवा दिया था कि दो-तीन सप्ताह न आए तो भी चलेगा।

यह उसने वैसे ही ग्रहण किया जैसे मार्कस की कठोरता और हृदयहीनता चुपचाप झेल ली थी। वह जान रही थी कि यदि उसका व्यावहार कुछ मृदुल होता, वह मार्कस के साथ बाहर आती-जाती तो शायद स्थिति दूसरी ही होती।

पर जो अपने को ग्राह्य या रुचिकर नहीं, उसे व्यवहारिकता की माँग से निगला जाए ? नहीं, वह यह सब क्यों करती ? जो किया, ठीक किया, अपनी आत्मा का हनन तो नहीं किया। मार्कस आकर्षक था, बौद्धिक स्तर पर समान था, परन्तु एक पुरुष की तरह उसने कभी उत्तेजित नहीं किया। कोई रसायन नहीं था।

क्या मैं सचमुच कठोर, शुष्क और ठंडी स्त्री हूँ ? यह प्रश्न वह लगातार अपने से पूछती आई थी, पर अब यह निरर्थक हो गया था। शेषेन्द्र के संसर्ग ने उसे परत-दर-परत अपनी पहचान जता दी थी, न वह ठंडी थी, न बन्ध्या। उन पागल,

मदहोश उच्छ्वसित क्षणों में उसने अपने को पूरा-का-पूरा आकंठ, चाहत और वासना से ओत-प्रोत पाया था। यदि सच माना जाए तो यह पहला तोहफ़ा था, जो उसे कैंसर ने दिया था। यदि आठ-दस दिन बाद उसकी सर्जरी नियत न होती तो वह कभी भी अपने को शेषेन्द्र पर इतनी सम्पूर्णता से न निछावर कर देती।

पर वह समाप्त हो गया, उसने व नियति ने स्वयं कर दिया। वक्षहीन स्त्री इतनी अग्राह्य, इतनी मूल्यहीन हो जाती है ? अच्छा ही है कि कोई पति या बॉयफ्रेंड या गर्लफ्रेंड ज़िन्दगी में शामिल नहीं है, किसी को यह घाव दिखाने की ज़रूरत नहीं है। यह घाव, यह निशान केवल अपने हैं जो केवल त्वचा तक ही नहीं हैं, बल्कि अन्दर तक, गहरे और गहरे उतरते गए हैं।

आगे बढ़ने के लिए, हर नए दिन की नई शुरुआत करने के पहले अतीत से अपने को मुक्त करना पड़ेगा, पर यह सहज नहीं, जो अब अतीत है, वर्तमान था, उसकी साँसें; वह निर्णय सभी कुछ 'स्वयं' में उलझा हुआ है, वह शरीर पर त्वचा की तरह है, उसे अलग कर पाना असम्भव नहीं परन्तु अत्यन्त यातनामय प्रक्रिया है। उसके लिए तल, अन्तस्तल तक अपने को निष्ठुर और कठोर बनाना पड़ेगा—जो जीवन के इतने वर्षों नहीं हो पाया तो अब क्या हो पाएगा। उसने प्रयत्न बहुत किए हैं, अन्दर-बाहर दोनों से—पर कहाँ तक सफल हुई ?

अपर्णा की कहानी का फ़ुटनोट

गैरेज में से काफ़ी सामान छँट गया है। वह घुसती है और ठिठककर खड़ी हो जाती है। पुराने अख़बार, पत्रिकाएँ, कार्डबोर्ड के डिब्बे हट जाने से जो दीखता है वह टाँड़ पर रखा हुआ टिफ़िन कैरियर—अपर्णा का। तो उसने ठीक ही कहा था, पर वह स्वयं भी तो अपनी जगह सच कह रही थी, बाहर लाई होगी लौटाने के लिए और शेल्फ़ पर कुछ समय के लिए टिका दिया होगा और फिर आगे के काग़ज़ों ने उसे ढँक लिया होगा, उफ़—उन काजुओं का क्या हुआ होगा ? यमन ने बिना खोले टिफ़िन कैरियर कूड़े में डाल दिया। कूड़े वाली विराट गाड़ी आकर उसे विशाल पंजों से कुचल डालेगी, पिचकाकर फिर ढेर पर फेंक देगी।

परन्तु अपूर्व ने तो ज़रा भी सब्र नहीं किया ? अपर्णा की मृत्यु का अनुष्ठान करने भारत गया तो उसके साथ लौटी दुबली, पतली, गोरी-सी एक पत्नी, कम उम्र की लड़की, पर पहनने-ओढ़ने और बातचीत से नौकरानी जैसी लगती थी।

यमन ने अपूर्व से पूछा, ''कैसे हैं ?''

''ग्रेट।'' उसने जोश से कहा।

उसने अपनी फ़ैक्ट्री बेच दी और होटल चलाने लगा। यमन ने सुना कि नई पत्नी ने दनादन बच्चे पैदा करने शुरू कर दिए।

समय ने अपर्णा के अस्तित्व को ही मिटा दिया। सचमुच, कितनी क्षणभंगुर होती है ज़िन्दगी और कितनी जल्दी लोग भूल जाते हैं।

लोबो ने एक नौकरानी जुटा दी है, स्कूल जाती लड़की। बारह बजे लौटकर वह उसके लिए सूप और सैंडविच बना देती है, ऊपर की सफ़ाई करती है, कुछ सौदा पानी—यदि ज़रूरत हो।

''मैडम कभी साड़ी नहीं पहनतीं ?'' वह कपड़े तहा-तहाकर अलमारी में टाँग रही है, प्यार से वह छूती है, सहलाती है सिल्क की पैंट, शिफ़ॉन और जार्जेट की कुर्तियाँ।

''मैडम बिलकुल लड़कों जैसी दीखती हैं।''

गंजा सिर बालों से भर रहा है, अब थोड़ा बढ़ गए हैं और सचमुच लड़कों जैसे लगते हैं, अकेले होने पर वह अन्तर्वस्त्र नहीं पहनती, रेडिएशन से दग्ध त्वचा में कष्ट होता है, एकदम नरम सूती बनियाइन और उसके ऊपर सूती कमीज़; ज़्यादातर लखनऊ के काम की मलमली, मुलायम। सीने पर कोई उभार नहीं है, शायद मेरी ने देखा है; पर क्यों, वहाँ तक उसकी बाल-बुद्धि नहीं पहुँचेगी। फिर भी उसे मेरी की यह प्रगल्भता खटकती है, वह तीक्ष्ण दृष्टि से मेरी की ओर देखती है और मेरी कुंठित हो चुप हो जाती है।

यह उसकी पसन्द है। अकेले में कुर्ता और जींस पहनना। लड़कों जैसी लगे तो लगे, दुबली-पतली तो वह सदा से थी, कीमोथेरेपी के दौरान निरन्तर वमन और रेडिएशन से उत्पन्न भोजन के प्रति अरुचि होने से वह बिलकुल सूख गई है। पूरे शरीर में हड्डियाँ-ही-हड्डियाँ—उस पतले चेहरे पर आँखें खूब बड़ी-बड़ी लगती हैं।

ज़रूरी तो नहीं है कि सभी पीन-पयोधरा हों।

मेरी काम समाप्त कर धड़धड़ सीढ़ियाँ उतर जाती है, थोड़ी ही देर में उसकी उन्मुक्त खिलखिलाहट सुनाई देती है। वह नीचे चौक में खड़ी किसी से बात कर रही है और रह-रहकर हँसती है। कोई बाँध ले यह हँसी मुट्ठियों में—कुछ ऐसा जादू हो कि मेरी इसी उम्र, तेरह-चौदह साल की बनी रहे, कभी बड़ी न हो, कभी दुख-दर्द न झेले, कभी कोई रोग न हो।

वह अपने को याद करती है; वह लोग सिविल लाइंस में एक बँगले में रहते थे। बड़े-बड़े ऊँची छतोंवाले न जाने कितने कमरे, खपरैल की छतें, आगे-पीछे लम्बे-लम्बे बरामदे; सामने विस्तृत लॉन और पीछे केले के पेड़ों का झुरमुट जहाँ साँप रेंगा करते थे।

अपने परिवार में वे केवल तीन थे, पापा, मम्मी और वह। पर रसोई के पास वाले तीन कमरों में अभिमन्यु मामा, मामी और उनकी बेटी स्थायी रूप से रहते थे। बाक़ी सम्बन्धी भी आया-जाया ही करते थे। दादी कई बहनें थीं और उनकी मृत्यु के बाद भी उन बहनों के परिवार सम्बन्ध निभाते रहे थे। रूबी बुआ उन सबमें सबसे सम्पन्न थीं, वे अपने साथ अपना महराज लाती थीं। ममी की रसोई का नपा-तुला, कम तेल-घी का खाना उन्हें नहीं रुचता था। महराज के साथ उनकी अपनी पर्सनल दुलरिया नौकरानी भी आती थी, साथ में बोरे-के-बोरे अपने खेत का चावल, गेहूँ और दालें। कनस्तर-के-कनस्तर असली घी, अपनी गायों-भैंसों का। महराज जब लहसन और ज़ीरे का छौंक लगाता तो दूर तक घर गमक जाता था।

रूबी बुआ के पति छपरा या ऐसी ही किसी जगह बहुत बड़े ज़मींदार थे। रूबी बुआ हँसमुख थीं, ज़िन्दादिल—हास-परिहास प्रवीण। वह गोरी थीं और उनके गोल-मटोल चेहरे पर सोने के लम्बे-लम्बे बुन्दे और नाक में बड़ी-सी हीरों की लौंग बहुत सजती थी। उन्हें पान खाने का शौक था और उनके आने पर चाँदी के पानदान की सफ़ाई और पॉलिश होती थी। कत्था, चूना, कतरी सुपारी और ज़र्दा मँगाया जाता था। उनके आने की ख़बर सुनकर बाक़ी मौसेरी बहनें भी आ जुटती थीं। "ऐ भौजी," उनकी हर बात ऐसे ही शुरू होती थी, "हमारे भइया तो इतने गोरे-चिट्टे हैं, और तुम भी अच्छी-ख़ासी हो; यानी खूबसूरत ही हो, पर यह लौंडिया किस पर पड़ गई ?" ममी के माथे पर कुछ शिकनें उभरीं, शायद उन्हें उसके सामने उसकी कमशक्ली का उल्लेख अच्छा नहीं लगा।

"मैं कहूँ भौजी—" रूबी बुआ ने चुटकी से ज़र्दा मुँह में रक्खा, "यह लौंडिया तो हू-ब-हू तुम्हारे धोबी की शक्ल है। है न ?" कहकर उन्होंने आसपास की बहन मंडली को देखा।

"बीबी, आप भी तो—" ममी की बात ठहाकों के शोर में खो गई। उठीं और उसका हाथ पकड़कर अपने कमरे में चली गईं।

अगली बार जब धोबी आया तो वह भौचक रह गया जब उसे देखकर घर के अन्दर अनायास ठहाके गूँजने लगे।

उसने धोबी को ध्यान से देखा—क्या सचमुच मेरी शक्ल धोबी-धोबिन से मिलती है ?

उस परिहास का अर्थ जब बड़े होकर समझ में आया तो वह स्वयं हँस पड़ी थी। ममी की ऐसे टाँग-खिंचाई तो रूबी बुआ ही कर सकती थीं। ममी के दबदबे के आगे किसकी जुर्रत हो सकती थी कि मुँह भी खोले, हँसी-मज़ाक तो दूर की बात थी।

समय ने रूबी बुआ को भी छीन लिया, दो-चार दिन की मामूली-सी बीमारी में चली गईं, अच्छा हुआ किसी बड़ी बीमारी में दुर्दशा तो नहीं हुई।

वह धूप-भरी बाल्कनी में आकर खड़ी हो जाती है। समुद्र में हलकी-हलकी लहरें हैं और सूरज की किरणों से आँखें चकाचौंध हैं। पीछे मुड़कर देखना या अतीत के लिए दुख मनाना उसका स्वभाव नहीं है, पर इन दिनों ज़िन्दगी का लेखा-जोखा करने का मन होता है। वे सब लोग जो ज़िन्दगी का अहम भाग थे, अब केवल नाम और यादें ही रह गई हैं—पापा, रूबी बुआ, छोटे मामाजी, कॉलेज की सहेलियाँ—और—और अभी हाल में शेषेन्द्र और अपना शिशु। जाने-अनजाने उसका ख्याल आ जाता है; वह तड़पकर रह जाती है, जैसे एक गोप्य स्तर पर सदैव उसके लिए कलपती रहती है।

जिस दिनचर्या में गतिविधि न हो, वह उबाऊ हो सकती है, पर यमन को रिक्त बैठे हुए कोई ऊब नहीं होती। सुबह सूर्योदय और शाम को सूर्यास्त के बीच का समय ऐसे ही ख़ाली बीत जाता है, नारियल के पेड़ों की हवा में झूमते, गौरेयों और फ़ाख्ताओं को चौक में गिरे रोटी के टुकड़ों को ढूँढ़ते देखते या बाज़ार में निरुद्देश्य घूमते हुए। फिर भी वह अपने को वनमाली के बारे में सोचता हुआ पाती है। वनमाली क्या सचमुच वही है जो दिखाई देता है या वह केवल एक आदत या ओढ़ा हुआ स्वभाव है। हर अतिथि को विशिष्ट समझने देनेवाली एक सफल अदा; उसकी बातचीत, वेशभूषा सब में एक विशेष अन्दाज़ है; एक होटेलियर का। उसके परे, वनमाली, बुद्धिजीवी, साहित्य-प्रेमी—कुछ है, है तो कहाँ है ?

विदेश में रहकर उसने एक बात गम्भीरता से ग्रहण की है, आत्मनिर्भरता। अपने दुर्भाग्य या नाक़ामयाबी पर किसी और को दोष न देना। बचपन से देखती, सुनती आई थी, हर दुख और चिन्ता के लिए कभी भाग्य, कभी परिवार, कभी देश-परिवेश को दोष देना, हरेक बात में निर्णयात्मक रवैया। अब असफलता और पी-एच.डी. अधूरी रह जाने के कारण में उसकी अपनी ही कहीं ख़ामी है। यह

सच है कि उसे विभाग में कभी किसी ने आगे बढ़कर सहायता नहीं की। चिट्ठी बाबू के हर अड़ंगे पर भी वह चाहती तो काम पूरा कर सकती थी; अमेरिकन पैसों के भारी अनुदान के बग़ैर भी, पर नहीं कर सकी।

पर अब, कैंसर को लेकर किसे दोष दे ? भाग्य को, भगवान को, नानी को, अपनी जीवन-पद्धति को।

यह एक ऐसी भूलभुलैया है जिसमें एक बार प्रवेश कर निकलना सम्भव नहीं हो पाता। ऊपर-नीचे, आगे-पीछे जैसे इन्हीं विचारों को कातती-बुनती रहती है। क्या सब कुछ पूर्वनिर्धारित है ? जीवन-मरण, यश-अपयश ? या इनसान को पूरी आज़ादी है, स्वेच्छा से विकल्प का वरण करना ?

उसके पास कोई उत्तर नहीं है।

एक बिन्दु पर आकर अटक जाना उसकी पुरानी आदत है, उसी बात को बार-बार लौटना-पौटना, उधेड़ना-बुनना। इसे झक कहेंगे या ख़ब्त। अंग्रेज़ी में ऑबसेशन। पहले ऑबसेशन था, अपनी अधूरी थीसिस का, और अब है अपने कैंसर का। डॉक्टर, दवाएँ, साइकोलॉजिस्ट, नर्सें, मित्रगण—सभी उसे झेलने के लिए, बरदाश्त करने के लिए सहारा दे रहे थे—पर वह है कि अड़ियल घोड़े की तरह उसी जगह टिकी हुई है, उसे वही-वही बातें सोचने में ऊब नहीं लगती। कैंसर की बीमारी, उसके उपचार और उसके बाद धीरे-धीरे स्वस्थ होने की प्रक्रिया ने उसका सारा ध्यान लील लिया है, उसे इससे आगे किसी की सचमुच में परवाह नहीं है, चाहे किसी राष्ट्र पर बम गिरें या आतंकवादी बम फेंकें। बाढ़, तूफ़ान, भूकम्प, अकाल; यह सब अपने दुख और पीड़ा के सामने नगण्य हो गया है।

अकेले-अकेले रहते हुए आत्मविश्लेषण में भी बहुत समय बीतता है। अब वह सोच रही है कि क्या वह वनमाली के प्रति आकर्षित है ? शायद नहीं, अपने अन्दर खँगालने के बाद वह अपने से कहती है, उसे व्यक्ति रोचक लगता है, बहुआयामी प्राणी, न केवल एक बिज़नेस-मैन, बल्कि प्रकृति-प्रेमी, काव्य-मर्मज्ञ। यदि प्रकृति-प्रेमी न होता तो फिर वनस्पतिशास्त्री न बनता, गीतांजलि के साथ-साथ रौबर्ट फ्रोस्ट और अन्य कवियों की पुस्तकें शेल्फ़ में न होतीं, ये पुस्तकें स्वयं खरीदी जाती हैं, पर्यटक ऐसी पुस्तकें न पढ़ते हैं न ख़रीदते हैं।

इस वर्षा ऋतु में जब कई-कई दिनों तक घर से बाहर निकलना नहीं होता, वनमाली की उपस्थिति एकरसता को जमने नहीं देती। उसका आना-जाना, वार्तालाप, पार्टी का निमन्त्रण एक अच्छा लगनेवाला माहौल प्रस्तुत करता है।

अपनी कॉटेज के अकेलेपन से निकलकर, भले ही कुछ ही देर के लिए, उसे अच्छा लगता है। वनमाली की अहमियत इतनी ही है, बस !

सुन्दरता या स्त्रीत्व का सन्दर्भ क्या है ? बरसात की मेघाच्छन्न संध्या को वह अपनी बाल्कनी में बैठी-बैठी सोचती है। जो अपनी संस्कृति ने मानदंड स्थापित कर दिए हैं, वही न। स्त्री शरीर तो केवल प्रेमिका और मातृत्व के सन्दर्भ में ही देखा गया है; लम्बे सुगन्धित बाल किसी के रोएँदार विशाल वक्ष पर बिखर रहे हैं, और सब उफ़ान समाप्त होने के बाद प्रेमी हलके-हलके बालों से खेलता रहे।

वह जान रही है कि बालों का ऐसे कृत्रिम रूप से गिरना उसे कहीं अन्दर से बहुत उत्पीड़ित कर गया है; बाल, स्तन यह सब उसकी अपनी समष्टि छवि के अभिन्न अंग हैं—अपने को यों कटते-पिटते देखकर गहरा दुख अन्दर बस गया है।

''झेलो—'' तब उसने कहा था, टेरेसा, जो पक्की धार्मिक थी, कहने लगी ''गॉड इज़ मेकिंग यू वॉक दिस वॉक—इस राह से गुज़र कर तुम देखोगी कि तुम अधिक सशक्त और अच्छी व्यक्ति बन गई हो। यदि तुममें यह सहन करने की शक्ति न होती तो तुम्हें भगवान यह रोग नहीं देते। यह तुम्हारी परीक्षा का समय है, इसमें उत्तीर्ण होना ही होगा।''

सशक्त और अच्छी—वह कुछ कहती नहीं। ''भगवान स्वयं इतने व्यस्त हैं पूरी सृष्टि को चलाने में, कि उन्हें जैसे ध्यान है, इस कमज़ोर और कम अच्छी स्त्री को इस राह पर चलाओ जिससे उसका चरित्र और निखरे।

धार्मिक, चर्च और मन्दिर जानेवाले लोगों से कुछ कहना व्यर्थ है।

''ठीक है।'' उसने कहा, ''आ'ल वॉक दिस वॉक एंड टॉक दिस टॉक।''

अरब सागर पर वर्षा; उसने जैसे अपने आप से कहा। डॉक्टर ज़ैकरी की बात याद करते हुए उसने कहा, गिलास आधा भरा है, आधा ख़ाली नहीं। मैं भाग्यवान रही हूँ—एक दुर्दान्त रोग से जूझने के बाद कोई कैसे अछूता रह सकता है। उससे उबरकर जीवन का हिसाब-किताब न करना बुद्धिहीनता ही होगी। अभी तक जीवन और परिस्थितियों के प्रवाह में अपने को छोड़ दिया था; हर कुछ स्वीकारती जा रही थी; अपनी पी-एच. डी. की थीसिस न पूरी कर पाने का रंज, पापा के अकस्मात् चले जाने का ग़म; अमेरिकन विश्वविद्यालयों की राजनीति; पर अब तो कुछ करना ही होगा। सक्रिय रूप से अपने जीवन को गढ़ना होगा। पर कैसे ? यह तो समय ही सुझाएगा, अभी तो अन्दर-बाहर के घाव बहुत गहरे और नए हैं।

कैंसर डायरी-परिशिष्ट

जैसे, अचानक, अक्टूबर की एक ठंडी सुबह डायग्नोसिस हुई थी और चल पड़ा था घटनाओं का सिलसिला—कीमोथेरेपी, रेडिएशन, वैसे ही कई महीने बाद ट्रीटमेंट समाप्त हो गया। रेडिएशन थेरेपी पूरे साढ़े छह हफ्ते चली, सोमवार से शुक्रवार तक। सप्ताहान्त आराम के लिए। क्रीम सुबह-शाम लगाने के बाद भी मेरी त्वचा झुलसकर काली पड़ गई, फिर परतें उचलने लगीं और अन्दर से लाल-लाल मांस झलकने लगा, फिर बूँद-बूँद कर मवाद रिसने लगा।

उफ़ ! इतनी यातना, जैसे इसका अन्त ही न हो, अभी तो चीरों में ही टभकन उठा करती थी। मैं सारी-सारी रात तकिए का सहारा लिये बैठी रहती और आँखें फाड़-फाड़कर देखती रहती खिड़की के चौखटों को, जिनके उस पार एक पूरी जाग्रत, हँसती, खिलखिलाती दुनिया बिखरी हुई है। आँकड़े बताते हैं कि इस सर्जरी, कीमो और रेडिएशन के बाद पाँच से दस साल तक जीने की नब्बे प्रतिशत सम्भावना है। पर कोई तो वह दस दुर्भाग्यहीन स्त्रियाँ होंगी जोकि इस संघर्ष में हार गई होंगी। यह तो एक जुआ है; सट्टेबाज़ी, पता नहीं किसका नम्बर आ जाए।

रेडियोथेरेपी में भी एक मैत्री और सौहार्द था; वेटिंगरूम में देखकर ही पता चल जाता था कि कौन रोगी है, कौन सम्बन्धी। सम्बन्धी थके और उदास दीखते थे, पर रोगियों के चेहरे पर एक हारे हुए जुआरी का-सा भाव रहता था। उपचार की इस स्थिति तक पहुँचते-पहुँचते मन और शरीर दोनों बिखर चुके होते थे।

रेडिएशन से पहले मुझे विज़ुअलाइज़ेशन टेकनीक सिखाई गई थी; शरीर का कास्ट बनाया गया था, छाती पर गुदने के बिन्दु लगे थे जिससे हमेशा एक ही अवस्था में लिटाया जाए, मशीन की किरणें ठीक जगह पर पड़ें और जब टन्न-टन्न करती हुई मशीन ऊपर टँगी हो तो मन में एक ऐसी जगह की छबि लाओ जहाँ तुम्हें खुशी मिली हो—मैंने मावी के तट पर सूर्यास्त को याद करना चाहा, हवाई द्वीप की सुखद धूप और समुद्र की ओर से आती ताज़ी हवा; सामने प्रशान्त महासागर अत्यन्त सुन्दर था परन्तु मैं सुखी थी, यह याद नहीं पड़ता। या फिर कैलिफ़ोर्निया के ला हौया नगर में समुद्र-तट पर हार्बर सीलों का लोटते रहना और

लाल लपटों में दहकते सूरज का धीरे-धीरे पानी में लोप हो जाना, जब समुद्र की लहरों की बौछार आकर किनारे पर खड़े लोगों को भिगो देती तो बच्चे खिलखिलाकर हँस पड़ते। सीलें करवट बदलतीं और रेत पर लुढ़की रहतीं।

पर कब ये दोनों चित्र मिट गए और वह क्षण मन में उभरा, मुझे स्वयं नहीं मालूम—मेरे लम्बे-लम्बे बाल शेषेन्द्र की छाती पर बिखरे हुए थे, मेरी आँखें मीठी थकान से मुँद रही थीं और वह, मेरे बालों को हलके-हलके थपकते हुए कुछ गुनगुना रहे थे। वह था चरम सुख का क्षण, परिपूर्णता का; परन्तु घातक, मारक किरणों के नीचे लेटे-लेटे वह कहीं किसी बेचैन रात का सपना-सा मालूम होता था। हाँ शेषेन्द्र; मैं उन दिनों कितनी जीवित, जाग्रत और सुखी थी, यह जानते हुए भी कि जल्द ही मेरा उपचार प्रारम्भ होगा। शायद इस एहसास ने ही एक-एक पल को और भी मूल्यवान बना दिया था।

नर्स दरवाज़ा खोलकर अन्दर आती है। इस तल की दीवारें इतनी मोटी हैं, दरवाज़े इतने भारी हैं कि किरणों का कोई अंश बाहर नहीं जा सकता। नर्स बाहर के कोष्ठक से मशीन संचालित करती है। वह मुझे उठने में सहायता करती है; बाहर निकलकर मैं ड्रेसिंग रूम में जाकर अपने कपड़े पहन लेती हूँ।

बाहर मौसम बदल रहा है। सब ओर बसन्त के आगमन के चिह्न हैं, पेड़ों पर नई कोंपलें, पक्षियों का कलरव—गिलहरियों की भागदौड़। एक नवजीवन का पुनर्आगमन, एक नई शुरुआत। जैसे चार, साढ़े-चार महीने के बाद कीमो समाप्त हो गई थी, वैसे ही एक दिन आया, जब रेडियोथेरेपी का अन्तिम सेशन हुआ।

उस दिन एक्स-रे टेकनिशियन और नर्सों ने मिलकर एक छोटा-सा उत्सव आयोजित किया था। मैं बाज़ार से एक बड़ा-सा चॉकलेट केक ले गई थी, 'धन्यवाद' लिखवाकर। वह केक मेज़ पर सजा हुआ था, साथ में मीठे बिस्कुट थे, तली मूँगफली, आलू के चिप्स। मेरे साथ एक दम्पति था और एक बच्चा जिनकी थेरेपी भी उसी दिन समाप्त हुई थी। "हमें गले और फेफड़े का कैंसर है," पत्नी बहुत कसी जींस पहने थी। गले और हाथ में फ़िरोज़े के गहने, अमेरिकन इंडियन के बनाए हुए, "हम तीन-तीन पैक सिगरेट रोज़ पिया करते थे; बोतल-बोतल व्हिस्की। शिकार करते थे, अलास्का में भालू, मौंटैना में भैंसे, विस्कांसिन में हिरन," उसने लम्बी साँस ली, "कितनी अच्छी, उत्तेजना से भरी ज़िन्दगी थी, और अब ? कौन जाने ?"

बच्चे का सिर कीमोथेरेपी के कारण गंजा था, उसके साथ उसके तीस

वर्षीय माँ-बाप थे; वह बड़े चाव से केक खा रहा था, ''आई लाइक इट,'' उसने मुस्कराकर नर्स को देखा और माँ ने आँसू छिपाने के लिए मुँह नीचा कर लिया।

''केवल मैं ही दुखियारी नहीं हूँ,'' मैं सोचती हूँ, मेरी आँखें फ़िरोज़े के कंगन पर टिक जाती हैं, ''मुझसे भी बदतर लोग हैं, यह छोटा बच्चा; इसने अभी क्या देखा है, और उसके माँ-बाप, कितना दुख होगा उन्हें अन्दर-ही-अन्दर...''

''और अब ?'' नर्स ने पूछा ''आगे ?''

''मालूम नहीं, सब कुछ छोड़-छाड़कर वापस घर जाने की सोच रही हूँ।'' मैंने बिना सोचे-समझे अपने को कहते पाया।

नर्स के चेहरे पर अचरज का भाव था, ''पर इंडिया में डॉक्टर, हॉस्पीटल होंगे ?''

''मुझे उम्मीद है कि मुझे उनकी ज़रूरत नहीं पड़ेगी।''

''फिर भी, हर तीन महीने पर चेकअप।''

''करवाती रहूँगी। तुम फ़िक्र न करो।''

नर्स ने उसे बाँहों में भरकर आलिंगन दिया, हलका-सा।

''अलविदा, कैंसर सेंटर।'' मन-ही-मन कहती हुई जब मैं बाहर आई तो मुझे लगा कि सचमुच अब कैंसर-फ्री हूँ। यदि कुछ सेल सर्जरी या कीमोथेरेपी के बाद बच भी गए होंगे तो इन किरणों ने उन्हें भस्म कर दिया होगा। अब मुड़कर नहीं देखना, आगे-ही-आगे देखना है। इंटरनेट पर मैंने गोवा के होटलों को देखा था, बुक करा ली एक कॉटेज पैरेगौन रिज़ौर्ट में। साफ़-सुथरा, समुद्र के किनारे, थोड़ा महँगा लगा, पर अब पैसे की कोई चिन्ता नहीं। मैंने अपना फ़्लैट ख़ाली कर दिया था, बर्तन-भाँडे, चादरें-कम्बल विद्यार्थियों में बाँट दिए और कपड़े जो अधपुराने हो गए थे, गठरी बाँधकर दान में दे दिए। बचे दो सूटकेस, और किताबें, उन्हें अणिमा के पास रखवाकर मैं बम्बई की ओर रवाना हो गई।

बम्बई में मानसून आ चुका है; जहाज़ के अन्दर बैठी-बैठी खिड़की पर रेंगती वर्षा की धारें देखती है। जहाज़ रुका है, सीढ़ी लगेगी, यात्री उतरेंगे, तब तक वह झिर-झिर पानी में सब कुछ सिंचता हुआ देख रही है; तब अपने शरीर में भिंदा हुआ दाह असहनीय लगने लगता है। वह उत्कंठित है इस वर्षा में अपने को ऊपर से नीचे भिगो देने के लिए। पर एक दाह, एक जलन और है जो मन-ही-मन सालती रहती है, शेषेन्द्र की बाँहें फिर नहीं मिलेंगी—पर जो ख़त्म हुआ उसके लिए तुम दुख कब तक मनाओगी ?

मन में कहीं आस पल रही थी कि शेषेन्द्र शायद फ़ोन करें, हालचाल पूछें, उन तीन दिनों की अन्तरंगता ने क्या कहीं, किसी भी स्तर पर उन्हें छुआ नहीं होगा। वह यह भी जानती थी कि यह आशा कितनी मिथ्या और क्षणभंगुर डोरी से हिलगी हुई थी। शेषेन्द्र ने जो कहा था वही हुआ—'केवल ये दिन, न आगे कुछ न पीछे।'

पर पीछे उसके साथ हुआ था, वह शिशु, क्या गर्भ से निष्कासित होते हुए उसके गले से एक मौन, पीड़ित चीख़ निकली होगी ? विज्ञान कहता है नहीं, पर मन बार-बार पुकारता है, "मेरा बच्चा।"

वह सायास उन विचारों को पीछे ठेल देती है।

पर शेषेन्द्र की एक निशानी बचेगी—उसका नया नाम, यमन, वह रेत पर बार-बार उँगली से लिखती है, यमन—यमन, यमन—अब वह यमन ही रहेगी और याद नहीं करेगी उन्हें—शेषेन्द्र को।

वैन बाहर जा रही है, वह बाल्कनी से खड़े होकर देखती है, "मेरी, जाकर पूछो तो, वैन किधर जा रही है ?"

"महादेवजी के मन्दिर," मेरी ख़बर लाती है, "बहुत पुराना मन्दिर है, ड्राइवर कहता है, हम चलें मैडम, अच्छा रहेगा।"

उसकी आशापूर्ण दृष्टि को वह टाल नहीं सकती।

"चलो, चलें।"

"मैं अब्भी आई, जब तक आप साड़ी पहनें।"

मेरी हमेशा धड़धड़ाती हुई सीढ़ियाँ उतरती है, जाने कितनी जल्दी रहती है उसे हर वक़्त, हर चीज़ की।

जितनी देर में वह साड़ी का चयन करती है, मेरी आ भी जाती है; उसने स्कर्ट ब्लाउज़ उतारकर चमकीला सलवार-कुर्ता पहन लिया है।

"काली साड़ी ? मैडम, मन्दिर या पूजा में काला कपड़ा नहीं पहनते।"

"तुम्हें कैसे पता ?"

मेरी हँसती है, "मालूम नहीं कैसे ? शायद कान्ता बाई ने कहा होगा।"

साड़ियाँ गिनी-चुनी हैं, वह पिघलते हुए नारंगी रंग की साड़ी पहन लेती है।

वैन में भीलवाड़ा से आया दम्पति उनकी प्रतीक्षा में है। वे दोनों आगे ड्राइवर के पास बैठ जाती हैं। वैन का ड्राइवर टूरिस्ट गाइड का भी काम करता है; बीच-बीच में काजू और सुपारी के पेड़ों की ओर संकेत करता है। यात्रा लम्बी नहीं है, बदली होने के कारण गर्मी भी नहीं है। मन्दिर के आगे छोटी-सी भीड़ है।

"आप अन्दर जाइए मैडम, मैं यहाँ दुकानों में शॉपिंग देखूँगी।"

मेरी कहती है। क़तार-की-क़तार दुकानें हैं, मूर्तियाँ, समुद्री शंख, सीप, चूड़ी, कपड़े।

वह औरों की देखादेखी चढ़ावे की डलिया ले लेती है, उसमें कमल के फूलों की माला भी। उसे मालूम नहीं है कि महादेवजी को कौन-से रंग का फूल चढ़ाया जाता है।

मन्दिर ख़ाली है; सिवा उन लोगों के। महादेवजी के मूँछें हैं, अच्छे लगते हैं, दम्पति के साथ तीन बच्चे हैं, दो लड़कियाँ और एक लड़का। लड़की शर्मीली आवाज़ में पूछती है, "क्या लता मंगेशकर के पूर्वज इसी मन्दिर से जुड़े हुए थे ?"

पुजारीजी ऊबे भाव से कहते हैं, यह प्रश्न उनका सुना हुआ है, "इस मंगेश मंदिर का कोई सम्बन्ध लताजी से नहीं है।"

माता-पिता के हाथ से चढ़ावे की डलिया लेकर पुजारीजी पूजा में व्यस्त हो गए हैं, मंत्र बुदबुदाते हुए वह फूल, फल, कपड़ा अर्पण करते हैं। जब वह प्रसाद की डलिया लौटाते हैं तो माँ एकाएक कहती है, "मैंने आज से लौकी खाना छोड़ा।" पिता ने तुरन्त साथ दिया, "मैं साल भर आम नहीं खाऊँगा।"

शायद वे लोग पूजा और संकल्प के लिए तैयारी करके आए थे।

वह चुप खड़ी है, हाथ में चढ़ावा है; उसे उनके हटने का इन्तज़ार है। दम्पति जैसे ही परिक्रमा करने के लिए मुड़ता है, वह एक-सौ-एक रुपए डलिया में डालकर पुजारी जी को पकड़ा देती है। उसकी पूजा में पुजारीजी मिठाई भी डालते हैं और

मूर्ति से उतारकर एक फूलमाला भी।

"संकल्प ?"

"मैं—मैंने तो ऐसा कुछ सोचा नहीं।"

"कोई बात नहीं। शीघ्र स्वस्थ हों और सुखी रहें।" पुजारीजी ने उसके माथे पर चन्दन का बिन्दु लगा दिया है। "रोज़ ग्यारह बार महामृत्युंजय मंत्र का जाप करें, रोग से मुक्ति होगी।" पुजारीजी को क्या ज्योतिष का भी ज्ञान है या उसके चेहरे पर अभी भी लम्बी बीमारी झेलने के चिह्न शेष हैं?

उन्हें नमस्कार करके और मूँछों वाले महादेवजी की मूर्ति को नमन करके वह मन्दिर की दहलीज़ पर ठिठक जाती है।

कहीं बहुत अन्दर से, अस्तित्व की गहराइयों से एक संकल्प अनायास ही उभरता है, "मैंने शेषेन्द्र को छोड़ा, उनकी याद को, अतीत को..." और त्वरित गति से चल पड़ती है।

बाहर एक दुकान पर उसने एक तस्वीर ख़रीदी है और महामृत्युंजय के जाप का एक कैसेट। लौटते हुए वह अपने को भारमुक्त या हलका नहीं पाती, बल्कि वही पुरानी चिरपरिचित उदासी और सूनापन लौटता हुआ लगता है।

मेरी थिरकती हुई सीढ़ियाँ चढ़ रही है, वह हमेशा गुनगुनाती रहती है, ऊपर आकर वह अंडे और डबल रोटी मेज़ पर रख देती है—"मैडम, यह पर्चा।" एक रंगीन विज्ञापन; 'हम सौ वर्ष कैसे जिएँ' पर वर्कशॉप। पर उसे तो पाँच साल ही अलॉट हुए हैं; ज़्यादा-से-ज़्यादा दस। पैंतालिस-छियालिस साल की उम्र कम नहीं है, क़रीब-क़रीब अर्धशती।

"साहब ने बोला है कि आप जाना चाहें तो बोलें, उनके पास टिकट है।"

"साहब आ गए ?" यमन ने एकाएक उत्फुल्ल होकर पूछा।

"अब्भी—सुबह-सुबह।"

कहने के साथ ही नीचे की घंटी बजी, मेरी ने दौड़कर दरवाज़ा खोला। "साहब !" उसने आदरपूर्वक कहा।

वनमाली की मुस्कान कुछ ज़्यादा ही उजली लगती है उसके गहरे साँवले चेहरे पर।

"आइए।" वह स्वागत में खड़ी है। उँगलियाँ बालों को छूती हैं; उनके छोटेपन से जैसे अभी भी झटका लगता है।

"कब लौटे ?" यद्यपि मेरी उसे बता चुकी थी, फिर भी उसने पूछा।

“आज सुबह।”

मेरी ने एक छोटी ट्रे मेज़ पर लाकर रख दी। उस पर चाय की दो प्यालियाँ।

“इन दस दिनों में आप कहीं गई नहीं ?”

“गई थी—मंगेश मन्दिर। अच्छा लगा।”

“मुझसे कहा होता तो पहले ही ले चलता। अच्छा, इस वर्कशॉप में जाना चाहेंगी ? संयोजक मेरे परिचित हैं, और उन्होंने कुछ टिकट भेज दिए हैं।”

“आप सौ वर्ष जीने में विश्वास करते हैं ?”

“नहीं,” वनमाली ने हँसकर कहा, “पर जितने भी दिन शेष हैं, उन्हें भरपूर आनन्द और सुख के साथ बिताने में विश्वास करता हूँ।”

यमन चुप है, इसके आगे कोई क्या कहे ?

“चलिएगा ? अच्छा रहेगा। वक्ता बहुत नामी हैं, जाने-माने, अच्छा बोलते हैं। आधुनिक विज्ञान, मानव अस्तित्व, कुछ रवीन्द्रनाथ, कुछ कबीर, सभी का एक स्वादिष्ट सूप।”

“मुझे मालूम है,” यमन ने कुछ थकान-भरी आवाज़ में कहा, “मैं कई बार टेलिविज़न पर उन्हें देख चुकी हूँ।”

वनमाली ने ख़ाली प्याली वापस रख दी और चलने के लिए खड़ा हो गया। “आप थकी-थकी लग रही हैं, आराम कीजिए। फिर मिलते हैं।”

मेरी वनमाली के पीछे-पीछे उतर गई, उनके जाने के बाद जैसे ढेर सारी चुप्पी कमरे में भर गई। बाहर शायद फिर पानी बरसने लगा था, झिर-झिर-झिर और समुद्र पर कोहरे और अंधकार का आवरण छा गया था। अरब सागर पर वर्षा; उसे समुद्र की लहरों का शोर सुनाई दे रहा है।

“सुनिए,” वह वनमाली को फ़ोन करती है “मैं उस वर्कशॉप में जाना चाहूँगी।”

“जी, अवश्य।” वह जल्दी में लगता है, पीछे से लोगों की बातचीत और एक स्त्री की तीखी हँसी सुनाई दे रही है।

वनमाली के यहाँ अतिथि आए हुए हैं।

वह बिना कुछ आगे कहे फ़ोन रख देती है। इतना भी क्यों कहा वनमाली से ? क्या वह स्वयं एक हज़ार रुपए का टिकट लेकर सुबह के सेशन में नहीं जा सकती थी ? पर वह जान रही थी कि यदि पैसे देने पड़ें तो वह सौ साल जीने की वर्कशॉप में कोई दिलचस्पी नहीं रखती। कौन जीना चाहेगा सौ साल ? पर वनमाली ने वक्ता की इतनी प्रशंसा की थी कि साक्षात् देखने का मन हो आया।

लोबो हर शाम की तरह पास के चाइनीज़ होटल से क्रीम कौर्नसूप ले आया है। पालक और गाजर-टमाटर का सलाद मेरी बनाकर रख गई है। वह दो-तीन चम्मच सूप पीकर प्याला रख देती है। भोजन के प्रति अरुचि अभी वर्तमान है।

केसरिया सिल्क की कमीज़ और काली पैंट पहनकर वह सड़क पर उतरती है। सड़क पर एक ख़ाली खड़े ऑटोरिक्शा को पकड़कर वह पंजिम के बाज़ार में आ जाती है। पहले वह दो सलवार-कुर्ते ख़रीदती है; चिकनी मलमल पर तेपची के काम के; व्यर्थ ही दो तौलिए-झाड़न। फिर बरिस्ता में कॉफ़ी पीती है और बाहर की आवाजाही देखती रहती है। विदेश की तेज़ भाग-दौड़ के बाद यहाँ का जीवन कितना शान्त, समतल और ठहरा-ठहरा-सा लगता है। धूप की वजह से बाज़ार में चहल-पहल है; बग़ल में ही हरे शाक-सब्ज़ियों की दुकानें हैं; आलू, बैंगन, प्याज़ कितने सजाकर रक्खे गए हैं; एक साधारण से साग-सब्ज़ी बेचनेवाले ने कितने श्रम और स्नेह से यह रचना की है। वह हर दुकान से कुछ-न-कुछ ख़रीद लेती है और उसके हाथ तरह-तरह के बैग और बंडलों से थकने लगते हैं। बाज़ार के अन्त में ताज़ी मछलियाँ बिक रही हैं; पर उसे अब और कुछ नहीं लेना। इधर-उधर कोई रिक्शा भी नहीं। वह सोच ही रही है कि चुपके से सड़क के किनारे साग-सब्ज़ी के प्लास्टिक बैग रखकर, सिर्फ़ कपड़े लेकर आगे बढ़ जाए। पर मछली की एक दुकान पर उसे पहचान लिया गया। अवकाश-प्राप्त एक फ़ौजी जनरल और उनकी पत्नी जो वनमाली की पार्टी में थे, उसे यों लदा-फँदा देखकर अपने साथ चलने को आमंत्रित कर देते हैं।

यमन झट से स्वीकार कर लेती है।

जनरल साहब अपनी पुरानी, खड़खड़ाती एम्बेसडर ले आते हैं।

''आप हमारे साथ कॉफ़ी तो पिएँगी न ? समय तो होगा ?''

''कॉफ़ी तो मैं अभी-अभी पीकर निकली हूँ।''

उसने क्षमा-याचना के स्वर में कहा।

''तब फिर हमारे साथ लंच करें।'' उन्होंने कहा, यमन उन्हें मना करते-करते थम गई। क्यों नहीं—उसने अपने-आप से कहा।

''धन्यवाद।'' एक मुस्कराहट से उसने कहा।

एक नया दिन, नया एडवेंचर। दरवाज़े पर लगी नेमप्लेट को उसने आँखें बचाकर देखा—जेनेरल वीरेन्द्र और प्रमिला भट्टी। उनका तीन मंज़िला घर और लॉन उनकी पुरानी एम्बेसडर के विपरीत था; एकदम नया रंग-रोग़न और सफ़ाई; लॉन में गेंदे, कार्नेशन और पनसुटिया के बड़े-बड़े लाल फूल।

वर्दी पहने हुए खानसामा पहले उन्हें ठंडा जूस दे गया। प्रमिला कुछ देर तक

रसोई में कुछ आदेश देती रहीं; फिर साथ आकर बैठ गईं। यह बताने के बाद कि उनके दो बेटे हैं, दोनों डॉक्टर हैं और दोनों इंग्लैंड में बसे हुए हैं; उन्होंने अपेक्षित दृष्टि से यमन को देखा; पर जब यमन ने अपने बारे में कुछ नहीं बताया तो उन्होंने पूछ ही लिया—

''आप दिल्ली में रहती हैं ?''

प्रश्न का उत्तर हाँ या ना में ही दिया जा सकता था, पर अतिथि होने के नाते उसका कर्त्तव्य था कि वह अपने बारे में छिटपुट जानकारी दे।

''पहले थी, अब नहीं।'' उसने रुककर कहा, ''अब मैं न्यूयॉर्क में रहती हूँ।''

रहती तो 'बफ़ेलो' नाम के शहर में, मगर भारतीयों को अक्सर 'भैंस' नामक शहर पर हँसी आती है, इसलिए वह न्यूयॉर्क ही कहती है, जिससे प्रभाव भी पड़ता है और नाम भी पहचाना है।

''अच्छा, परिवार है वहाँ ?''

''नहीं, अकेली ही हूँ।''

उसने किंचित मुस्कान के साथ कहा। प्रमिला ने चुपचाप रस के कुछ घूँट लिए; अकेली, अविवाहित स्त्री।

''अरे।'' यमन ने जैसे अचानक अपनी घड़ी को देखा, ''अब मुझे चलना चाहिए—बहुत समय हो गया।''

उसने सोचा था कि भट्टी दम्पति उसे लंच के लिए रोकेगा—परन्तु प्रमिला ने चौकीदार को पुकारकर कहा कि वह मैडम के लिए ऑटोरिक्शा की व्यवस्था कर दे।

पर लौटते समय वह एकदम रिक्त थी; अभी-अभी क्या घटा, इस पर उसने तनिक भी सोच-विचार नहीं किया, भट्टी दम्पति ने उसे लिफ़्ट दी, जूस पिलाया और विदा कर दिया। शायद प्रमिला का इरादा कभी भी लंच कराने का नहीं रहा होगा। मैं क्यों सिर पड़कर उनके साथ चली गई—क्या मैं इतनी अकेली और ज़रूरतमन्द हो गई हूँ कि मानव सम्पर्क के लिए ऐसे तरसती रहती हूँ कि कभी भी किसी का भी...

पर भट्टी वनमाली के गेस्ट होकर मिले थे, पढ़े-लिखे, सम्पन्न और सुरुचिपूर्ण लोग थे। 'होगा' कहकर उसने प्रसंग समाप्त कर दिया। सामान उतारकर वह ऊपर गई। देर वास्तव में काफ़ी हो गई थी, मेरी शायद प्रतीक्षा करके चली गई होगी।

उसने सूप का पैकेट खोला और उबलते पानी में डाल दिया। वह जानती थी कि उसका स्वाद धोवन की तरह फीका होगा। फिर भी गरम पानी तो था ही।

सूप के बाद एकाएक उसका मन कहीं अच्छी जगह जाकर अच्छा खाना खाने और अच्छा पेय पीने को करने लगा।

उसने नीचे झाँका; चौक एकदम धुला, साफ और निर्जन था।

उसने वनमाली को फ़ोन किया—"आपने लंच ले लिया ?"

"हाँ, अभी-अभी।"

"शाम को हम कहीं खाने पर चलें।"

एक बहुत छोटी चुप्पी के बाद वनमाली ने कहा, "आप को याद नहीं, कल से आपकी वर्कशॉप शुरू हो रही है; आज उसका रिसेप्शन है।"

"आज ?" उसने अचकचाकर कहा, "पर मुझे तो—"

"मेरी ग़लती—आपका निमन्त्रण मेरे पास ही रह गया।"

तब उसने हँसकर सब कुछ हल्का-सा बनाते हुए कहा। "मुझे लंच का निमन्त्रण दिया गया था, पर बिना खिलाए ही उन्होंने विदा कर दिया, आपके ही मित्र—भट्टी ने।"

वनमाली खुलकर हँसा—"उनके यहाँ लंच लेकर भी आप भूखी ही रहतीं, प्रमिला बहुत नाप-तौलकर खाना बनवाती हैं। इस मामले में बहुत प्रसिद्ध हैं।"

वह भी हँसी—"तो शाम को मिलते हैं।"

मन कुछ हलका-हलका-सा हुआ। उसका कोई दोष नहीं था, जेनेरल भट्टी ने निमंत्रित कर दिया, पर शायद उतना खाना न रहा होगा। 'जाने दो'—उसने कहा, अपने को हर बात के लिए अपराधी ठहराए पुरानी आदत-सी है।

अब फिर वही विकल्प—क्या पहना जाए ? जींस या पैंट पहनना कुछ विशेष नहीं लगता—साड़ी पहनने में फिर वही समस्या। वनमाली ने उसे इतने दिनों से स्वाभाविक देखा है, नए-नए उगते छोटे बालों में, कि विग लगाना हास्यास्पद-सा लगेगा—अन्त में उसने पिस्तई रंग का सिल्क का पैंट सूट पहन लिया; ऊपर एक डिज़ाइनर स्कार्फ़—पीले, रक्तहीन चेहरे पर ताँबई रंग का पाउडर लगाकर स्वस्थ दीखने का प्रयत्न किया।

कई कोनों से अपने को घूम-फिरकर देखा, सन्तुष्ट होकर वह नीचे उतरी।

वनमाली तैयार था; काउंटर पर खड़ा था और अनमने भाव से अख़बार के पन्ने पलट रहा था। आज उसने मेरून रंग की टाई लगाई थी; हर पुरुष के कपड़े, विशेषकर टाई पर ध्यान देती है, उसके बाद हाथ, सुन्दर कटे नाखून, बाँहें—सब कुछ असम्पृक्त दृष्टि से।

वर्कशॉप और रिसेप्शन समुद्र के तट पर स्थित 'ग्रेट मुग़ल' में था। वनमाली के साथ झाड़-फानूसों से सुरुचिपूर्ण रूप से प्रकाशित मोटे कार्पेट पर सुनहरे फ़ीते

के सैंडलों में चलना कितना वैभवपूर्ण लग रहा था। जगह-जगह फूलों के बड़े-बड़े भव्य गुलदस्ते थे; और भारतीय और पश्चिमी परिधानों के सम्मिश्रण का कुछ पहने हुए बेहद दुबली-पतली परिचारिकाएँ किश्तियों में छोटे-छोटे गिलास लेकर अतिथियों के मध्य घूम रही थीं। हाथ में सफ़ेद वाइन का गिलास लिये जब वह दीवार से सटे सोफ़े पर बैठी तो इतनी धँस गई कि लगा कि अब कभी उठकर खड़ी नहीं हो पाएगी।

अतिथियों में अधिकांश विदेशी थे, छिटपुट भारतीय—वह भी पुरुष। जाहिर था कि सभी को विशिष्ट अतिथि के आने का इन्तज़ार था। रिसेप्शन हॉल में मद्धिम-मद्धिम वार्तालाप के स्वर गूँज रहे थे।

''आप क्या पी रहे हैं ?'' उसने अप्रयोजन ही पूछ लिया।

''वही, बकार्डी और कोका कोला।''

''सौ साल जीने का बेहतरीन तरीक़ा।''

उसने बिना तल्ख़ी के व्यंग्य किया।

''एक बार एक व्यक्ति एक गुरु के पास गया,'' वनमाली ने कहना शुरू किया, ''और पूछा—गुरु महाराज, मुझे दीर्घायु का रहस्य बताइए।''

''शराब पीते हो ?''

''हाँ।''

''छोड़ दो। मांस-मछली ?''

''हाँ।''

''छोड़ दो। तम्बाकू-सिगरेट ?''

''छोड़ दो। सैर सपाटा, स्त्री का साथ ?''

''जी हाँ।''

''छोड़ दो।''

उस व्यक्ति ने पूछा, ''क्या यह सब छोड़ देने से मैं सौ वर्ष जी सकूँगा।''

''नहीं, परन्तु तुम्हारी ज़िन्दगी इतनी ऊबाऊ और शुष्क हो जाएगी कि तुम्हें लगेगा कि तुम सौ साल तक जीते आए हो।''

वह हँसी—तब और भी ज़्यादा जबकि विशिष्ट अतिथि ने अपने 'दो शब्द' का प्रारम्भ इसी से किया।

''आप इनकी स्पीच लिखते हैं ?'' उसने वनमाली की ओर झुककर फुसफुसाकर पूछा।

''यह हर बार यही सुनाते हैं, एक और सुनेंगी ?''

''नहीं, उसे कल के लिए रहने दें, कुछ तो नया सुनने को मिले।''

"तब तो आपको निराशा होगी।"

"तब फिर आपने मेरे आने का आग्रह क्यों किया ?"

"यदि कार्यशाला में कुछ पल्ले न भी पड़े; पर तीन दिन नए लोगों से मिलना जुलना, नई जगहें, इससे कुछ चेंज तो होता ही है।"

"लेट्स होप सो।" उसने कहा। उसे छोटी-सी खुशी हुई कि वह अपने सिल्क पैंट सूट में अन्य अतिथियों के बीच फ़िट हो गई थी। अगले दिन लंच पर—जो कार्यशाला की फ़ीस में सम्मिलित था—वह अपने को बहुत अकेला महसूस करने लगी और प्लेट में बहुत थोड़ा-सा खाना लेकर एक छतरी के नीचे ख़ाली स्थान पर जाकर बैठ गई।

शायद यह वर्षा का अन्त था, धूप एकदम चटक और आँखों को चौंधिया रही थी, वैसा ही पानी का विस्तार था जिस पर सूरज की चमक से झिलमिलाहट थी।

वही बातें—घिसी-पिटी, पुरानी, पर कहने का और भाषण देने का अन्दाज़ आकर्षक था—अपने को समष्टि के प्रति बाँहें फैलाकर पूरी तरह समर्पित कर दो, अपना कर्म-ऋण प्रसन्नतापूर्वक चुकाओ, हर बाधा को अपने आध्यात्मिक विकास का साधन बनाओ।

श्रोता मंत्रमुग्ध थे। शायद पश्चिम की भागदौड़ में वे जीवन के यह सीधे-सीधे गुर भूल चुके थे।

लंच के बाद श्रोता छोटे-छोटे ग्रुप में बँटकर प्रश्न-उत्तर, ध्यान करने की पद्धति आदि पर समय बिताने वाले थे।

यमन चुपचाप उठी और बाहर चली आई। दो मिनट चुप खड़े होकर सोचा कि क्या वह ठीक कर रही है ? फिर वह सड़क के किनारे-किनारे चलने लगी। यह जगह पर्यटकों के लिए थी; तिब्बती दुकानें, कश्मीरी दुकानें, आभूषण, आयुर्वेद...

वह निरुद्देश्य इधर-उधर चलती रही। कभी कोई वस्तु पसन्द आने पर उसे हाथ में उठाकर लौटती-पौटती, फिर रख देती।

कभी-न-कभी कार्यशाला में यह अवश्य कहा जाएगा कि पदार्थों का मोह या उन्हें एकत्र करना एक बन्धन है जिससे ऊपर उठना चाहिए—अपरिग्रह। कि संसार माया है। कि आत्मा अमर है, यह शरीर नश्वर है, कि आध्यात्मिक उन्नति आत्मज्ञान से होती है, आत्मज्ञान होता है अध्ययन, ध्यान और साधना से।

और कितना आत्मज्ञान चाहिए; बरसों से अकेले रहते-रहते चुप रहने और

दिन-रात उन्हीं-उन्हीं बातों को मन में लौटने-पौटने की आदत पड़ चुकी है।

मैंने अपने स्तर को छू लिया है, और अब किसी प्रकार की शारीरिक और आध्यात्मिक प्रगति सम्भव नहीं है। जन्म-जन्मान्तर लगेंगे, यदि कोई पुनर्जन्म नें विश्वास करे तो ! रहा कर्म-ऋण; वह तो कब से चुकाती आ रही हूँ।

वह सोच उठी।

"आप आज नहीं गईं ?" वनमाली ने पूछा।

"नहीं, कल जो सुना-गुना उसी को आत्मसात् करने का प्रयत्न कर रही हूँ।" यमन ने बड़ी सादगी से कहा।

"पूरी समष्टि को गले से लगाना—अच्छा भी, बुरा भी।" वनमाली ने हँसते हुए कहा।

"आपको पूरा-पूरा शब्दशः याद रहता है ?"

"चिदानन्द और मैं—दोनों ही साथ-साथ ड्राई आउट हो रहे थे।"

"ड्राई आउट ?"

"जी—शराब और ड्रग से; दोनों ही।"

"फिर ?"

"वह सुधर गया, नवयुग का गुरु बन गया।"

"और आप ?"

"मैं आशा के परे था—होपलेस—देखिए न; अभी भी।" उसने गिलास ऊपर करके दिखाया।

यमन चुप रही।

"आपको झटका लग रहा है ?" वही उजली हँसी; पर उसके होठ स्वयं अपने ऊपर ही विद्रूप से खिंचकर रह गए थे।

"पूरी समष्टि का आलिंगन—उसमें सुन्दर भी है, असुन्दर भी, सच के साथ झूठ, अच्छे के साथ बुरा, है कि नहीं ?"

अनजाने में उसने लम्बी साँस भरी, और हलके से कहा, "सिंसियर के साथ शैलो और सुपरफ़िशल भी। उथला और सतही।"

"वह भी—सभी कुछ।"

"एक बात आप भूल गए ?"

वनमाली ने 'क्या ?' की दृष्टि से उसे देखा।

"हम किसी को किसी प्रकार से जज न करें— उसके होने, न होने पर कोई

भी निर्णयात्मक रुख़ नहीं।''

''वह भी।'' वनमाली ने हलके-से सीटी बजाई, ''तो आप इसी से श्रीगणेश करें।''

''मैं शराबी हूँ—मारपीट के सिलसिले में दो दिन जेल भी रह आया था, इस किसी बात से मुझे जज न करें।''

''मैं कौन ?'' उसने हिचकते हुए कहा। वनमाली ने मेज़ पर पड़े यमन के हाथ को हलके-से छुआ, इतने हलके-से जैसे किसी सुन्दर चिड़िया का पंख सहला रहा हो। फिर भी उसने चिहुँककर हाथ खींच लिया।

''मैं चाहता हूँ कि हम ऐसे अनजान, अपरिचित-से न रहें।''

लाइन मार रहा है, कितनी सफ़ाई से, यमन ने सोचा। उसने प्रश्नात्मक मुद्रा में भौंहें ऊपर कीं—''यानी कि ?''

''हम साथ-साथ खाएँ-पिएँ, किताब-कहानी की बात करें—और फिर साथ भ्रमण करें—दो मित्रों की तरह। आप इतनी अकेली-अकेली रहती हैं, आपको किसी से वार्तालाप करने, सहज ढंग से मैत्री करने की चाह...?''

मैं एक क्षत-विक्षत स्त्री हूँ, वनमाली...

उसने कहना चाहा; दग्ध, विषपूर्ण; शायद अपूर्ण; इसलिए यह सब बातें मत करो, क्योंकि कभी-न-कभी तुम्हारे मन में मेरे साथ शैया-सुख की चाह उठेगी और मैं दो बड़े-बड़े दाग़-भरी छाती लेकर तुम्हारे सम्मुख खड़ी नहीं हो पाऊँगी।

उसने अनमनेपन से अपने छोटे-छोटे बालों में उँगलियाँ फेरीं। वह ना करते-करते ठहर गई, अपनी सारी असुरक्षा और आत्मविश्वासहीनता को पीछे ढकेलकर कहा, ''विचार तो बुरा नहीं।''

''तो फिर शाम का खाना आप मेरे साथ खाएँगी, बहुत अनौपचारिक—सामान्य-से माहौल में—''

उसने सिर हिलाकर कहा, ''ठीक है।''

वह उसके बाद कार्यशाला में चली गई—उस मध्याह्न भोजन, व्यायाम और प्रकृति के अनुकूल जीवन-पद्धति की बात हो रही थी। उपवास, जल स्नान से शरीर शुद्धि की। वह उसी अनमने भाव से सुनती रही; और नोट-पैड पर चीलबिलाव बनाती रही। कॉफ़ी ब्रेक पर उसके पास जो एक प्रौढ़ पुरुष बैठा था, उसने पूछा, ''आप आज शाम मेरे साथ बिताना पसन्द करेंगी ?''

वह अचकचाकर, अवाक् उसे देखती रही।

''आज भारत में मेरी आख़िरी रात है; कल सुबह मैं वापस जा रहा हूँ। मैं चाहता हूँ कि यह आपके साथ सुखद रूप से बीते। आपकी आँखों में जो उदासी है; उसने मुझे बहुत खींचा है।''

एक दिन में दो-दो प्रस्ताव। उसे अनायास हँसी आ गई; उसे दबाकर उसने कहा, ''मुझे वह अच्छा लगता, पर मैं व्यस्त हूँ।'' और उसकी ओर देखे बिना अपनी कॉफ़ी एक घूँट में समाप्त कर वह अलग हट गई।

यह बात नहीं कि वह आकर्षक नहीं है; अपनी तरह से उसका चेहरा लुभावना है; यद्यपि साल-डेढ़-साल की बीमारी ने उसका उज्ज्वल चेहरा एकदम श्रीहीन कर दिया है; पर इस प्रौढ़ व्यक्ति के प्रस्ताव में केवल अवसरवादिता है; दस स्त्रियों से यही बात पूछेंगे तो कम-से-कम कोई-न-कोई सेक्स के लिए आकुल मिल ही जाएगी।

वह बड़े ध्यान से देख रही है, उसे लेने आया वनमाली नशे में नहीं लगता। वे लोग कई मील दूर एक-दूसरे तट पर खाना खाने जा रहे हैं, वहाँ एक नए होटल में नया रेस्तराँ खुला है। रेस्तराँ का नाम देखकर वह हँसी, ''दिल्ली दरबार–यह तो ग्रेट मुग़ल में होना चाहिए था।'' फिर आगे जोड़ा, ''रेस्तराँ के नाम इतने घिसे-पिटे क्यों होते हैं ?'' फिर अपने-आप ही उत्तर दिया, ''शायद इसलिए कि लोगों को पता चल जाए कि कहाँ कैसा खाना मिलता है।'' वनमाली ने स्वीकृति में सिर हिलाया। छोटी-सी लॉबी में वनमाली को पहचानकर हर ओर स्वागत हुआ। काउंटर की लड़कियों ने, लॉबी मैनेजर ने, सभी ने पुरजोशी से 'गुड ईवनिंग सर' कहा, लॉबी मैनेजर साथ-साथ बार में आया।

''बड़ी ख़ातिर हो रही है, मैं बहुत प्रभावित हो रही हूँ।'' यमन ने अपने पेय में पड़ा छोटा छाता हिलाते हुए कहा–''आपके परिचित यहाँ भी हैं।''

''मैं बहुत नम्रतापूर्वक कहना चाहता हूँ कि मैं यहाँ का मुख्य मालिक हूँ; मेरे पार्टनर हैं, गुरु आनन्द!''

''तब तो–'' वह कहते-कहते रुक गई; वनमाली समझ गया। वह हँसा, उन्होंने एक-एक जिन और टॉनिक पी।

''एक और ?''

''मेरे लिए यही काफ़ी है–''

''तब फिर खाने चलें।''

खाने के बाद वे लोग लॉबी के पास, थोड़े नीचे बने अतिथि लाउंज में बैठ गए। लाउंज के एक ओर एक पियानो था जिस पर एक धुन बज रही थी। इतने सालों

से भारतीय संगीत और फ़िल्मों से दूर रहकर भी उसने पहचान लिया कि वह गीत क्या था।

कुर्सी पर पीछे टेक लगाकर, उसने स्वस्ति की एक लम्बी साँस ली।

''सभी गानों में मेरा यह सर्वोत्तम पसन्दगी का गाना है।'' वनमाली ने कहा।

''आप बहुआयामी व्यक्ति हैं।'' यमन ने टिप्पणी दी, ''बिजनेस में पटु, कविता और संगीत के शौक़ीन, आध्यात्मिकता पर भी पकड़।''

''और सुधरा हुआ ड्रग लेनेवाला—यह आप जोड़ना भूल ही गईं।''

''जो कभी था, अब नहीं, उसे आप बार-बार क्यों उभारते हैं, कुरेदते हैं। यदि सुधरे हुए हैं तो कहने की कोई ज़रूरत तो नहीं।''

''मैं चाहता हूँ कि मैं जैसा हूँ, अच्छा-बुरा, वैसा ही सबको नज़र आऊँ। वैसे मैं एक बात बताऊँ—शायद मैं आपको सावधान करने के लिए ही कहता हूँ।''

''मैं हो गई सावधान, आप पर कभी कोकेन नहीं थोपूँगी। तो आपके जीवन में कोई प्राइवेट बात, कोई सीक्रेट, कुछ गोप्य नहीं है ?''

''खुली किताब—नहीं, मैं वह नहीं हूँ, कुछ-न-कुछ गोप्य तो दिल की गठरी में बँधा ही रहता है, जिसे हम बहुत निजी और आत्मीय-से क्षणों में ही कह सकते हैं—जाने दें।'' इस बीच कॉफ़ी आ गई थी और वादक बदल गए थे। अब पाश्चात्य संगीत बज रहा था। आस-पास कुछ और लोग आ गए थे, शायद किसी हनीमून पैकेज टूर के।

हलकी हँसी और वार्तालाप का मद्धिम-मद्धिम स्वर वातावरण में तैरने लगा।

सामने के सारे पेड़ पानी से धुल-धुलकर हरे हो गए हैं, सबसे नीचे क्रोटन का जंगल लाल-सफ़ेद धारीदार और चकत्तियोंवाले पत्तों से खचाखच लदा हुआ। उसके बाद ऊँचे-ऊँचे गुड़हल, जिनके बड़े-बड़े लाल फूल उसकी बाल्कनी की मुँडेर छूने को ललक रहे हैं, उसके बाद कटे-कटे पत्तों वाले और यह सब ऊँचे गुलमुहर से लगे-लिपटे। और गुलमुहर है कि सबके ऊपर निर्लिप्त, बस वह भी बरसात में फूलों के लम्बे-लम्बे गुच्छों से भरा हुआ है।

महीन-महीन पत्तियों के पंखे के पार वह खुला क्षितिज, अरब सागर की मचलती लहरें, कभी रिमझिम बूँदों का नाच, कभी ताबड़तोड़ बारिश का सत्यानाशी गर्जन-तर्जन।

यमन यह सब मौन बैठे-बैठे देखती रहती है। हरियाली मन में एक सुकून-सा

भर देती है, और मानसून की वर्षा एक बेचैनी, एक अकुलाहट, एक निराशा। शाम को जब धुँधलका हो जाता है तब भी वह कीर्केगार्द के प्रेम-पत्र पढ़ती रहती है। कैसी यह पहेली है कि पुरुष एक लड़की को बेइन्तहा प्यार करता है और फिर बिना कुछ कहे, बिना कोई सफ़ाई दिए उसे छोड़कर चला जाता है और फिर ज़िन्दगी-भर अकेला रहता है। कभी-कभी किताब शिथिल उँगलियों से खिसककर गिरने-गिरने होती है तो वह अचानक जाग्रत हो उसे पकड़ लेती है। जीवन का एक-एक दिन ऐसे ही कटता है, बैठे हुए, अकेले में, सोचते हुए अतीत और भविष्य की गुत्थियों में उलझे हुए। वह इस जाल से उबरना भी नहीं चाहती, न उसमें किसी प्रकार का तारतम्य ही बैठाना चाहती है। जो बीत गया, वह मन और शरीर पर अपनी अमिट छाप छोड़ गया है, वही गढ़ेगा आगे का रास्ता। जीना या मरना तो अब उसके हाथ में नहीं रहा। गोवा में इस छोटी-सी कॉटेज में बैठे-बैठे, मन में कुछ-न-कुछ गुनते हुए वह सब कुछ 'क्षण' पर छोड़ देना चाहती है; सुख-दुख, बीमारी, दुख, रिश्ते नाते, जो भी कुछ होगा, उसी को स्वीकार कर लेगी।

पर ?

सोचना आसान है, परन्तु जो भी होगा उसे स्वीकार करना आसान नहीं। अगर कभी यह रोग शरीर के किसी भी हिस्से में दुबारा प्रकट हो जाए, तो ?

फेफड़ों में, आँतों में, जिगर में, हड्डियों में—कहीं भी, रक्त के प्रवाह में रोग के अणु कहीं भी जाकर टिक जाएँ।

दिमाग़ में ?

तब मैं कुछ खाकर मर जाऊँगी। घिसट-घिसटकर, यातनामयी दशा में जीना मुझे स्वीकार नहीं होगा, न असह्य पीड़ा को झेलना।

तब वह कहीं ऐसे देश, प्रदेश में चली जाएगी जहाँ उसकी इच्छा से डॉक्टर उसे इंजेक्शन देकर उसके जीवन का अन्त कर देंगे। उसने टेलिविज़न पर डॉक्यूमेंटरी देखी है—अपने जीवन के अन्त करने में अपना निर्णय, यह सब बातें कितनी दूर, कितनी अनहोनी लगती थीं।

पर यह हो, यह ज़रूरी तो नहीं, डॉ. ज़ैकरी के चाकू ने पूरा-पूरा रोग काटकर फेंक दिया है, अगर कोई सम्भावना बची भी होगी तो उसे भी कीमोथेरेपी और रेडिएशन से नष्ट कर दिया गया है।

जाऽ ऽ ओ, खुश रहो—डॉ. ज़ैकरी ने कहा था।

वह मुँडेर पकड़े खड़ी है और क्षितिज को ताक रही है जहाँ अब अँधेरा है और कुछ नहीं सूझता।

कैसा होगा गीली रेत पर चलते-चलते पानी में प्रवेश कर जाना ? पहले पैर भीगेंगे, फिर टाँगें, फिर पानी सीने तक और क्या मालूम कब एक तेज़ लहर आकर उसे दूर-दूर तक खींच ले जाए ?

बहुत दुखद होता है डूबकर मरना, न जाने कहाँ, किसने कहा था—फाँसी लगाना आसान होता है ?

नीचे चौक की बत्ती जल जाती है और चारों ओर उजाला हो जाता है। वह वनमाली को अपनी गाड़ी से उतरकर अन्दर आते देखती है। वह चौक से होकर सीधा लिफ़्ट की ओर चला जाता है।

क्या यमन को प्रतीक्षा थी कि वह शायद एक नज़र उस ओर डाले जहाँ मुँडेर के पास वह अपनी बाल्कनी में खड़ी हुई है।

डायरी का एक फटा हुआ पृष्ठ

मैं चाहती क्या हूँ ?

अपने से ?

वनमाली से ?

ज़िन्दगी से ?

मालूम नहीं, हर प्रश्न का उत्तर मिले-ही-मिले यह तो सम्भव है नहीं।

बस, जियो।

मगर कैसे ?

रातभर शेषेन्द्र को सपने में देखा।

उदात्त, गम्भीर, विचारपूर्ण आँखें—जो दिप उठती हैं जब मुझे देखती हैं।

चाहे मुँह से हम कुछ भी न कहें—पर जुड़ गए हैं। जब शरीर जुड़ते हैं तो क्या हृदय अछूते रह सकते हैं। वह तो नितान्त दम्भी, घोर स्वार्थी और अवसरवादी व्यक्ति ही हो सकता है जो शैया से उठे, कपड़े पहनते हुए अपना मुखौटा लगा ले और दहलीज़ को पार करते-करते उस दूसरे व्यक्ति को भूल जाए—ज़रूर होते होंगे ऐसे लोग। शेषेन्द्र चाहे जितना नाटक करे, निर्लिप्त और प्रबुद्ध होने का, परन्तु अगर परत-दर-परत उचेलो तो अन्त में एक बहुत ही कोमलमुखी ही नहीं, कोमल-हृदय और संवेदनशील पुरुष मिलेगा।

पर शेषेन्द्र को तो तज दिया है, यह संकल्प तो देवता और पंडित सभी के

सामने उचारा है। पर क्या सचमुच ?

तो क्यों रातभर सपनों में शेषेन्द्र की उपस्थिति है, ऊपर से भले ही कहा हो, शायद अंतर्मन में अभी भी शेषेन्द्र हैं।

रहें, खुशी से रहें, सपनों को सजाते रहें। सँवारते रहें जीवन को—जागने के बाद तो मेरी यही नियति है। यही यथार्थ।

क्रोटन के पौधों का जंगल। कितने साल पहले एक पौधा ख़रीदा था, कितने प्रयत्नों के बाद भी वह कुछ ही महीनों में मर गया था। वही हाल पीले गुड़हल का हुआ था, अन्दर-बाहर करते-करते थक गई थी पर वह भी नहीं बचा। बर्फ़ और ठंड में बचते नहीं, चाहे आर्किड हों या एंथूरियम। सारे भारतीय परिवारों ने कृत्रिम वृक्ष और फूल सजा रक्खे हैं, न पानी देने का झंझट, न अन्दर-बाहर करने की तबालत, पर वह है कि हर बार नए पौधे ख़रीद लेती है; देखभाल करती है और उनके मर जाने पर कुछ खेद के साथ उन्हें खाद के ढेर पर फेंक देती है।

ज़िन्दगी के छोटे-छोटे सुख—दग्ध-त्वचा पर महीन रेशम का स्पर्श; बालों में घूँघर प्रकट होने लगना; घनी बारिश के बाद लाल गुड़हल और पीले कनेरों का झूम-झूमकर हँसना।

एक ट्रक सामने सड़क पर आकर रुक गया है। यमन बाल्कनी से देख रही है। ट्रक गमलों और हरे-भरे पौधों से भरा है जो उतार-उतारकर नीचे लाए जा रहे हैं। चौक के एक ओर दो-तीन हट्टे-कट्टे व्यक्ति गड्ढे खोद रहे हैं। वह नीचे उतरती है; नए पेड़ रोपने की प्रक्रिया को देखना चाहती है। तब तक वनमाली भी आ गया है; और मालियों को आदेश दे रहा है।

"क्या लगवा रहे हैं ? गुलाब ?" उसने हल्की-सी जिज्ञासा से पूछा।

"सावनी"—वनमाली उसकी ओर देखकर मुस्कराया, "बैंगनी और गुलाबी, जब अगली बरसात में आएँगी तो यहाँ क़तार की क़तार, खचाखच अपनी पसन्द के फूल पाएँगी।"

"अगली बरसात ?" उसने अस्फुट स्वर में पूछा, "और न आ पाई तो ?"

"तो भी फूल तो खिलेंगे ही—यहाँ का जादू ऐसा है कि लोग बार-बार लौटते हैं, आप भी लौटकर आएँगी।" वनमाली ने उसकी ओर मुड़कर सीधे देखते हुए कहा। शायद वह भी सारी सुबह काम करता रहा होगा। उससे पसीने की जो गन्ध उठी, वह यमन के नासारंध्रों से टकराई; ताज़ी खोदी जाती मिट्टी, दूब के साथ मिली हुई स्वस्थ युवा पुरुष की पसीने की महक।

यमन अचकचाकर पीछे हट गई। क्या उसके अपने शरीर की कोई रुग्ण गन्ध है ? कीमोथेरपी के विषकाकटेल की, रेडिएशन के दौरान दग्ध मांस की ? अस्पताल में कैसी विशेष गंध बसी रहती है और बहुत दिनों से बीमार लोगों के बिस्तर और कमरे से एक सिसियाँद-सी उठती रहती है।

वनमाली उसे देख रहा था, गहरी पैनी, तोलती हुई दृष्टि से, जैसे अपने शब्दों की प्रतिक्रिया भाँपने का प्रयत्न कर रहा हो।

"हाँ—फूल तो खिलेंगे ही," यमन ने दोहराया। न जाने हम कहाँ होंगे, मन में एक पुराने गीत की कड़ी गूँज गई।

वह अपनी कॉटेज की ओर वापस जाने को मुड़ी, ऊपर बाल्कनी से देखा—वनमाली नीचे ही था। एकदम पुरानी घिसी हुई जींस और समुद्री नीले रंग की पोलो शर्ट।

हवा यहाँ साफ़ थी, ताज़ी। न जाने क्यों यमन ने सेंट की शीशी उठाकर अपने पर छिड़क ली।

अब वनमाली ने अपनी कमीज़ उतार दी है, पुरानी घिसी हुई जींस के ऊपर से। वनमाली दुबला ही कहा जाएगा, पर कन्धे चौड़े और परिपुष्ट हैं; सीने पर बाल हैं, काफ़ी सारे। कमर पतली। वह खुले भाव से वनमाली को ताकती रहती है, चौड़े कन्धे, अनुपात में पतली कमर, टाँगें भी ऐसी ही स्वस्थ और सुदृढ़ होंगी। वनमाली ने उसकी ओर पीठ कर ली है और गर्मी, पसीने से उसकी त्वचा धूप में चमक रही है।

बाल्कनी की आड़ से हटते हुए उसने सोचा, पुरुषों को भी तो वक्ष कैंसर होता है। उनका भी वही सब प्रोटोकॉल होता होगा, पर उन्हें कहीं से मांस निकालकर कुछ गढ़ना नहीं पड़ता होगा, बस छोटी-सी निपल और उसके चारों ओर काले रंग का गुदना।

खुदाई और वृक्षारोपण का काम कई दिन चलता रहता है। मिट्टी, खाद और पौधों से भरे ट्रक आते-जाते रहते हैं। फ्रांसिस जो ड्यूटी पर है, बार-बार गेट खोलता-बन्द करता रहता है। आगे, दूर अनमना-सा अरब सागर और उधर से आती, फड़फड़ाती तेज़ हवा। सच ही है, समुद्र, हवा, फूलों की सुगन्ध; सबमें एक जादू-सा ही तो है, लोग ज़रूर लौट-लौटकर आते होंगे।

यमन सोचती है कि वह भी दुबारा आएगी। मन में न जाने कहाँ से एक छोटी-सी आशा और विश्वास उगने लगा है कि अगली बरसात में वह सावनी में फूल देखने के लिए होगी।

यह वनमाली भी। जब सामने पड़ता है तो कितना क़रीब, कितना निकट होने जैसा आचरण करता है, और फिर अचानक ही दूर चला जाता है, कई कई दिन दीखता नहीं, न कोई ख़बर। वह प्रतीक्षा नहीं करती पर वनमाली के होने से कुछ रौनक होती है। कभी पार्टी, कभी खाने की ट्रे; कभी वह स्वयं उसे चाय पीने का बुलावा भेज देती है, मेरी से पेस्ट्री मँगवाती है; और एकदम निर्लिप्त होती-सी उसके लिए चाय बनाती है।

अपनी चर्या के अनुसार वनमाली फिर कुछ दिनों के लिए अनुपस्थित हो गया है, कहाँ चला जाता है बार-बार ? वह जानना चाहती है पर पूछेगी नहीं, क्या करना मुझे जानकर ? कुछ महीनों बाद तो उसे लौटना ही पड़ेगा, चेकअप कराने के लिए। वकील का पत्र भी आ गया है, पैमला मार्टिन का घर रंग-रोगन करवाकर बिकने के लिए लगा दिया गया है। ख़रीदार मिलने पर यमन को दस्तख़त करने जाना ही पड़ेगा। वह अपना घर मरते समय उसके नाम क्यों लिख गईं, यह बात अभी भी उसके लिए रहस्य ही बनी हुई है। वह कुछ समय किराएदार रही थी, मिलती थी, बातचीत करती थी। सीढ़ियों से लुढ़ककर गिरने पर यमन ने ही उन्हें सँभाला था, अस्पताल जाने की व्यवस्था की थी। पर वह तो बाद की बात है, घर तो उन्होंने पहले ही लिख दिया होगा। गिरने से उनके सर में ऐसी चोट आई थी कि वह फिर होश में आईं ही नहीं। दफ़नाते समय भी उनके परिवार का कोई नहीं था, शायद कोई रहा ही नहीं होगा। नहीं, अपने पति डॉक्टर हेनरी मार्टिन का बनवाया तीन-मंज़िला घर उसे दे गई हैं, किसलिए ? उसे स्वयं नहीं मालूम। क्या कुछ सौहार्द और कोमल संवेदना के बदले में इतना कुछ, पर यह सब सोचने से फ़ायदा क्या ? घर बिकेगा और पैसा मिलेगा तो अपने रिटायर फंड में डाल देगी, पर अब, साठ-पैंसठ साल कितने दूर और दुर्लभ लगते हैं। अच्छा नहीं होगा कि हेनरी और पैमला मार्टिन के नाम से वह यूनिवर्सिटी में एक स्कॉलरशिप प्रारम्भ कर दे, पर यह बाद की बातें हैं। उपयुक्त समय आने पर सबकुछ हो जाएगा, अपने-आप।

कभी-कभी सोचती है कि घर बेचकर, यहीं, समुद्र-किनारे एक फ़्लैट ले ले, यहीं रह जाए। पर यहाँ रहकर यदि कुछ दिनों में ऊब गई तो ? उसे तो कैंसर सेंटर के आसपास ही रहना चाहिए। क्या वहीं, अपने पुराने घर में ?

उसने यह निश्चय भी स्थगित कर दिया।

"कॉटेज में कहीं पानी नहीं है।" मेरी आकर बताती है।

"तब ?" यमन पूछती है।

"लोबो से पूछकर आती हूँ।"

लौटकर कहती है, "पानी एक दिन बन्द रहेगा, पूरे शहर में, अख़बार में निकला है।"

"तो पहले क्यों नहीं बताया ?" यमन थोड़ी-सी चिड़चिड़ा आई, "अब क्या होगा ? कैसे नहाऊँगी ?"

पर मेरी का छोटा-सा हो आया चेहरा देखकर उसने अपने को तुरन्त सँभाल लिया, "आज तो बरसात भी नहीं हो रही है।" मुस्कराकर उसने मेरी को देखा।

"समुद्र में नहाने से खारा पानी और स्विमिंग पूल में क्लोरीन," उसने आगे कहा, "सादा पानी तो चाहिए ही न ?"

मेरी चुप है, पीने को पानी तो बाज़ार से आ जाएगा।

लोबो ऊपर आकर कहता है, "आप चाहें तो साहब के फ़्लैट में नहा सकती हैं। वहाँ पानी है, दो लाइनें हैं, इसलिए, साहब से मैंने फ़ोन पर पूछ लिया है, इट्स ओ.के.।"

"हैं कहाँ साहब ?"

"मंगलोर में।"

लोबो के हाथ में वनमाली के फ़्लैट की चाभियाँ हैं, और यमन दुविधा में। किसी की अनुपस्थिति में जाकर उसके साधन-सुविधाओं का उपयोग—उसे यह थोड़ा अजीब-अजीब-सा लग रहा है। पर शरीर भी तो गर्मी और पसीने से चिपचिपा रहा है, चौबीस घंटे इसी हालत में रहना—वह इसकी अनिच्छा भी जान रही है।

"तो चलिए मैडम।" लोबो ने निश्चय कर लिया। 'मुझे और भी बहुत महत्त्वपूर्ण काम हैं' ऐसी मुद्रा ओढ़कर वह दृढ़ क़दमों से सीढ़ियाँ उतरने लगा।

मेरी ने उसके हाथ से कपड़े ले लिये और लोबो के पीछे-पीछे चल दी। उत्सुकता और प्रसन्नता से उसकी आँखें चमक रही हैं और पैरों में वही तेरह साल की लड़की की थिरकन। लोबो ने दरवाज़ा खोला—सामने ही संगमरमरी गलियारा दीखता है जिस पर काले ग्रेनाइट की टाइलें बॉर्डर की तरह जड़ी हैं। दाईं तरफ़ बैठक और टेरेस, जो उसका जाना है। बाईं तरफ़ तीन दरवाज़े हैं, उसमें से लोबो एक दरवाज़ा खोलता है—वह वनमाली की स्टडी में अपने को पाती है। दीवारों पर किताबें ही किताबें; एक कम्प्यूटर मेज़, एक लम्बा सोफ़ा, जिसका रंग कहीं-कहीं धूमिल हो गया लगता है।

"साहब की स्टडी और मेहमान कमरा।" लोबो कहता हुआ संलग्न

ग़ुसलख़ाने का दरवाज़ा ठेलता है। मेरी हँस पड़ती है, "बाबा रे—यह बाथरूम है ? यह तो हमारे क्वार्टर से भी बड़ा है जहाँ पाँच जन रहते हैं।"

क़रीब-क़रीब बैठक के ही नाप का आयताकार कमरा जिसका फ़र्श भी संगमरमर और ग्रेनाइट का था, एक ओर दो बेसिन। लगता था कि वनमाली को काँच की पारदर्शी प्रकृति और संगमरमर की शुभ्रता भाती है; तभी तो एक इतनी बड़ी खिड़की जहाँ से समुद्र एकदम पास आता दीखता था। बेसिन, टब, टॉयलेट, छत से लगी बत्तियाँ, सभी कुछ मिलाकर 'इंटीरियर डिज़ाइन' जैसी पत्रिका के पृष्ठों के विज्ञापन जैसा लगता था, सभी कुछ बाहर की धूप और उजाले को प्रतिबिम्बित कर रहा था। एक किनारे पर ऊँचा प्लेटफ़ार्म था, जिसमें एक बहुत बड़ा बाथटब, कि कई लोग साथ नहा सकें, की सम्भावना।

"टब में पानी चला दूँ ?" लोबो ने पूछा और बिना पूछे नल खोल दिए। झागदार पानी के बगूले धीरे-धीरे उठ-उठकर फूटने लगे।

"चलें, मेरी।" लोबो और मेरी के जाने के बाद यमन अकेली रह गई। कपड़े उतारकर उसने टब में पैर डाला, तापमान ठीक था; गुनगुना-सा। उसे पानी में बैठने से पहले झिझक लगी—यह वनमाली की अपनी निजी जगह थी। उसकी परिधि में प्रवेश करना, उसी जगह बैठकर नहाने में उसे झेंप-सी आ रही थी, पर कन्धों तक पानी में डूबकर और तेज़ पानी के 'जेट' चलाकर उसे आनन्द आने लगा। क्या सुख और सुविधा है—उसने सोचा। उसने इधर-उधर देखा—मेरी साबुन लाना भूल गई थी। डोर से एक साबुन की बट्टी लटक रही थी, पर वह वनमाली का इस्तेमाल किया हुआ साबुन अपने शरीर से नहीं छुआना चाहती थी। फिर भी, इसी जगह वनमाली भी बैठता होगा, यह सोचकर उसके शरीर में एक कँपकँपी-सी हुई और वह झटपट टब से निकल आई। टब से निकलकर वह शावर के नीचे खड़ी हो गई जहाँ शैम्पू और साबुन की छोटी-छोटी नई शीशियाँ थीं, जैसी कि होटलों में मिलती हैं।

तैयार होकर वह मेहमान कमरे में आई। कमरे में एक पुराना-सा सोफ़ा था, और दीवारें नीचे से ऊपर तक पुस्तकों से चिनी हुई थीं। उसका मन हुआ कि वह उनके शीर्षक पढ़कर देखे—अभी उसने एक शेल्फ़ से पुस्तक निकाली ही थी कि पीछे खटपट हुई और मेरी, लोबो अन्दर आ गए।

"बुक्स तो आपको साहब से ही माँगनी होंगी," लोबो ने कहा।

"मुझे चाहिए नहीं, पौधों की बीमारियों के बारे में पढ़कर क्या करूँगी।" कहकर उसने चीड़ के पेड़ों की बीमारियों वाली किताब वापस रख दी।

लौटकर उसे लगा कि वनमाली की अनुपस्थिति में उसके फ़्लैट पर जाने की

प्रक्रिया में उसके साथ कुछ घटित हुआ है। यह केवल नहाना मात्र नहीं था; किसी धरातल पर वह वनमाली के निकट आ गई है, क्योंकि उसे झलक मिली है वनमाली के जीवन के एक अप्रत्यक्ष भाग की—वह बैठक में पार्टी देता है, वह पब्लिक स्पेस है। पर उसकी स्टडी, जहाँ उसका व्यक्तित्व बिखरा हुआ है, उसकी किताबें, कमरे और ग़ुसलख़ाने की साज-सज्जा। शायद आलमारी में कपड़े भी तरतीबवार सजे होंगे। पर वह तो लोबो करता होगा।

जब हम सदेह उपस्थित रहते हैं तो जगहें भरी-भरी होती हैं। हम वही उजागर करते हैं जो हम चाहते हैं, नपी-तुली हँसी, सायास चेष्टा में, ओढ़ी हुई बातचीत। पर जब हम नहीं होते हैं तब भी हमारी जगह हमें और उघाड़ देती हैं। रसोई की चीज़ें, आलमारियों में कपड़े, बिखरी हुई किताबें और पत्रिकाएँ। यमन को एकदम याद आया कि वनमाली के अपने घर में एक भी हरा पेड़ या पौधा नहीं है। उपवन है बाहर। फूल, रंग, सुगन्ध।

अगली बार अवसर मिलेगा तो बेडरूम में झाँककर देखेगी। उसे लगा कि वहाँ का फर्नीचर और रंग-रोग़न बाथरूम की ही टक्कर का होगा।

ताज्जुब है, उसने कभी नहीं सोचा कि शेषेन्द्र की अपनी प्राइवेट स्पेस कैसी होगी ? कैसा कमरा, कैसा घर ? क्योंकि उसकी ज़रूरत ही नहीं पड़ी, उन्हें बाँहें बढ़ाकर अपने में समो लिया था; अपना या उनका—इसमें कोई अन्तर नहीं बचा था।

फिर भी शेषेन्द्र ने बताया था कि अन्य भारतीयों की तरह पत्नी की चाह थी कि एक महल जैसा घर हो, संगमरमर, स्फटिक, ग्रेनाइट से पटा हुआ। वह लकी रहे थे, स्टॉक मार्केट क्रैश होने से पहले ही अपनी कम्पनी बेच दी थी।

"मैं एक तल पर रहता हूँ, वह दूसरे तल पर। कई-कई दिन मुलाक़ात नहीं होती। वैसे भी वह मेरे लगातार रियाज़ से उकताई हुई हैं।"

फिर शेषेन्द्र की बात क्यों सोच उठी ? उसने विचारों पर रोक लगा दी, नहीं सोचना है, नहीं ध्यान में लाना है। ग्यारह बार मंत्र का जाप; वह भी पूरा याद नहीं हुआ है—"ओम् त्र्यम्बकम् यजामहे" और आगे ? यदि टेप न बज रहा हो तो मन में शब्द गुंजरित होते हैं, पर अस्पष्ट। क्या ग़लत मंत्र के जाप का असर कुछ विपरीत होता होगा ? किससे पूछे ?

जिज्ञासा बनी ही रहती है।

वनमाली मंगलौर से आ गया है। पहली शाम ही उसने साथ ड्रिंक लेने का निमन्त्रण भेज दिया है।

''मड़ैया में,'' लोबो ने स्पष्ट किया।

तेज़ वर्षा का मौसम अन्तिम चरण पर होने के कारण समुद्र-तट पर फिर मड़ैया और छप्पर का निर्माण हो रहा है, वह उसी के अनुसार सफ़ेद सिल्क की शर्ट और सफ़ेद ही पैंट पहन लेती है। सैंडल निकालती है और पैरों को रगड़-रगड़कर साफ़ करती है। फिर गुलाबी रंग की नेल पॉलिश लगाती है। पॉलिश लगाते हुए उसे एकाएक ध्यान आता है कि कितने लम्बे समय के बाद अपने शरीर का सिंचन कर रही है। अभी तक तो रोष और आक्रोश ही बना था; अपने-आप अपना ही वैरी हो जाने का। पर क्या यह छोटा-सा संकेत नहीं है कि इस शरीर को सँवारने के लिए फिर मन हो आया है। क्या यह भी 'रिकवरी' का एक भाग है, यदि है तो अच्छा लक्षण है।

अपनी चर्या के अनुसार वनमाली फिर कुछ दिनों के लिए अनुपस्थित हो गया है। कहाँ चला जाता है बार-बार ? वह जानना चाहती है पर पूछेगी नहीं, क्या करना मुझे जानकर ? कुछ महीनों बाद तो मुझे लौटना ही पड़ेगा, चेकअप कराने के लिए। वकील का पत्र भी आ गया है, पैमला मार्टिन का घर रंग-रोगन करवा कर बिकने के लिए लगा दिया गया है। ख़रीदार मिलने पर यमन को दस्तख़त करने जाना ही पड़ेगा। अपना घर मरते समय वह उसके नाम क्यों लिख गईं, यह बात अभी भी उसके लिए रहस्य ही बनी हुई है। वह कुछ समय किराएदार रही थी, मिलती थी, बातचीत करती थी, उन्हें शॉपिंग कराने बाज़ार ले जाती थी। सीढ़ियों से लुढ़ककर गिरने पर यमन ने ही उन्हें सँभाला था। अस्पताल जाने की व्यवस्था की थी। पर वह तो बाद की बात है। घर तो उन्होंने पहले ही लिख दिया होगा। गिरने से उनके सर में ऐसी चोट आई थी कि वह फिर होश में आई ही नहीं। दफ़नाते समय भी उनके परिवार का कोई नहीं था। शायद कोई रहा ही नहीं होगा। कब्र के पास रेवरेण्ड मिलर थे, दो पड़ोसी और वह।

जब उसे पता चला कि सारे सामान के साथ घर उसी को मिला है तो वह जूडिथ मार्टिन के फ्लैट में गई। दोनों बिल्लियाँ नीचेवाले युवकों ने ले ली थीं और वह स्वस्थ दीख रही थीं, उसे पैमला का न होना अजीब-सा लग रहा था; उनकी रसोई, उनके कपड़े-लत्ते, यहाँ तक कि बिस्तर भी, सभी साफ-सुथरा और अत्यन्त व्यवस्थित था।

''क्या करेंगी इन सबका ?'' वकील ने पूछा।

''मैं इतने सदमे में हूँ कि कुछ सोच नहीं पा रही हूँ।''

''तो मैं सुझाव दूँगा कि आप अभी कुछ न करें, नीचेवाले किराएदार अभी रहना चाहते हैं; ऊपर का पोर्शन भी वह लेने को तैयार हैं, बाद में, देखा जाएगा। अभी तो साल-दो साल ऐसे ही चलने दें।''

वह तैयार हो गई, फ्लैट का ताला बन्द करके उसे ऐसा लगा, पहली बार, कि किसी आत्मीय की मृत्यु हो गई है। वह उसे विदेश में एकदम अकेला छोड़ गई हैं, पर असमर्थ नहीं। अपने पति डॉक्टर हेनरी मार्टिन का बनवाया तीन मंज़िला घर उसे दे गई हैं, किसलिए ? उसे स्वयं नहीं मालूम, क्या कुछ सौहार्द और कोमल सम्वेदना के बदले में इतना कुछ, पर यह सब सोचने से फ़ायदा क्या ? घर बिकेगा और पैसा मिलेगा तो अपने रिटायर फंड में डाल देगी, पर अब, साठ-पैंसठ साल कितने दूर और दुर्लभ लगते हैं। अच्छा नहीं होगा कि हेनरी और पैमला के नाम से वह यूनिवर्सिटी में एक स्कॉलरशिप प्रारम्भ कर दे। पर यह बाद की बातें हैं। उपयुक्त समय आने पर सबकुछ हो जाएगा, अपने आप।

कभी-कभी सोचती है कि पैमला मार्टिन का घर बेचकर, यहीं, समुद्र किनारे एक फ्लैट ले ले। यहीं रह जाए। पर यहाँ रहकर यदि कुछ दिनों में ऊब गई तो ? उसे तो कैंसर सेन्टर के आसपास ही रहना चाहिए। वहीं, अपने पुराने घर में।

उसने यह निश्चय भी स्थगित कर दिया।

वनमाली मंगलौर से आ गया है। पहली शाम ही उसने साथ ड्रिंक लेने का निमंत्रण भेज दिया है।

''मड़ैया में'' लोबो ने स्पष्ट किया।

तेज़ वर्षा का मौसम अन्तिम चरण पर होने के कारण समुद्र तट पर फिर मड़ैया और छप्परों का निर्माण हो रहा है। वह उसी के अनुसार सफ़ेद सिल्क की शर्ट और सफ़ेद ही पैन्ट पहन लेती है। सैंडल निकालती है और पैरों को रगड़-रगड़कर साफ़ करती है; फिर गुलाबी रंग की नेलपॉलिश लगाती है। पॉलिश लगाते हुए उसे एकाएक ध्यान आता है कि कितने लम्बे समय के बाद अपने शरीर का सिंचन कर रही है। अभी तक तो रोष और आक्रोश ही बना था; अपने आप अपना ही वैरी हो जाने का। पर क्या यह छोटा-सा संकेत नहीं है कि इस शरीर को सँवारने के लिए फिर मन हो आया है। क्या यह भी 'रिकवरी' का एक भाग है। यदि है तो अच्छा लक्षण है।

वनमाली उसे देर करते देख स्वयं ही ऊपर आ गया है। एक बार फिर चारों

ओर दृष्टि डालकर कमरे का अवलोकन करता है।

''सब ठीक है न ?'' औपचारिक स्वर में उसने पूछा है।

''हाँ, सबकुछ'' उसने कहा, ''बस बीच में एक दिन पानी नहीं था। मैं लोकल पेपर नहीं पढ़ती इसलिए पता नहीं चला।'' कुछ रुककर, ''बाइ द वे;'' थोड़ी हिचक के बाद उसने कहा, ''आपका बाथरूम तो बिलकुल किसी राजा-महाराजा के प्रासाद की तरह है।'' वनमाली हँसने लगा, हलके से बोला, ''यदि घर में काफ़ी जन हों और एक टायलेट, तो आपको मालूम नहीं कि उसके लिए लाइन में लगना कितना त्रासद होता है। शायद उसी अनुभव को कम्पंसेट करने के लिए कुछ ज़्यादा ही शानदार हो गया।''

उसने भी मुस्कराते हुए वनमाली की बात ग्रहण की।

''काफ़ी बड़ी फ़ैमिली है ? ढेर सारे भाई-बहन ?''

''ढेर सारे भाई-बहन।'' कहकर वनमाली ने इंगित किया कि वह इस विषय पर आगे बात नहीं करेगा।

उनके साथ-साथ उतरकर आने पर सभी देखते हैं, और सभी अभिवादन करते हैं। समुद्र तट की ओर जाते हुए वनमाली नए पेड़ों की क़तार के आगे रुकता है।

''इस पेड़ को आपने पहचाना ?''

''नहीं।'' उसने सिर हिलाया।

''प्लमेरिया मैग्नीफ़ीकी, वही पेड़ जो आप हवाई से लाई थीं; जिसमें पाँच साल के बाद फूल आते हैं। इसे फ्रैन्जीपानी भी कहते हैं और अपनी हिन्दी में चम्पा।''

''उस पेड़ में पत्ते टिकते कहाँ हैं ? इसीलिए मैं नहीं पहचान पाई।''

''यह कोई परीक्षा नहीं है—''

''मगर इस पौधे को मैं पहचानती हूँ। यह बेले का पेड़ है,'' वह एक जगह ठिठकीं।

''मोगरा।'' वनमाली मुस्कराया,'' उचक ऑफ़ टस्कनी—आप पूरे नम्बरों से पास हो गईं, यह बेले का ही पेड़ है। बताइए, क्या पिएँगी आप ? लोबो जिन और टानिक बढ़िया बनाता है।''

मड़ैया में दोनों बेंत के ऊँचे स्टूलों पर बैठ गए हैं। लोबो दोनों के आगे गिलास रख देता है। दोनों अब चुप हैं और दरवाज़े से बाहर क्षितिज को देखने लगे हैं जहाँ आकाश गहरा लाल और नारंगी है। सूरज डूबने में अभी कुछ समय है।

''आप फौरिडा में 'की वेस्ट' में गई हैं। वहाँ का सूर्यास्त देखने दूर-दूर से लोग आते हैं।''

यमन ने अपने गिलास में पड़ी नीबू की चौथाई फाँक को डंडी से कुचलते हुए कहा, "मेरा भ्रमण और जेनेरल नॉलेज बहुत सीमित है। मैंने अमेरिका में रहकर भी देश को कम देखा है, कैलीफ़ोर्निया, हवाई और कुछ बड़े-बड़े शहर ही, भारत में भी पहाड़ों में केवल मसूरी।"

"मैं तो फक्कड़ हूँ, बेचैन, आकुल इसलिए कहीं अधिक टिकना मेरे लिए सम्भव नहीं।"

"मैंने नोटिस किया है।" वह हलके से हँसी। फिर इस आदान-प्रदान में अपना योग देते हुए बोली, "मुझे प्राचीन सभ्यताएँ रुचती हैं। इसीलिए ऐसे ही देश गई हूँ, टर्की, ग्रीस, इटली। चीन और तिब्बत भी देखने की इच्छा थी।"

"थी ? अब तो वहाँ जाना बहुत आसान हो गया है।"

"सो तो है।" कहकर उसने बात समाप्त कर दी, अब सूरज पानी में डूबने लगा था और दोनों तब तक मौन और एकाग्र रहे जब तक वह एकदम नीचे नहीं चला गया।

"जब सूरज निकलता है तो सबसे पहली किरण मेरे किचेन की खिड़की से झाँकती है। मैं उस समय चाय बना रही होती थी क्योंकि मुझे सुबह क्लास लेने में सुविधा होती थी।"

इस बात का कोई उत्तर नहीं अपेक्षित था। "मैं समझ नहीं पाता कि मुझे पहाड़ और समुद्र में क्या अधिक पसन्द है, जब सागर के निकट होता हूँ तो बर्फ़ीले पहाड़ों की चोटियों की याद आती है। जब पहाड़ों पर होता हूँ तो समुद्र अपनी ओर खींचता है। इसी में, कभी कौलोरैडो, कभी फ्लौरिडा के बीच निरन्तर आता-जाता रहा। और अब..."

"अब ?" उसने तल तक गिलास ख़ाली करके सामने मेज़ पर रख दिया।

"अब—कभी गोवा, कभी रानीखेत और कौसानी, अभी देखिए, बैठा हूँ यहाँ और हिमालय की बर्फ़ीली चोटियों को याद कर रहा हूँ। जब एक के बाद एक चोटी उगते हुए सूरज की अरुणिमा से प्रकाशित होती है वह क्षण अवर्णनीय होता है—"

"आप तो फ़िलॉस्फ़र निकले। शायद चिदानन्द जी के साथ का असर—" उसके साथ वनमाली भी हँसने लगा, "कभी आप भी निकलें; बस सामान थोड़ा-सा, अपने आप उठाने लायक़। उन्मुक्त मन और अथकित क़दम—"

"ऐसे ही तो यहाँ चली आई," यमन ने कहा, "इंटरनेट पर देखा, नाम पसन्द आया, बुकिंग करा ली, यह मेरे सुनियोजित जीवन में बहुत साहसी मोड़ था। और महीन-महीन प्रिंट में यह नहीं देखा कि रिज़ोर्ट इन्हीं दिनों बन्द रहेगा।

आपको इतनी तकलीफ़ दी, आपने कह क्यों नहीं दिया ? मैं कहीं और चली

जाती।''

''असुविधा तो आपको हो रही है। खाने-पीने की। अकेला भी लगता होगा। जब रिज़ोर्ट भरा रहता है काफ़ी रौनक़ रहती है। आगे पीछे, स्विमिंगपूल पर, शाम को प्रोग्राम भी होते हैं।''

इसका भी कोई उत्तर नहीं है, लोबो ने जब नए भरे गिलास काउंटर पर रक्खे, तब उसने कहा, ''कभी करूँगी। बिना सामान के निकल पड़ूँगी यात्रा पर।''

''सामान ले भी चल सकती हैं। मैं कुली के रूप में अपने को प्रस्तुत कर रहा हूँ।''

''शायद इतना भाड़ा नहीं दे पाऊँगी, उसने हँसते-हँसते कहा, ''पर विचार अच्छा है। पहाड़ पर साथ-साथ चलते हुए वनस्पति की जानकारी भी देते रहिएगा। मुझे तो दो ही तीन पेड़ों के नाम मालूम हैं।''

''और मुझे भी शक़ और कुशान के अलावा कोई नाम नहीं पता।''

वह नया गिलास वैसे ही, अनछुआ छोड़कर उठ खड़ी हुई, हलके से बोली, ''शक और कुशान तो मेरी विशेषता से बाहर हैं।''

दोनों बाहर निकल आए। समुद्र की तरफ़ से आती हवा तेज़ थी और ठंडी भी।

अँधेरा था, परन्तु रिज़ोर्ट के अन्दर की बत्तियों से राह देखी जा सकती थी। यमन ने मन्द स्वर में कहा, ''धन्यवाद, एक सुखद सूर्यास्त के लिए। अब मैं चली जाऊँगी।''

''ऐसा कैसे ? मैं ऊपर तक छोड़ने आ रहा हूँ।''

फ्रांसिस जो इस समय रात की ड्यूटी पर है, उन पर नज़र डालता है। पहले सीढ़ी की बत्ती जलती है, दोनों ऊपर जाते हैं, पर वनमाली दरवाज़े तक जाकर ही लौट पड़ता है।

''सलाम साहब।'' फ्रांसिस कहता है, ''गुड नाइट।''

''गुडनाइट'' यमन अपनी बाल्कनी से वनमाली की आवाज़ सुन रही है।

दोनों मंज़िलों के कमरे बन्द हैं, अन्धकारमय, कैसा लगता होगा जब वहाँ उजाला होता होगा, लोग हँसते होंगे, प्यार करते होंगे।

पर अभी तो सब कुछ शान्त और सुप्त है। पिछला समोये हुए और आगे के लिए उत्सुक।

मुझे भी ऐसा ही बनना चाहिए—वह सोचती है, ''पर मैं काँच की ढेर सारी खिड़कियों वाला कमरा तो हूँ नहीं; मैं तो जीती-जागती, पीड़ा और खेद से भरी एक कमज़ोर सी स्त्री हूँ।''

वह देर तक बॉलकनी में बैठी रहती है। ठंडी हवा हलके-हलके उसे दुलराती रहती है।

"मैडम हर वक़्त ऐसे सोच में क्या डूबी रहती हैं ?"

वह चिहुँककर देखती है।

बस फिर मुस्करा देती है, हलका-सा।

"साहब तो कभी थिर नहीं बैठते, हमेशा कुछ-न-कुछ चलता रहता है। आजकल रेनी सीज़न में भी भागमभाग—कभी सुपारी पेड़ के वन में, कभी अपनी नर्सरी में, इस मौसम में कितने-कितने पेड़ बाहर जाते हैं, देश भर में।"

"कितने माली हैं ?" वह अचानक पूछ बैठती है।

"मालूम नहीं; चालीसेक तो होंगे। फिर गुलाबों के एक्सपोर्ट में ढेरों-के-ढेर।"

डायरी

कोई एक लहर दूसरी लहर की तरह नहीं होती, पानी क्षण-क्षण बदलता रहता है अपने प्रवाह में, कोई भी वैसी-की-वैसी नहीं रहती। परिवर्तन तो जीवन का क्रम ही है।

मैं किसी को पकड़कर नहीं बैठी हूँ। हथेलियाँ खुली हैं और मैं रीती हूँ; एकदम रीती। कब किस मुक़ाम पर आकर सब कुछ चुक गया। रंग, गन्ध और स्पर्श।

शेषेन्द्र की बाँह पर अपने गाल का स्पर्श याद आते ही पूरा शरीर रोमांचित हो उठता है। गिनती के दिन बीते हैं पर फिर भी जैसे जन्म-जन्मान्तर का फ़ासला बन गया है, कैसी कसी-कसी, नवयुवती जैसी देह थी मेरी।

अब ?

काश ! खुली बाँहें, खुले बाल लेकर गीली रेत पर दौड़ सकती और भर लेती सागर और अन्तरिक्ष को अपनी बाँहों में, आत्मसात् कर लेती—तब इस आशंका भरे अस्तित्व से मुक्ति हो ही जाती।

कैसा लगता होगा उन लोगों को जबकि डॉक्टर कहते हैं, आपका रोग असाध्य है, हम कुछ नहीं कर सकते, अब केवल कुछ दिन ही शेष हैं—झटका और अँधियारा ? कहीं ऐसा न हो कि यह बरसात अन्तिम वर्षा हो—आगे फिर यह क्रोटन, गुड़हल और कनेर फूलें, पर मेरा कण-कण विलीन हो चुका हो।

वह हँसी, वह उमंग, वह तरंगें...

जब थी शेषेन्द्र के साथ तो सार्थक थी। पर यह बचा हुआ जीवन एकदम बरबाद तो नहीं होना है। कितना दारुण कष्ट भोगा है इस शरीर के लिए। अब एक नया अध्याय आरम्भ करना है, जिसमें शेषेन्द्र नहीं हैं, क्या वनमाली ?

कौन जाने। क्या शेषेन्द्र को इतनी निर्ममता से दूर करने में गलती हो गई ? उनके शब्दों को एकदम सच मान बैठी—क्या कहा था उन्होंने—बाँधो न नाव...

फ़ोन की घंटी सुनकर पहले मन होता है कि बजने दे; पर दो बार बजने के बाद उसने फ़ोन उठाया।

"आपने थोड़ा आराम कर लिया ?"

"क्यों ?" उसने पूछा,

"आप थकी दीख रही थीं। बहरहाल, अभी क्या कर रही हैं ?"

"क्यों ?"

"कुछ लोग आ गए हैं, आप भी आएँ—अच्छा लगेगा।" वनमाली ने कहा।

"धन्यवाद, पर आज रहने दें।"

उसने क्षमा माँगी।

"जैसी आपकी मर्ज़ी।" वनमाली ने कहा।

मैंने ऐसा क्यों कह दिया—वह अपने-आप से पूछती है।

कुछ देर बाद वह वनमाली के फ़्लैट के आगे खड़ी हुई घंटी बजा रही थी।

"मैंने अपना माइंड चेंज कर दिया।"

उसने हल्के-फुल्के वाचाल अन्दाज़ में कहा।

"अच्छा किया।"

वह खड़ी-खड़ी बकार्डी रम में कोकाकोला और नींबू पी रही थी। उसे कभी रम अच्छी नहीं लगी, पर उस शाम का वही पेय था। एक ऐसी पार्टी में, जहाँ न कोई उसे जानता हो, न वह किसी और को, कितना सकून मिलता है, न औपचारिक पूछताछ, न फ़ालतू बातें—वह एक टूरिस्ट है; एक कॉटेज में कुछ महीनों के लिए टिकी है; कुछ करने को नहीं, बस बैठे-बैठे बरसात देखते रहो और मन को खँगालते रहो।

लोबो ने झींगा और चावल बनाया था—उसने प्लेट में थोड़ा-सा चावल ले लिया।

अपनी कॉटेज में लौटते हुए वह सीढ़ियों पर लड़खड़ाकर बैठ गई। शायद बकार्डी अब असर कर रही थी। उसने मुँह अपनी हथेलियों में छुपा लिया और गरम-गरम आँसुओं की अंजलि देते हुए वह बुदबुदाई।

वह एकदम ठंडी हो गई, उसे नहीं मालूम वह कितनी देर सीढ़ियों पर बैठी रही। धीरे-धीरे सारी बत्तियाँ बन्द हो गईं और उस सन्नाटे में समुद्र की लहरों का मद्धम शोर सब ओर गूँजता-सा लगा।

यमन को लगता है कि उसका कण-कण, शरीर का हर अणु एकदम थक गया है; वह हारने लगी है; कितना आकर्षक लगता है लहरों का आह्वान; पर उस छोटे, पागल क्षण में भी वह कहीं अन्तस्तल पर जान रही है कि वह जीना चाहती है; भले ही मन विरक्त और शरीर शिथिल हो, पर अभी भी बहुत देश बचे हैं रौंदने को; अभी भी बहुत सारे काम-काज बचे हैं। वह अपने को घसीटते हुए ऊपर ले गई और जिस अवस्था में थी, उसी में पलंग पर गिर गई।

बरसात थम गई थी और हवा ने वेग पकड़ लिया था।

अकेली रातों को सारे दुःस्वप्न, झेली हुई यातना के दाग़, अन्दर के सारे दानव एकदम ऊधम मचाने लगते हैं। सारी रात करवटें बदलने के बाद सुबह एकदम थकी हुई होती है।

पर पिछली रात वह एकदम गहरी नींद में, बेख़बरी से सोई है। केवल सिर दुख रहा है, रम के प्रभाव से।

वह उठकर बाल्कनी पर आ जाती है। एक शुभ शकुन की तरह आज चटक धूप बिखरी हुई है जिसमें रेत के कण झिलमिल कर रहे हैं। पानी में घुल-घुलकर सारे पेड़-पत्ते निखर आए हैं। गेट पर जो गुलमुहर है, लगता है पूरे साल फूलता ही रहेगा। झाड़ियों में निर्गन्ध सफ़ेद फूल सितारों की तरह चमक रहे हैं। वनमाली को निश्चय ही इसका नाम मालूम होगा—कभी उसके साथ, चैन से घूमेगी और हर पेड़ का, पौधे और फूल का नाम काग़ज़ पर टाँक लेगी। यह भी कोई बात हुई, गुलाब, बेला, चमेली के अतिरिक्त किसी भी और फूल का नाम न जाना जाए।

पर ऐसा नहीं है, और भी नाम उभरते हैं, गेंदा, गुलदाउदी, सदाबहार, शान्ति लिली, एंथूरियम...

वह अचानक ठिठक जाती है, यह अभी-अभी क्या हुआ ? वनमाली के साथ टहलते हुए पेड़ों, पौधों और फूलों के नाम टंकित करना केवल प्रकृति का ज्ञान बढ़ाना मात्र नहीं है, भविष्य की ओर बढ़ा हुआ एक क़दम है। क्या सचमुच कैंसर का आगमन और उपचार; धीरे-धीरे और आतंक में ग्रस्त मुद्रा की पकड़ ढीली होने लगी है। क्या वह ?

वह रुक गई। उसके मन में अचरज भरा भाव है, यह सब अपने-आप, एक स्वाभाविक निर्झर की तरह अवसाद और पीड़ा को फोड़कर फूट पड़ा है।

वह समझ नहीं पा रही है कि अपनी आतंकित, बिसरती, दुखद मनःस्थिति से कैसे उबरे। उसे अपने दुख और पीड़ा से प्यार हो गया है। एक वर्ष से उन्हें कलेजे से चिपकाए हुए है।

पर आगे बढ़ना होगा—भले ही प्रारम्भ में छोटे-छोटे पग रखते हुए।

यह साथ-साथ बैठकर चाय पीना और फिर साँझ के धुँधलके में सागर-तट पर बतियाते हुए टहलना, कब नियमित रूप से होने लगा, उसे नहीं मालूम। वह वनमाली को अपनी बाल्कनी से आते-जाते देखती। रोज़ शाम को टैरेस पर साथ चाय पीने का निमन्त्रण आ जाता है। उनके मिलने-जुलने में कुछ भी गोप्य नहीं है, सबके सामने खुली जगह में बैठकर चाय पीते हैं, या सागर-तट पर छप्पर के नीचे मड़ैया में बने 'बार' में जिन और टॉनिक।

फ्रांसिस, लोबो, मेरी, चौकीदार सभी देखते हैं, यदि खुसपुस करते होंगे तो पीठ पीछे, आगे तो सभी विनत-विनम्र रहते हैं।

वह नौ, साढ़े नौ बजे अपनी कॉटेज में लौट आती है। रात को चौकीदार उसे अँधेरी बाल्कनी में टहलता हुआ देखता होगा। यह कम हँसने, कम बोलनेवाली, बीमार-सी मैडम शायद सभी के लिए पहेली-सी बनी होगी।

दुखग्रस्त मानसिकता बार-बार एक ही पटरी पर गोल-गोल भागती रहती है, बार-बार वही प्रश्न मन में उठते हैं और कोई उत्तर न पाकर विलीन हो जाते हैं।

अतीत का पृष्ठ बदल दो, वर्तमान में रहो, भविष्य को देखो।

भविष्य ?

शेषेन्द्र जीवन में नहीं हैं, मंगेश महादेव के मन्दिर की चौखट पर जब उन्हें त्याग देने का संकल्प किया, तब से न जाने कहाँ से इतनी शक्ति आ गई, तज दिया सो तज दिया। जब उनका ख़्याल आ जाता है, तो वह सायास उसे पीछे

ठेल देती है, नहीं करेगी याद—वह भी अपने संकल्प के साथ बेईमानी होगी।

वनमाली ?

उसका साथ अच्छा लगता है, वह मुखर और वाचाल है, खुले व्यवहारवाला। पर कभी-कभी उसकी आँखों में न जाने कितने रहस्य छुपे हुए-से लगते हैं, वनमाली ने उसे अपने बारे में बताया है—वह एक नामी विश्वविद्यालय में विभागाध्यक्ष रह चुका है, उसने रिसर्च की है फूलों, पेड़ों में लगनेवाली बीमारियों पर—उसी दौरान में, अकस्मात् उसने और उसके साथ के रिसर्च विद्यार्थी ने यह जाना कि एक रसायन बीमारी तो नहीं रोकता पेड़ों की, परन्तु फलों को काफ़ी समय तक ताज़ा रखता है और सड़ने से बचाता है। वह पेटेंट लाखों में बिका, विश्वविद्यालय को रायल्टी देने और रिसर्च स्कॉलर का हिस्सा निकालकर भी उसके पास इतना बच गया कि वह जल्दी अवकाश लेकर अपनी रिसर्च पर काम कर सके। पास में उसकी बहुत बड़ी प्रयोगशाला और नर्सरी है जहाँ लगभग तीस-पैंतीस लोग काम करते हैं।

पैसा उसने सूझबूझ और समझदारी से लगाया है, तभी यह पैरागौन है, दिल्ली दरबार रेस्तराँ है, और भी न जाने क्या-क्या होगा। वनमाली ने शादी भी की थी, रेनी नामक अमेरिकन महिला से। वह भी एक सफल ट्रैवल एजेंसी चलाती है, और बैंकाक, कैरो, गोवा में टूर लाती है। पर पति-पत्नी में विच्छेद हो चुका है। सालों की कडुआहट के बाद अब दोनों एक-दूसरे को सह भर लेते हैं। उसने भी कुछ-कुछ अपने बारे में बताया है; पापा का उपकुलपति होना, अपनी आराम की ज़िन्दगी। अपनी रिसर्च और कैसे उसका मन थीसिस लिखने से एकदम उचट गया है, यद्यपि मुख्य भाग लिखा जा चुका है।

मानसून का मौसम धीरे-धीरे समाप्त हो रहा है, कभी-कभार बादल बरस जाते हैं, चारों ओर सघन हरे वृक्ष झूमते रहते हैं।

रिज़ौर्ट में सफ़ाई, पुताई का सिलसिला चलता रहता है, कभी-कभी बिना बताए ही वनमाली दो-तीन दिन के लिए चला जाता है। कभी कांफ्रेंस में, कहीं-कहीं कंसल्टेंट की तरह। लौटता है, और जब उसे देखता है तो उसकी आँखें दिप उठती हैं और वह अपनी दृष्टि कहीं और टिका देती है। फिर जिन और टॉनिक, नींबू की फाँक के साथ और तब लगता है कि जैसे वनमाली कहीं गया ही नहीं था।

वह अपने-आप प्रसंग उठाता है, ''मैं सोच रहा हूँ कुछ समय के लिए विदेश जाने के लिए।''

''अच्छा,'' यमन ने कहा, ''जाना तो मुझे भी चाहिए।''

"क्यों ?"

वह बात टाल जाती है। डॉक्टर ने हर तीन महीने पर चेकअप करवाने को कहा था, कुछ नहीं किया, पर वापस जाना चाहिए। डॉ. स्टुअर्ट उसकी ग़ैर-ज़िम्मेदारी पर ज़रूर नाराज़ होंगे।

वह वनमाली की ओर मुड़कर पूछती है, "कब जाने का विचार कर रहे हैं ?"

"अभी तो समय है, यहाँ बहुत काम पड़े हैं; और मैं हूँ कि—"

"कि—"

"कि समुद्र के किनारे बैठकर यों ही आपके साथ समय बिताता रहूँ।"

यह क्या कर रहा है ? वनमाली ज़रा ज़्यादा ही पी गया है क्या ? कभी यों ख़ुलासा तो उसने कुछ नहीं कहा, अब क्यों ?

उसे छोटी-सी खुशी हुई, "समुद्र के किनारे बैठना मुझे भी अच्छा लगता है।"

"और मेरा साथ नहीं ?" वनमाली की मुद्रा में परिहास है।

"वह भी—" वह धीरे-से हँस पड़ी, और गिलास उठाकर, होठों से लगा लिया। गिलास ख़ाली है, केवल तल में बर्फ़ के कुछ टुकड़े और नींबू की फाँक हैं, उसने गिलास वापस रख दिया।

समुद्र-तट से वापस आकर दोनों वनमाली के टैरेस पर बैठ गए, तारों की छाँह और हलकी-सी हवा उन्हें थपकियाँ दे रही थी।

अब वनमाली ने लोबो को चाभी देकर बढ़िया सफ़ेद वाइन मँगवाई; ठंडी और एक बहुत सूक्ष्म-सी ख़ुशबू से भरी। वह ख़ुशबू किसकी थी ?

उसने मना नहीं किया—यद्यपि डॉ. ज़ैकरी ने एक-डेढ़ गिलसिया से ज़्यादा पीने को मना किया था, शराब में मीठापन होता है और मिठास से कैंसर सेलों को भोजन मिलता है। वर्जित तो और भी चीज़ें हैं, चॉकलेट, पनीर, कॉफ़ी, चीनी और मुर्ग़, पर इस 'क्षण में जियो' वाली फ़िलासफ़ी के अनुसार इस ठंडे, ताज़े, आत्मीय वातावरण में उन वर्जनाओं को नकार दिया है।

"आपको अभी भी लाल जूतियाँ पसन्द हैं ?"

वनमाली ने एकाएक पूछा।

"कैसे ?" यमन ने चौंककर पूछा, "यह क्यों पूछ रहे हैं ?"

"पसन्द हैं न ?"

"हाँ हैं तो। पर आपको यह कैसे मालूम ? इस वक़्त तो मैं कोल्हापुरी चप्पलें पहने हूँ।"

"बचपन से ही"—वनमाली कहता गया, "और आपने यह नया नाम, यमन, क्यों रख लिया ? संगीत से तो आपको इतना शौक़ था नहीं।" वह हलकी-हलकी और प्रफुल्लित अनुभव करने लगी थी, "आपने कोई जासूस लगा रक्खा है ?"

"यही समझ लें, मुझे ही।"

"पर क्यों ?" वह थोड़ी हैरान हुई; "मेरे बारे में क्या-क्या जानकारी है आपको ?"

"एक बार, शायद बचपन में आपकी लाल मख़मली फ्रॉक से मैच करते लाल जूते चोरी हो गए थे।"

"अच्छा, हाँ ऽ ऽ, शायद मैं दस बरस की थी।"

"और प्यारा खरगोश भी पिंजड़े से निकल भाग गया था।"

"वह पापा ने मुझे बर्थडे पर दिया था।"

वह नहीं पूछेगी कि उस विगत अतीत की बातें वनमाली को कैसे पता हैं।

"अब आप कुछ बताइए," वनमाली ने कहा।

"उस बर्थडे पर यूनिवर्सिटी के हेडमाली ने मुझे बहुत बड़ा गुलदस्ता दिया था—लाल गुलाबों का, उसकी सुगन्ध अभी भी मेरे मन में बसी हुई है।"

"और ?"

"मुझे पूरा-पूरा सन्देह था कि मेरे जूते और ख़रगोश हेडमाली ने ही चुराया।"

वनमाली ठहाका मारकर हँसा—"आप मेरे बापू को चोर ठहरा रही हैं, जबकि चोर आपके सामने बैठा है।"

"चोर ? आप ? कैसे ?"

"हेडमाली के ढेर सारे बच्चे थे।" बीच में एक गहरा मौन आ गया—यमन भी जैसे वर्षों का अन्तराल पार करके छोटी बच्ची बन गई—"हाँ, याद आया, वह सभी बच्चे लॉन में घूम-घूमकर शोर मचाते रहते थे, फिर मम्मी ने बच्चों को आने से मना कर दिया।"

"उनमें एक बदतमीज़, उद्दंड-सा लड़का था—जो आपके जूते और ख़रगोश चुरा ले गया था।"

"आप ?"

"हाँ, वह मैं था; मेरा नाम तब बन्नू था, वनराज माली, जो अब वनमाली है, संक्षिप्त में।"

"इतना बड़ा कायाकल्प—कैसे ?" उसने छोटी-सी आवाज़ में पूछा।

"वह किसी और दिन की कहानी है—" वनमाली एकाएक उठ खड़ा हुआ,

और एकदम, अचानक झुककर उसने बहुत हलके-से यमन के गाल को चूम लिया। वह जब तक अचरज और हैरानगी से उबरे, वनमाली जा चुका था।

सुबह जागकर वह अपने को उद्विग्न पाती है। वह रोष, क्षोभ और पछतावे के आवर्त में डूबती जा रही है। वनमाली सब कुछ जानते हुए भी अनजान बना रहा, और वह बेवकूफ़ बनती रही। यह हॉर्टीकल्चर का प्रोफ़ेसर, धाँसू रिसर्च करनेवाला, लखपती वनमाली असली में बन्नू था, है। और उसे याद भी नहीं कि उन बच्चों की क़तार में बन्नू कौन था।

यह ग़ुस्सा इसलिए भी कि हेडमाली की वह सातवीं-आठवीं सन्तान इतना पढ़-लिखकर कितनी आगे बढ़ गई, और वह, लिली पांडेय, वाइस चांसलर की इकलौती और लाड़ली बिटिया केवल ए. बी. डी. रह गई, ऑल बट डिज़र्टेशन, अधूरी पी-एच. डी. वालों का योग्यता परिचय। जहाँ वनमाली विदेश की एक प्रख्यात यूनिवर्सिटी में वनस्पति विभाग का अध्यक्ष बन गया, वह छोटे-छोटे कॉलेजों में एक-एक दो-दो सालों के कांट्रैक्टों पर जीती रही।

मैं क्या कुछ और नहीं हो सकती थी ? लेख और पुस्तकें प्रकाशित करके नाम कमाती या फिर—किसी उपयुक्त व्यक्ति से विवाह कर गृहस्थी सँभालती।

ज़िन्दगी, तूने पूरा-पूरा छला।

कोई भी निर्णय लेते समय पता नहीं होता कि आगे के मोड़ पर क्या मिलनेवाला है।

दर्द की एक चिलक सीने की दाईं तरफ़ से उठकर बाँह में विलीन हो जाती है; जैसे अपनी उपस्थिति का बोध करा रही हो।

भूल मत जाना कि तुम स्वयं एक दारुण बीमारी से उठी हो।

वह वनमाली की प्रतीक्षा भी कर रही है, और यह भी नहीं जानती कि गत रात्रि के बाद उसके साथ कैसे आचरण करेगी ? बन्नू की तरह नहीं, उसकी तो याद भी नहीं है। वह तो वनमाली को जानती है, और उसे पहले जैसे ही रहना चाहिए। वह अपने हेडमाली का बेटा है, क्या यह जानने से कुछ बदल गया है ? कि वह कैंसर रोग से ग्रस्त थी, यह जानकर क्या वनमाली भी उसे दूसरी नज़र से देखने लगेगा ?

कौन जाने ? शेषेन्द्र भी तो हैं, इतने कोमल, इतने संवेदनशील, फिर भी कैंसर के बाद पत्नी से विमुख।

यह पुरते हुए घाव वह किसी को नहीं दिखा सकती। नज़र पड़ती है तो वह स्वयं सिहर उठती है। शरीर के अंगों से इतना मोह। युद्ध या दुर्घटनाओं में जो हाथ-पैर खो बैठते हैं उनका मानस कैसा होता होगा ?

इसी सब ऊहापोह के बीच वह 'आर्ट ऑफ़ लिविंग' के सेमिनार में चली गई। यह पहली वर्कशॉप का ही एक अंग था; पर वनमाली वहाँ नहीं दिखाई दिया। वह सुनती रही—तनाव कम करो, सात्विक भोजन करो; शरीर, वाणी को संयम में रक्खो और उस परम आत्मा को सम्पूर्ण रूप से समर्पण कर दो।

श्रोता मंत्र-मुग्ध-से सुन रहे थे। वक्ता थे स्वामी ज्ञानस्वरूपानन्द। उनके चेहरे पर तेज था, आँखें पानीदार और अपने में खोई-खोई, कुछ डबडबाई-सी। किसी ने बताया कि स्वामी ने तरुणाई में ही संन्यास ले लिया था। वह सुपर कंडक्टर की पढ़ाई के लिए अमेरिका गए थे—वहीं, कुछ वर्ष धन, सफलता के अमेरिकन स्वप्न के बाद ?

संन्यासी का अतीत नहीं होता—किसी प्रश्न पर उन्होंने छोटा-सा उत्तर दिया।

मेरा अतीत नहीं रहेगा तो मैं कंगाल हो जाऊँगी, दीन-हीन भिखारिन। और अभी मैं इतनी आध्यात्मिकता के लिए प्रस्तुत नहीं हूँ।

अपने से प्रश्नोत्तर करना अब आदत बनती जा रही है। बड़े-बड़े ऋषि-मुनि जब क्रोध और स्त्री सहवास की इच्छा से उबर नहीं सके तो मैं कौन खेत की मूली हूँ ?

उसके चेहरे पर स्वयं मुस्कान आ गई—यह सब कहावतें और मुहावरे—आज की भाषा में नहीं सुनाई देते। आज के परिवेश का एकदम वैश्वीकरण हो चुका है—न चाहते हुए भी वह अतीत को भुला नहीं सकती, 'आज' की समस्या से बचने का कितना सीधा-सरल नुस्ख़ा।

यूनिवर्सिटी में पढ़ते समय, छात्रावास की सहेलियों के साथ रविवार की सुबह मैटिनी में कोई अँगरेज़ी फ़िल्म—फिर गज़दर में खाना और खाने के बाद टुट्टी फ्रुट्टी आइसक्रीम खाकर पापा की गाड़ी में बैठकर परिसर लौट आना। परिसर के गमलों को हमेशा फ्लावर शो में प्रथम पुरस्कार मिलता था और उसके बाद वह गमले

वाइस चांसलर के उद्यान में सजा दिए जाते थे। बहुत प्रयत्न करने पर भी अब न उन गमलों के फूलों की याद रही है; न उस मुख्य माली के चेहरे की—

मम्मी को नौकरों के बच्चों के सुन्दर-सुन्दर नाम रखने का चाव था—रामदीन, गोरख या त्रिवेणी प्रसाद का चलन यों भी कम हो चला था; माली की लड़कियों के नाम मम्मी के दिए थे रोज़ी, डेज़ी, पैंज़ी—शायद वनराज भी उनका ही दिया नाम होगा। बनवारी जमादार ने अपने लड़के का नाम रक्खा था तोताराम, पर दसवाँ पास करते-करते वह पंकज कुमार हो गया था, और सुना था कि वह चीफ़ मिनिस्टर के निदेशालय में बहुत वरिष्ठ अधिकारी हो गया है।

जीवन सरिता क्या-क्या मोड़ लेती है।

मन-ही-मन जैसे किसी की लौटने की प्रतीक्षा है—शायद अजपा जाप की तरह मन को आदत पड़ गई है किसी की प्रतीक्षा करना।

पर वनमाली की प्रतीक्षा क्यों करे—उस वनमाली की जिसने बचपन में उसके लाल जूते और वर्षगाँठ पर मिला ख़रगोश चुरा लिया था; जिसने वर्षों बाद भी शाम के गहरे धुँधलके में भी उसे उसी क्षण पहचान लिया था जबकि वह काउंटर पर आकर खड़ी हुई थी—वनमाली को फ़र्क नहीं पड़ा था कि वह अब यमन थी; और वह थी कि उसे मानो गुमान भी न था कि हेडमाली का बेटा वनराज उसके सामने खड़ा है, उसने तो उसे टिप दी थी और वनमाली ने हँसकर ग्रहण कर ली थी—ठीक भी तो है—यमन ने कुछ क्षोभ से सोचा, "बख़्शीश लेने की जन्मजात आदत ठहरी।"

वह सुबह से ही बाहर निकल जाती है, कभी मापुसा के बाज़ार, कभी पणजी कभी कलिंगुटे के सागर-तट पर। वर्षान्त के बाद थोड़ा भीड़-भड़क्का बढ़ने लगा है और तरह-तरह के फ़तवों से भरी बनियाइनें पहने पर्यटक दिखाई देने लगे हैं—सब कुछ एकदम धुला-धुला, स्वच्छ—पेड़ों की पत्तियाँ, उदास गलियों में पुराने घरों की छतें—मन्दिरों के बुर्ज़ और चर्चों के प्रांगण—क़ब्रिस्तानों में क़ब्रों के बीच-बीच रंग-बिरंगे सदाबहार फूल, मुँडेरों पर नए-नए फीके रंगों में बेगम बेलियाँ की झाड़ियाँ, हलके लवेंडर, गुलाबी, नारंगी—बाहर चम्पा के पेड़ों की क़तारें।

खुली साफ़ जगह पर वह बैठकर कुछ फ़िलॉसफ़ाना मूड में आकर सोच उठती है—यही तो है परिणति—हरेक की नियति—उससे पलायन क्या—हर दिन, हर पल

हमें उसी ओर खींच रहा है। उसकी निगाह हवेरीटा नाम की स्त्री के कब्र फलक पर टिक गई—कौन थीं तुम हवेरीटा—क्या तुम चैन और सुकून से सो पा रही हो ?

कभी भी किसी भी दिन इस रोगी, क्षीण शरीर में कोई गाँठ उभर सकती है, क्या पता, इसी क्षण स्वस्थ कोषाणु बीमारी के आगे परास्त हो रहे हों। अक्सर बहुत देर हो जाया करती है—छाती का कैंसर आगे बढ़ता है बग़ल नोड से, हड्डी, मेदा, आमाशय, फेफड़े या फिर दिमाग़ की पर्तों में।

मुझे मरने से डर नहीं है; वह अपने आप बुदबुदाती है; हवेरीटा; मगर अन्तिम अवस्था में जैसी पीड़ा और यातना होती है, वह मैं नहीं चाहती—मैं शलजम या गाँठ गोभी की तरह नहीं जीना चाहती, उससे अच्छा है कुएँ में कूद पड़ना। फिर वह अपने आप मुस्करा उठी—फाँसी लगाना भी आसान नहीं है, आसान होता तो क़ैदियों को मृत्युदंड फाँसी के रूप में क्यों मिलता।

उसे याद आ गया कि इस दुखद चिन्तन को आगे बढ़ाने से कोई लाभ नहीं।

वह कपड़े झाड़ते हुए उठ खड़ी हुई। वनमाली कई दिन से बाहर है; जैसे बचपन के अपराध को कुबूल कर वह लज्जित हुआ है, उसने अपने को कहीं छुपा लिया है।

वह जानती है कि ऐसा कुछ नहीं है, वनमाली कहीं काम पर गया होगा। जल्दी ही लौटेगा। इस बीच उसका अपना दिल पलट गया है, आक्रोश और झुँझलाहट दिन-पर-दिन विलीन होते जा रहे हैं, उसे शाम से ख़ाली-ख़ाली लगता है, अकेले-अकेले चाय पीना और सूर्यास्त देखना। मड़ैया में जाकर कुछ पीने का तो प्रश्न ही नहीं उठता, पीने के लिए एक साथी होना चाहिए, जिसके साथ हँसा-बोला जा सके। और वनमाली में यह गुण है, सहजता, खुलापन और चार्म, लुभा लेने का स्वभाव। उसने बन्नू को नहीं जाना, वह तो वनमाली को जानती है, जो वह अब है। उसका अपना अतीत कौन जानता है, वह केवल एक बीमार-सी स्त्री है जो गोवा में कुछ समय से ठहरी हुई है। पर हम जो अब, इस क्षण हैं क्या वह सब हमारे बचपन और बाक़ी जीवन के अनुभवों का पुंज नहीं होता। पर इस पचड़े में फँसने से क्या। कभी लिली पांडेय—अब यमन है क्योंकि जीवन में शेषेन्द्र घटित हुए हैं, कैंसर घटित हुआ है और उसका निर्दोष शिकार वह शिशु, जो यदि पैदा भी होता तो विकृत, अपंग मांस का पुतला ही तो। यह सब याद आते ही एक लम्बी आह सीने की परतों के नीचे से अपने-आप फूट पड़ती है। न ऽऽ। आँसू अब नहीं बचे हैं।

होटल में अचानक गहमागहमी दिखाई दी और नीचे बातचीत का हलका-हलका शोर था। चौक में गोल मेजें लगी थीं और हर मेज़ के साथ चार-चार कुर्सियाँ, मेज़ों पर सुबह के नाश्ते की तामझाम।

''रेनी मैडम टूर लेकर आई हैं,'' मेरी ने बताया, ''साहब की वाइफ़—अब तो डाइवोर्स हो गया है।''

''और साहब ?'' अस्फुट स्वर में उसने पूछा।

''मैडम जब आता है तो साहब अपने फ़ार्म पर भाग जाता है। जब तक मैडम रहेगी, वह नहीं आएगा।''

''अच्छा,'' उसने कहा, ''जाओ अपना काम ख़त्म करो।''

पर मेरी गई नहीं, वह बात करने के मूड में थी।

''मैडम सुबह से सब पर चिल्ला रही हैं। पहले किचेन में दोनों कुक की ख़बर ली फिर लोबो, फ्रांसिस—सब्भी पर पड़ रही हैं। बाप-रे-बाप—क्या गुस्सा।''

''मेरी, तुम मेरा गुस्सा देखनेवाली हो।'' वह जाते हुए ढिठाई से मुस्कराई, ''आप तो सॉफ्ट हो, ख़रगोश की माफ़िक।''

''मेरी।'' उसने तर्जनी उठाई।

वह हँसती हुई चली गई।

यमन बाल्कनी में आकर खड़ी हो गई; अब तक कुछ मेज़ें भर गई थीं, और जिस मुद्रा से एक स्त्री वहाँ चल-फिर रही थी उससे लगा कि वही रेनी होगी। उसे ही भरपूर देखे इससे पहले ही रेनी की नज़र उस पर उठ गई।

उसमें इतनी खुली हुई नफ़रत और गुस्सा था कि यमन ने सकपकाकर अपनी दृष्टि मोड़ ली।

दूसरे दिन दरवाज़े पर खटपट, कॉटेज में रंग रोग़न होगा।

''पेण्ट की गन्ध आएगी।'' यमन ने कहा, ''मुझे बरदाश्त नहीं है, जाओ तुम लोग कहीं और पेण्ट करो।''

वह दोनों खड़े ही रहे, ''मैडम ने इसी कॉटेज को पहले करने को बोला है।''

''ठीक है।'' वह नीचे आकर काउंटर पर जाती है, ''मेरा बिल बना दीजिए।''

''आप जाएँगी, मैडम ? कहाँ को ? ट्रांसपोर्ट चाहिए ?''

''अभी तो मुम्बई,'' वह अपना टिकट पकड़ा देती है, ''देखिए कोई फ्लाइट है ?''

एक बार फिर एकत्र किया हुआ सामान पीछे छोड़कर अपना एक सूटकेस और बैक पैक लेकर वह तैयार है। ढाई बजे की फ्लाइट में जगह है, वह आतुरता और कुछ खेद से एयरपोर्ट टैक्सी की प्रतीक्षा में है। उसने लोबो को एक बड़ी टिप के साथ अपना मोबाइल नम्बर पकड़ा दिया है, साहब के लिए।

शायद उसी टिप का प्रभाव है कि लोबो टैक्सीवाले को डाँटता है, ''इतना लेट हो गया कार्लोस, मैडम की फ्लाइट छूट गई तो ?''

''नहीं छूटेगी, टाइम है,'' कार्लोस आत्मविश्वास से कहता है, अपनी कसी जीन और बेसबाल कैप में वह अपने को फ़िल्मी हीरो समझ रहा है। उसके तेज़ चलाने और लालबत्तियों पर न रुकने के बावजूद भी एयरपोर्ट पहुँचते ही उन्होंने शोर मचाता हुआ जहाज़ देखा जो आकाश में ऊँचा और ऊँचा चला जा रहा था।

रात की फ्लाइट ओवरबुक है, कोई चांस नहीं है, न सबेरेवाली में, अब तो अगले दिन इसी समय वाला जहाज़ मिलेगा। गोवा से निकलना आसान नहीं है, ट्रेन में जगह का तो सवाल ही नहीं है, बसें भी खचाखच भरी जा रही हैं। कार्लोस का मुँह उतर गया है, वह क्षमाप्रार्थी है।

''मैं अब्भी मालिक से बात करके आया।'' उसे आने में दस-पन्द्रह मिनट लगते हैं, तब तक वह आगे का प्लान बनाती है, पैरेगौन में वापस जाना उचित न होगा, जिस ठसक से वह छोड़कर आई है। किसी भी होटल में तो एक रात की जगह मिल ही जाएगी। कल तो फ्लाइट मिलेगी ही। कार्लोस के साथ शायद उसका मालिक है, ''मैडम, अभी एक टैक्सी पुणे जाने को है, तीन जन हैं, फ़ैमिली, मदर-फ़ादर, डाटर-इन-ला उनसे बात करूँ ? आप ख़र्च शेयर कर लेंगी ?''

''कौन लोग हैं ?''

''शरीफ हैं, चलिए आप मिल लें, मुसीबत में हैं, लड़के का ऐक्सीडेंट हो गया है, पुणे हॉस्पीटल में है।''

सास बहू टैक्सी में बैठ चुकी हैं, एक वृद्ध पुरुष अभी बरामदे में खड़े हैं, उनकी आँखें लाल और अभी भी डबडबाई हुई हैं। ''यह मैडम मुंबई जाने को हैं ? आप टैक्सी शेयर कर लेंगे ?''

''मैं आधा देने को तैयार हूँ।'' वह कहती है, वृद्ध पुरुष सिर हिलाकर सहमति देते हैं; वह आगे ड्राइवर के पास बैठ गए हैं, युवती ने पिछली सीट पर थोड़ा हटकर उसके लिए जगह बनाई, ''आप खिड़की के पास बैठना चाहें तो...'' यमन ने शिष्टता से कहा।

''ठीक है, तुसी बैठो जी।'' वृद्धा ने कहा। टैक्सी जैसे ही चली युवती एकाएक बिलखकर रो पड़ी। ''हौसला रख पुत्तर,'' उसे अपनी ओर खींचते हुए

वृद्धा ने कहा, उसका अपना गला भी रुँधा हुआ था।

क्या कहे, यह समझ न पाकर वह चुप हो गई। सड़क के चारों ओर घुप अँधेरे में टैक्सी तेज़ रफ़्तार से भागती जा रही थी। यमन को ड्राइवर पटु लगा, इसलिए उसने स्पीड से तेज़ जाने पर कुछ नहीं कहा, फिर साथ के यात्रियों को एक एक पल पहाड़ लग रहा होगा। रास्ते में कभी-कभी कोई बत्ती टिमटिमाती हुई नज़र आ जाती थी। उसके परे क्या था, अरब सागर, मांडवी नदी, जंगल, खेत, आबादी इसका कुछ पता नहीं चल रहा था; कभी-कभी सामने से आते ट्रक की तेज़ रोशनी टैक्सी के अन्दर उजाला कर देती थी, वृद्धा के होंठ किसी मौन प्रार्थना में हिलते दीखते थे, कभी-कभी सन्नाटा तोड़ती हुई उसकी आह, ''हाय रब्बा।''

युवती एकदम निश्चल, निस्पंद बैठी थी, पर उसकी हलकी-हलकी सिसकियाँ लहरों की तरह उठतीं और रुक जातीं।

रात में यात्रा के दौरान, सड़क के धचकों के बीच युवती का सिर यमन के कन्धे पर आ टिका। शायद वह रोते-रोते एकदम रिक्त हो गई थी और नींद और थकान ने उसे परास्त कर दिया था। यमन बिना हिले-डुले बैठी रही। इस नींद में क्या होंगे इस लड़की के सपने ? काले दुपट्टे से घिरा हुआ उसका छोटा-सा उजला माथा और मुँदी हुई लम्बी-लम्बी खिंची आँखें ही दीखती थीं।

वह दुख का पुंज तो शरीर से आ सटा था, उस गोरी, बड़ी-बड़ी आँखोंवाली लड़की के रूप में, यमन ने चाहा कि वह अपने में से अपना धैर्य, अपनी कुछ ताक़त उसकी ओर फेर दे। पर उसे लगा जैसे वह लड़की ही यमन का सारा दुख, सारा मलाल, सारा मवाद अपने में सोखती जा रही है। ऊपर से नीचे, अन्दर से बाहर तक का रोष, क्षोभ, सन्ताप सबका परिमार्जन हो रहा है, लड़की की ट्रैजेडी यमन की ट्रैजेडी से कहीं बड़ी है। कैसे काटेगी वह ज़िन्दगी ? क्या होगा इन वृद्ध दम्पति का ? न जाने क्यों यमन को लग रहा था कि वह दुर्घटनाग्रस्त पुरुष इन लोगों के पहुँचने तक बच नहीं पाएगा, और शायद यह लोग भी यह जान रहे हैं, तभी तो लड़की कटे हुए युवा वृक्ष की तरह ढह गई है।

पुणे तक पहुँचते-पहुँचते क्षितिज पर उजाला फूटने लगा था, पहले गुलाबी फिर सुनहला और तब लाल। टैक्सी पहले मिलिटरी हॉस्पिटल पर रुकी। उन लोगों के उतर जाने के बाद यमन ने ड्राइवर से कहा, ''ज़रा पता करें कि लड़के की क्या कंडीशन है।''

''मैडम !'' ड्राइवर ने कहा, ''उसकी तो ऑनस्पॉट ही डेथ हो गई थी। लेडीज़ को नहीं बताया था।''

पुणे से जहाज़ दिल्ली जा रहा था। मुंबई को बाईपास करके उसने नया टिकट ख़रीदा और अपनी सीट पर बैठ गई, वह अपने को एकदम रिक्त पा रही थी, हर व्यक्ति, शेषेन्द्र, वनमाली, यह वृद्ध दम्पति, से अपने को बहुत दूर, बहुत अलग, नितान्त अकेली, अन्तर्लीन; पर दुखी और उदास नहीं। वे मनःस्थितियाँ वह पीछे छोड़ आई थी।

मालूम नहीं क्यों इस खुले, धूपभरे मौसम में दिल्ली के ऊपर बदली थी। सामान तो कुछ विशेष था नहीं, टैक्सी लेकर डिफ़ेंस कॉलोनी में घर की ओर जाते हुए यमन को बहुत दिन बाद, शायद महीनों में पहली बार अपना मन हलका-हलका लगा। उत्फुल्लित ? प्रफुल्लित ? प्रमुदित ? इन सब मनःस्थितियों को नकारकर यमन ने अपने-आप से कहा—मैं ख़ुश हूँ। बहुत ज़्यादा नहीं, पर ख़ुश। क्या यह दिल्ली की ज़मीन का असर है कि पैर रखते ही यादें उमड़ने लगती हैं—केवल हँसी-ख़ुशी से भरी यादें। गोवा में समुद्र था, बरसात थी, पर एक परायापन-सा था, बोलचाल, व्यवहार और चेहरों में, पर यहाँ सभी कुछ अपना-अपना था, धूल, भीड़, ट्रैफ़िक जैम।

बाबा, मुरलीधर पांडे स्वतंत्रता सेनानी थे, जिनकी स्वतंत्रता प्राप्ति के पहले ही जेल में मृत्यु हो गई थी। पापा ने उनके नाम पर कुछ नहीं लिया था, शायद प्रयत्न ही नहीं किया। पर ममी के परिवारवाले एकदम अँगरेजों के पिट्ठू; राय साहब और राय बहादुर। अँगरेज़ों की कृपा से बाज़ार-के-बाज़ार और तमाम ज़मीन-जायदाद। छुट्टी में ममी अपने घर जाना पसन्द करती थी, यानी कि दिल्ली और वहाँ से मसूरी, जहाँ कैमल्स बैक रोड पर नाना की बड़ी-सी कोठी थी।

वह आठ साल बाद लौट रही थी और परिचित शहर के नए भूगोल पर चकित थी। कहाँ गए वह बड़े-बड़े पेड़, हरियाली, गुलाब के उद्यान, हर जगह बड़ी-बड़ी इमारतें और ट्रैफ़िक का बहता हुआ शोर।

टैक्सी जब अन्दर मुड़ी तो उसने देखा कि वह खुला गन्दा नाला, जो सारे पड़ोस को झेलना दुश्वार था, अब भी बरक़रार है। ए-ब्लाक से बी-ब्लाक जाने के लिए उस पर लकड़ी का वही पुल अब भी था। फ़र्क इतना था कि नाले को पाटने के बजाय उसके दोनों ओर कचरे के पहाड़ बढ़ गए थे। सामने बाल्कनी से मेन सड़क दिखाई देती थी, और रसोई की खिड़की से नाला।

यह हुआ न, उसने अपने-आपसे कहा, ''कुछ चीज़ें यहाँ कभी नहीं बदलेंगी—चाहे कितने फ्लाईओवर बन जाएँ, चाहे कितने जहाज़ आसमान में मँडराने लगें, पर धरती पर की चीज़ें वैसी ही रहेंगी। सभी अपने-अपने तीन-तीन मंज़िलों के घरों को चहारदीवारी में बाँधकर सुरक्षित कर लेंगे, फूल लगाएँगे, लतरे चढ़ाएँगे, रोज़

सुबह अपनी गाड़ियाँ धुलवाएँगे; पर नाले की ओर से दृष्टि बचा जाएँगे, वह सम्मिलित ज़िम्मेदारी है इसलिए किसी की भी नहीं।"

मम्मी के बन्द फ़्लैट का ताला खुलवाते हुए उसके मन में तरह-तरह के विचार उमड़ते हैं। पर यह समय आत्मदोष या भर्त्सना का नहीं है; वह अन्दर घुसती है और ठिठककर चारों ओर एक बार नज़र डालती है। तीनों कमरों में बड़े-बड़े पीतल के ताले बन्द हैं, खाने का कमरा और बैठक साफ़-सुथरी है; शायद सफ़ाई नियमित रूप से होती रहती है।

चौकीदार ने कहा, "पानी तो अब कल सुबह आएगा, पीने के लिए बोतल का पानी ?" उसने प्रश्नात्मक वाक्य बीच में छोड़ दिया।

"पीने के लिए मेरे पास बोतल है..." उसने कहा। वह अब भी खड़ी थी; सायास अपने को व्यावहारिक तल पर लाकर उसने पूछा—

"खाने-पीने का इन्तज़ाम ?"

"सामनेवाली मैडम डब्बा भेजती हैं, उनसे कह दूँ ?"

"ठीक है, दो-चार दिन में कोई कामकाज वाली मिले तो भेजना।"

"ओ.के. मैडम,"—मुड़ते हुए वह बोला।

"मेरा नाम पंकज है, गेट पर मेरी ड्यूटी रहती है, काम हो तो बुलवा लीजिएगा।"

वह खट्-खट् करता हुआ सीढ़ियाँ उतर गया; वह बाहर देखती रही; बेढंगे इमली, नीम और गन्धहीन कनेर, यहाँ एक दूसरी तरह का सन्नाटा था, शहर का सन्नाटा; घर के सामने की सड़क काफ़ी चौड़ी और साफ़-सुथरी थी, कोने पर फलवाले की दुकान थी, पर ठेले पर क्या था; वह दूर से न देख सकी।

वह यहाँ कितने दिन रहेगी, उसने निश्चय नहीं किया था; मालूम नहीं इन बन्द कमरों में कितना सामान था—पापा की लाइब्रेरी में ही तीन-चार हज़ार किताबें थीं; मम्मी ने बताया था कि वह सब बोरों में ठूँसकर ट्रक पर लदवा दी गई थीं।

पापा को याद करते ही उसने आँखों में तरलता महसूस की—नहीं, अब क्या रोना; फिर किस-किस के लिए, अपने लिए या जो चले गए हैं उनके लिए।

घुटनों पर कोहनियाँ, हथेलियों के बीच चेहरा, ऐसे बैठने की आदत पड़ गई है; वह तख़्त पर यों ही बैठी है, आँखें नीची, फ़र्श पर, न देखती हुई-सी दृष्टि। मन रीता, विचारहीन। सिर्फ़ क्यों, क्या, किसलिए—इसी दायरे में बार-बार घूमता हुआ। वनमाली लौटकर आएगा, लोबो बताएगा कि मैडम अचानक ही कॉटेज

छोड़कर चली गईं, यह मोबाइल टेलीफ़ोन का नम्बर दे गई हैं।

अगर लोबो ने वह काग़ज़ की पर्ची खो न दी होगी।

तो इस समय उठते प्रश्नों का केवल एक ही उत्तर है, पलायन; वनमाली के सान्निध्य से डर लगने लगा था। अकेले रहने की, किसी दूसरे को निकट न आने देने की, अपने को किसी भी तरह की दुर्बलता या आवेश में आकर सम्बद्ध न होने में ही निवृत्ति रही है। बरसों-बरसों से ऐसे ही रह रही है, काम, घर-शाम का भोजन, टेलिविज़न, शैया। अगले दिन फिर वही क्रम।

परन्तु दुर्बल तो वह हो ही गई है, शारीरिक और मानसिक दोनों ही तरह से। कोई कह दे; केवल एक बार तुम कैंसर मुक्त हो; पर ऐसा कोई नहीं कहेगा, कोई नहीं जानता।

उसे अधिकार नहीं बनता कि वनमाली को अपनी ज़िन्दगी में समाहित कर ले।

उसके आगे वनमाली का चेहरा उभर आया, उसकी उज्ज्वल हँसी और धूप से तपे चेहरे में दीप्त आँखें। वनमाली की संगति में वह हँसती है, प्रमुदित रहती है, यानी कि तुम्हें वनमाली का साथ अच्छा लगता है—उसने अपने को सम्बोधित किया—क्या तुम्हें वनमाली से मुहब्बत हो गई है, मुहब्बत—मुझे—वनमाली से—उसने पूछा ?

शायद हाँ, शायद नहीं, शायद हो जाती यदि वहाँ और टिकी रहती।

आधे खुले दरवाज़े पर एक आकृति है। वह मुड़कर देखती है, महिला हलके से दरवाज़ा खोलकर आधी अन्दर आ गई है।

''आंटी ? घर आ गईं क्या ?''

''आप ?''

''मैं, उनकी बेटी।''

''अच्छा, अच्छा—मैं ऊपर के खंड में रहती हूँ, दरवाज़ा खुला देखा तो चली आई, सोचा कि शायद आंटी लौट आईं, आप कब आईं ?''

''अभी—कुछ ही समय पहले।''

''मैं, मिसेज धीर। कुछ चाय वग़ैरा भिजवाऊँ ? खाने वग़ैरह की फ़िक्र न करें, मेरे यहाँ ही खाएँ।''

''नहीं, आप क्यों तकलीफ़ करेंगी ?'' उसने औपचारिकता से कहा।

''तकलीफ़ कैसी, यह तो हमारा फ़र्ज बनता है। आपने कमरे अभी खोले नहीं। यह बीचवाला आंटी का अपना बेडरूम है, बाल्कनीवाला गेस्टरूम, और तीसरे में, आंटी कहती थीं कि आपके पापा का सामान है।'' श्रीमती धीर ने घड़ी

देखी, फिर दरवाज़े की ओर मुड़ते हुए कहा, ''मुझे डेंटिस्ट के पास जाना है, टाइम हो गया है, आप शाम को आएँ और खाना ज़रूर ऊपर ही खाएँ।''

उसने राहत की साँस ली, थोड़े ही समय में श्रीमती धीर काफ़ी सूचनाएँ दे गई थीं; और कम-से-कम एक दिन के भोजन की तो व्यवस्था हो गई थी। वह श्रीमती धीर को अपने स्कूटर पर सड़क की ओर जाते देखती रही। स्कूटर तो दूर, उसने स्वयं तो साइकिल चलाना भी नहीं सीखा। गाड़ी ड्राइवर हर समय उपलब्ध रहता था।

अपने लिए उसने गेस्ट-बेडरूम ही खोला। मम्मी के पास मेहमान बनकर आनेवाला था ही कौन ? कमरे के बीच एक चौड़ा-सा भारी पलंग, एक कपड़ों की आलमारी और बुकशेल्फ़, एक मज़बूत-सी ईज़ी चेयर। शायद यह पुराने घर का ही फ़र्नीचर होगा, पर कहाँ, किस कमरे का; उसे ध्यान नहीं है। वे तीन प्राणी वाइस चांसलर के लिए बने विशाल भवन में रहते थे, जिसमें न जाने कितने कमरे थे, अनगिनत ग़ुसलख़ाने, तीन छतें, और बड़े से बगीचे के पीछे क़तार-की-क़तार सर्वेंट क्वार्टर, जिनमें बच्चे, बड़े और भैंसें घुल-मिलकर रहते आए थे, कभी-कभार भैंसें बाड़ा तोड़कर बगीचे में घुस आती थीं, तो कैसा हल्ला मचता था। सभी नौकर डंडे और लाठियाँ लेकर भैंसों को खदेड़ने पर तुल जाते थे, फिर भैंसों की मालकिन जो ठसक से सोने की हँसुली पहनती थी, अपनी धाराप्रवाह गालियों से सारे नौकरों की पीढ़ी-दर-पीढ़ी का कल्याण करती हुई, रोती जाती थी और अपनी भैंसों को सहलाती, दुलराती जाती थी। ऐसा कभी-कभार ही होता था, पर साल में दो-एक बार ज़रूर। वह याद करके मुस्करा उठी। उपकुलपति भवन की स्मृतियाँ मीठी ही थीं; आदर, मान, गौरव, धन-सम्पत्ति, मम्मी की आभिजात्य मुद्रा, पापा की सौम्य, मृदु हँसी और बात-बात पर साहित्यिक उद्धरण। उसे उस वनराज माली की बिलकुल याद नहीं है, जो उसके जूते और ख़रगोश चुरा ले गया था। मम्मी को पता चलता तो न जाने क्या होता।

जीवन के इस क्षण में क्या यही बचा है, बार-बार स्मृतियों को खँगालना; क्या भविष्य में केवल रोग और हताशा ही प्राप्य है ? उसे एक वाक्य याद आया; कैंसर ने मुझसे मेरा भविष्य छीन लिया—अस्पताल में उसके कमरे की साथिन ने कहा था; और कुछ ही समय बाद उसकी मृत्यु अख़बार में पढ़ी थी, अभीलिया जेम्स। आयु 37 वर्ष; शान्तिपूर्वक अपने प्रिय जनों के बीच; छाती के कैंसर से सघन युद्ध के बाद।

केवल एक वर्ष उससे अधिक।

सीढ़ियों पर खट-खट हो रही है; शायद बच्चे ऊपर जा रहे हैं; स्कूल छूटा

होगा। धूप दीवार से सरककर इमली की फुनगियों पर काँप रही है।

उसने सोचा हाथ-मुँह धोकर कपड़े बदले; याद आया कि पानी नहीं है। बोतल के पानी से आँखों पर छींटे डाले, रगड़कर तौलिया से मुँह पोंछा और कपड़े बदलकर बाहर आई। सामने की सड़क पार की और ठिठककर खड़ी हो गई। एक समय मुख्य सड़क पर बड़े-बड़े पॉश गेस्ट हाउस थे; उनके बोर्ड अभी भी लटक रहे थे, पर सड़क की धूल-गर्द की परतों से धुँधलाए हुए। सड़क पर मोटरें, स्कूटर, बसें बेतहाशा भागी जा रही थीं—वाहनों और मनुष्यों का एक अनवरत प्रवाह; ट्रैफ़िक का बेतरह शोर, लाल-हरी बत्तियाँ।

यह सब मेरे जीवन का अंग है, है भी, नहीं भी। यह सब थके, क्लान्त, झुँझलाए चेहरे मेरी मिट्टी और हवा में पले हैं; वह खड़ी है और सोच रही है कि वह क्यों किसी से भी जुड़ नहीं पाती, न अमलतास के पीले फूलों से, न पेवमेंट पर खेलते बच्चों से।

एक ख़ाली टैक्सी उसे खड़ा देखकर धीमी हो गई, टैक्सीवाले ने आशा-भरी दृष्टि से उसे देखा। वह बिना सोचे टैक्सी में बैठ गई।

सहसा जैसे पूरी दिल्ली उसका आह्वान करने लगी, कितनी पहचानी जगहें; कितनी सड़कें, कितने बाज़ार।

पर उसने कहा, "ग्रेटर कैलाश-वन के मार्केट ले चलो—नहीं-नहीं, खान मार्केट; अच्छा आप ऐसा करें कि मुझे जनपथ पर छोड़ दें।"

'तुम' से 'आप' उसने स्वयं नोटिस नहीं किया। उतरकर ठंडी कॉफ़ी पी; ग़ज़लों के दो-तीन सी.डी. लिये, एक छोटी-सी लड़की से दो गजरे ख़रीदे और हाथ में पकड़े-पकड़े उसने बेले की मीठी सुगन्ध में चेहरा गड़ा दिया।

आ ऽऽ ह— उसने अस्फुट स्वर में कहा, बेले की ख़ुशबू अपने में ही अलग है।

"वनमाली ने क्या नाम बताया था, हाँ, 'ड्यूक ऑफ़ टस्कनी'—मोगरा।"

टैक्सी इन्तज़ार कर रही थी। लौटते समय उसने अपने को हलका और उत्फुल्ल पाया—वह बार-बार बेले के गजरों को सूँघती रही और जैसे वह सुगन्ध उसके अंगों में बसती गई।

पंकज सुबह-सुबह ही आ गया—"मैडम; पानी चालू है। मैं टंकी की मोटर चला देता हूँ, आप दस-पन्द्रह मिनट में बन्द कर दें, नहीं तो ऊपर का पानी बह जाएगा और नीचे की टंकी ख़ाली हो जाएगी।"

वह निंदासी-सी सुनती रही; यह सब क्या चक्कर है, ऊपर की टंकी, नीचे की टंकी—टू मच ट्रबल—उसने अपने-आप से कहा।

थोड़ी देर में दरवाज़े पर खट्खट्, धोबिन।

"मेम साहब, कपड़े हैं ?"

"आज नहीं।"

ध्यान आया, टंकी की मोटर बन्द करने का, पर अभी दस मिनट नहीं हुए थे। उसने अपने लिए कॉफ़ी बनाई, बिना दूध या शक्कर की काली कॉफ़ी लिए वह बाल्कनी में आकर खड़ी हो गई; वहाँ से दीखता भी क्या; बँगलों की क़तार, मुँडेरों पर गमले, जिनसे पानी ने बह-बहकर सफ़ेद पुताई पर लम्बी-लम्बी धारियाँ बना दी थीं, हर बँगले के चारों ओर छोटी दीवार, तार या हरी बाड़, सामने एक गाड़ी; छोटा-सा लॉन, अनमने फूल; हर बँगले का वही एकसार नक्शा।

"आंटी," ऊपर से श्रीमती धीर के नौकर ने पुकारकर कहा, "आपकी टंकी ओवरफ़िलो कर रही है।"

उसने हड़बड़ाकर प्याला नीचे रख दिया और जाकर मोटर बन्द कर दी। रसोई का नल खोलकर देखा; पानी आ रहा था। जाकर ग़ुसलख़ाने में गरम पानी का गीज़र ऑन कर दिया, और वापस आकर कॉफ़ी का घूँट लिया तो वह एकदम ठंडी और कसैली हो गई थी।

अब नहा लिया जाए ? धूप सरकती हुई दीवार तक आ गई थी।

"उफ़, ओह," तौलिए से अपने को कसकर रगड़ते हुए उसने कहा, "मुझसे यह सब नहीं चलने का।"

लालबत्ती जलती रहने के बावजूद पानी एकदम ठंडा था; शायद स्विच और हीटर के बीच तालमेल नहीं था। ठंडा पानी शरीर पर पड़ते ही झुरझुरी हो गई थी, तौलिए की रगड़ से अंगों में गरमाई महसूस की; नेचुरोपैथी के अनुसार नहाने के बाद ऐसा करने से शरीर के टोक्सिन निकल जाते हैं। तौलिया खूँटी पर टाँगते हुए उसने सोचा; नेचुरोपैथी, ऐलोपैथी, तिब्बती जड़ी-बूटियाँ, सभी कुछ का समावेश जीवन के दिन-प्रतिदिन में समा गया है। शक्कर, चॉकलेट वग़ैरह प्रयोग न करने में मुश्किल नहीं थी; पर कॉफ़ी छोड़ना कठिन था। धीरे-धीरे उसने वाइन लेना शुरू कर दिया था, कभी विचार आता वर्जना का तो वह 'उँह' करके भुलाने का प्रयत्न करती। जो लोग चीनी पद्धति का प्रयोग कर रहे थे, उनके लिए मांस, मुर्गी, अंडा एकदम मना थे, मुर्गा खाने से ट्यूमर बढ़ते हैं; ली-चिन ने कहा था। शक्कर, चॉकलेट इन सबसे ट्यूमर के सेलों को भोजन मिलता है, तब केवल उबला हुआ चावल खाओ, वह भी परिष्कृत नहीं; चाय पियो तो जापानी बांचा पेड़ ही की टहनियों और पत्तियों की; ऐलोपैथी के अनुसार गाजर, टमाटर और पालक हर भोजन में। मैक्रोबायोटिक के अनुसार हरा साग बिलकुल नहीं—जितनी

रिसर्च करो उतना ही दिमाग़ में भ्रम और संशय। जितनी पद्धतियाँ उतने मत—सुबह से शाम तक बस अपने शरीर की देखभाल—जैसे आगे भविष्य सिर्फ़ इसी चहारदीवारी में बँध गया हो, हर तीन महीनों पर ख़ून की जाँच और एक्सरे, हर बार सब ठीक निकलने पर जीवन की अवधि तीन महीने और बढ़ जाएगी। उसे लगता है कि उसने अपना जीवन केवल अतीत की याद में ही गँवा दिया है; दिन-प्रतिदिन जो घटता था, उसमें एक प्रतीक्षा ही रहती थी; कुछ होने की, किसी के आने की, यद्यपि मन के अन्दर कहीं बहुत दूर यह भावना छुपी हुई थी कि न कोई आएगा, न कुछ बदलेगा—कैंसर का प्रवेश एक ऐसी घटना थी जिसका उसे सपने में भी मानो गुमान न था, जिसने ज़िन्दगी का ढर्रा ही बदल दिया था, कम-से-कम उसने सतही और खोखली ज़िन्दगी को हिलाकर यथार्थ देखने को बाध्य कर दिया था।

आगे देखने को क्या ? ख़ून की जाँच, शरीर की जाँच, दवाइयाँ, फोड़ों को सुखाने वाली, उदासी से मुक्ति पाने वाली, उफ़ ! यह सब क्यों ? मेरे ही साथ क्यों ? यही सही, सराबोर हो जाने दो अपने को आत्मदया में।

बाल्कनी में जाने के लिए दरवाज़े शीशे के हैं; पर बन्द। उसने कुछ देर सिटकिनी खोलने की चेष्टा की; पर उँगलियाँ छिल जाने के बाद ही जाना कि दरवाज़े खुल नहीं सकते। सिटकिनियों में बड़ी-बड़ी कीलें लगी हैं, वह तब शीशों के पीछे से ही बाहर देखती है; नीचे भीगी-भीगी मख़मली घास है; हलकी-हलकी हरी; पत्थरों की छह फुटी दीवार, आर-पार पेड़ों के बीच जो छेद और सन्धियाँ हैं, उनमें से सलवार-कमीज़ और कमर में फेंटे की तरह दुपट्टा बाँधे, बहुत लक्ष्यबद्ध स्त्रियों की क़तार झलक जाती है, पुरुष भी होंगे; क्योंकि कभी-कभार रंगीन जर्सी भी दिखती है।

उसने बहुत दिनों बाद रेशम की साड़ी पहनी है, पहनने के बाद जाना कि प्रदेशी मौसम और फ़ैशन के विपरीत। पर दुबारा कपड़े बदलने की इच्छा नहीं है, नीचे, इधर-उधर आती-जाती स्त्रियाँ गहरे रंगों के कपड़े पहने हैं, हरी, हल्दिया पीला; या फिर मोटी दक्षिणी रेशम, झिलमिले, पिस्तई, बालुई या लालमिर्ची रंगों की। माथे पर चित्र-विचित्र बिन्दियाँ।

उसे हर समय, हर क्षण अपने अलगाव, अपनी पृथकता का बोध रहता है—इसलिए नहीं कि वह उत्तर भारत में है; और उसका चेहरा बंगाल से लेकर तमिलनाडु तक में खप जाता था, बल्कि अपने शरीर पर रेखांकित घावों के कारण,

चाहे गोवा हो या दिल्ली; उसकी उरोजविहीन सपाट छाती उसे हर समय अपने पंक्ति में से अलग होने के एहसास को चुभोती रहती है।

शरीर का एक रुग्ण अंग निर्ममता से निकाल दिया गया; कैंसर लौटने के अब केवल तेरह प्रतिशत चांस बचे हैं।

फिर भी ?

यह शोक भी कैसा है, हफ्तों, महीनों सब कुछ सामान्य-सा होने ही लगता है। फिर एक क्षण, अनायास, बिन बुलाए अन्दर से हूक उठती है, "मइया रे।"

यह 'मइया रे' भी सर्वेंट क्वार्टर से उठते हुए क्रन्दन की स्मृति है। मम्मी की मुद्रा, पर्सनैलिटी या आचरण में, 'मइया', सन्निहित नहीं है, वह 'मम्मी' है, अँगरेज़ी मम्मी हिन्दी परिवेश में।

'मइया रे' कहकर रोने के लिए चाहिए होगी किसी चटक, लाल या पीले रंग की कृत्रिम रेशम या रेयॉन की साड़ी, भर-हाथ चूड़ियाँ; पैरों में कड़े, छड़े, पायल; बिछुए, आलता, रबड़ की चप्पलें, माथे पर बड़ी-सी बिन्दिया और माँग-भर जोगिया सिंदूर; साड़ी पर चादर; चादर का कोना किसी अनजान युवक की पाग से बँधा हुआ—जाने के लिए इक्का तैयार; तभी गले लगकर, और आसमान तक चली जानेवाली चीख़ें, रुलाइयाँ, 'मइया रेऽऽ।' इक्के के चल देने पर भी दूर तक चीख़ों की आवाज़ आती रहती है।

वह पोर्टिको में खड़ी हुई ड्राइवर के गाड़ी के गैरेज से लाने का इन्तज़ार कर रही है। यह लड़की जो चीख़ती, रोती ससुराल चली गई है; उसकी पहचानी है; पुष्पा और उसका पति ? आज़मगढ़ में खेती-बाड़ी करता है।

दुख माँजता होगा औरों को; उसके लिए दुख एक तलविहीन, जलविहीन कुआँ है; जिसमें वह बार-बार गिर जाती है; और वहीं कहीं अटक गई है—कोई नहीं उबारने आएगा उसे; अगर बाहर आना है तो अपने-आप; पर अभी वह समय नहीं आया है, अभी उसमें इतना साहस, इतनी ताक़त या इतनी इच्छा बल नहीं है।

इन्हीं विचारों में उलझे-उलझे उसने अनमने भाव से अपने लिए चाय बनाई, जो वर्जित नहीं थी।

अब सोचने लगी कि थोड़ी हिम्मत करके छाती में पुनर्निर्माण करा ही लेती तो अब अपने को इतने अस्वाभाविक रूप से विक्षत न महसूस करती। या फिर टिशू एक्सपेंडर ही लगवा लेती जिससे बाद में सिलिकोन पाउच त्वचा के अन्दर

आरोपण हो सकता है। पर तब भविष्य को किसने देखा था ? क्या मालूम था कि एक भीगी रात को एक अनजान जगह वनमाली जैसे व्यक्ति से सामना हो जाएगा।

उसने बेंत की कुर्सी निकाली और बाल्कनी में खींच ली, एक बार फिर चारों तरफ़ देखा, बड़ी-बड़ी कोठियाँ, आगे लॉन, क्यारियों में फूल, वही गुलाब, चाँदी टाप की बाड़, कहीं-कहीं मेहँदी; सम्मिलित रूप से कहीं कोई साम्य या स्वाभाविकता नहीं, जैसे हरेक ने अपनी-अपनी समझ के अनुसार बेडौल और बदसूरत मकान खड़े कर लिए थे; कभी-कभार कोई चेहरा दीख जाता था, सपाट, अनमना, उदासीन।

नानाजी कहते थे कि जब यह प्लॉट देखने आए थे तो कुएँ पर रहट चल रहा था और रात को जंगली पशु आज़ादी से घूमते थे। सियारों की हुआँ-हुआँ दूर तक सुनाई देती थी। नानाजी ने न जाने क्या सोचकर अशोक मार्ग पर प्लॉट ले लिया था। उन्होंने भी बिना किसी सुयोजना के घर खड़ा कर लिया था। घर मामा के नाम था, मम्मी के लिए केवल तिखंडे की बरसाती; कुल मिलाकर ढाई कमरे, मामा के पास नीचे बड़े-बड़े, ऊँची छतवाले कमरे, जो सामने अशोक वृक्षों की छाया के कारण अँधेरे रहते थे; और यह ऊपर का भाग, जहाँ नीचे से एकदम सतर, सपाट जीना शुरू होता था और जब तक साँस सधे, अचानक ख़त्म हो जाता था। ऊपर का भाग, अपेक्षाकृत सादा था, किराए के लिए बनवाया हुआ। यह बाल्कनी तो धुप्पल में बन गई थी, क्योंकि मामाजी ने मरीज़ों के बैठने के लिए फैंसी खम्भोंवाला बरामदा बनवाया था। मम्मी अपने जीवन में इतनी व्यस्त थीं कि उस समय उन्होंने अपनी विरासत का ध्यान नहीं किया।

पापा की अकस्मात मृत्यु के कुछ समय बाद ही जब उन्हें उपकुलपति भवन से निष्कासित कर दिया गया, तब उनके आगे कोई ठौर-ठिकाना नहीं था। पापा जैसे पुनर्जन्म, आत्मा-परमात्मा किसी भी कर्मकांड पर विश्वास नहीं करते, उसी प्रकार घर बनाने या सम्पत्ति जोड़ने में भी नहीं। वह विदेश में थी, मम्मी तब ढाई कमरों की बरसाती की ओर उन्मुख हुईं। दिल्ली पहुँचकर उन्होंने मामा के ऊपर मुक़दमा दायर कर दिया कि पैतृक सम्पत्ति में उनका आधा भाग होना चाहिए। परन्तु मामा को सम्मन मिलने से पहले ही उन्हें मौन; अन्दर-ही-अन्दर फैले हुए अवेदन पैनक्रियेटिक कैंसर ने समाप्त कर दिया।

वह मामा को याद करती है, सौम्य मुखाकृति, मुस्कान, बड़ी-बड़ी मूँछें। वह कभी कहीं नहीं जाते थे, डॉक्टरी भी वह एक हौबी की तरह करते थे, ज़्यादा मरीज़ भी नहीं थे, क्योंकि अन्य डॉक्टरों की तरह उनके पास टीम-टाम नहीं थी। उनकी

फ़ीस पचास रुपए थी; जो नहीं दे पाता था उसे हँसकर माफ़ कर देते थे। वह सोच रही है कि इन ऊपरी बातों के सिवा वह मामा के बारे में कुछ नहीं जानती। उन्होंने विवाह क्यों नहीं किया, उनका अन्तःजीवन क्या था, वह क्या सोचते थे, क्या मानते थे। उनकी पूरी ज़िन्दगी किन मान्यताओं पर गुज़री थी। उसे सिर्फ़ ऊपरी सतही बातों की जानकारी थी, उसे लगा कि सीढ़ियाँ चढ़कर मामा ऊपर आएँगे, दरवाज़ा खोलकर उसे पुकारेंगे–'ओ बिट्टोरानी, चूहेखानी।'

"जाइए मामाजी, हम आप से नहीं बोलते–हमें बिल्ली कहते हैं।"

मामाजी का ठहाका उस ख़ाली घर में गूँजता है। वैज्ञानिक कहते हैं कि कभी कुछ क्षय नहीं होता, इसलिए मामाजी की आवाज़ भी इन दीवारों और वातावरण में हमेशा-हमेशा के लिए बसी हुई है, बस हम सुन नहीं सकते। उसके साथ ही कहीं पढ़ा हुआ याद आया कि हम जो भी क्रिया करते हैं, उसका विपरीत विकल्प, जो रास्ता नहीं चुना, उसकी प्रतिक्रिया एक नई सृष्टि में फलित होती है। पढ़कर उसे यह कपोल-कल्पना लगी थी, पर अच्छा भी लगा था कि उसका एक प्रतिरूप कहीं शेषेन्द्र की पत्नी, उनके बच्चों की माँ के अस्तित्व में रह रहा था, जिसने लम्बी, उदास अकेली ज़िन्दगी नहीं काटी, जिसे कभी कैंसर नहीं हुआ। एक दूसरा यथार्थ जो एक प्रतिबिम्बित यूनिवर्स में विद्यमान होगा।

कोई सचमुच सीढ़ियाँ चढ़ रहा था। कभी-कभी कुछ घटित होने से पहले लग जाता है कि क्या होगा। घंटी बजने से पहले ही, दरवाज़े तक जाते-जाते उसने जान लिया कि वह वनमाली ही है। एक बार दरवाज़े के सामने लगे दर्पण पर नज़र डाली तो अपना चेहरा एकाएक बहुत लुभावना लगा। उसने दरवाज़ा यों खोला जैसे वनमाली निश्चित रूप से खड़ा मिलेगा।

वह पंकज को देखकर चौंकी, विस्मित आँखों से उसे देख रही थी।

"मम्मीजी आ गई हैं।"

पंकज ने अन्दर आकर एक अटैची और प्लास्टिक की एक टोकरी बरामदे में रख दी।

"मम्मी ?" उसने अचकचाकर कहा।

उसका स्वर प्रश्नात्मक हो गया था।

"जी, गेट पर से कुछ फ्रूट ख़रीद रही हैं।" वह हिचकते क़दमों से नीचे उतर आई और सीढ़ियों के पास छोटी-सी छत के नीचे खड़ी हो गई। सालों के बाद मम्मी से मिलने के दृश्य का उसने रिहर्सल नहीं किया था।

उसने एकबारगी उन्हें पहचाना नहीं, यह मम्मी हैं ?—कैसी हो गई हैं ?

''स्वीटी,'' मम्मी ने हँसते हुए कहा, ''लो मैं आ गई।'' आपस में मिलने-भेंटने या प्रदर्शन की परिपाटी नहीं है, फिर भी मम्मी का हाथ उठा और उसकी पीठ पर एक हलकी-सी थपकी देकर शान्त हो गया।

वह मम्मी के पीछे-पीछे ऊपर आई। मम्मी हाँफ गई थीं, कुर्सी पर बैठकर उन्होंने पंकज को छत का पंखा चालू करने का संकेत किया। रूमाल से मुँह पोंछकर उन्होंने उसे देखा—

''कैसी हो गई हो स्वीटी ? एकदम काँटे जैसी; बाल भी झड़ गए और लोग तो विलायत से खूब स्वस्थ होकर लौटते हैं।''

वह चुप रही। बुरी ख़बर देने का कोई सुअवसर नहीं होता।

''तुम आ गईं, अच्छा किया। कुछ दिन तसल्ली से रहना।''

''तुम्हें कैसे पता चला मम्मी ?''

''पंकज ने फ़ोन किया, कि तुम आ गई हो और खाने-पीने का कोई भी ठीक प्रबन्ध नहीं किया है, तुम्हारे आने की सुनकर कैसे रुकती, स्वामीजी से क्षमा माँगी और सुबह तड़के ही निकल पड़ी।''

''मम्मी, चाय बनाऊँ ?'' उसने अचानक पूछा। एकाएक अकेले होने को आकुल हो गई। ''गैस जलाना सीख लिया ?'' मम्मी कहकर स्वयं दुलार से हँसीं।

''न—हीं—गैस तो चली ही नहीं, बिजली की केतली ख़रीदी है।''

''चलो आज तुम्हारे हाथ की चाय पियूँ।''

उसके रसोई में जाने पर मम्मी उठकर पीछे-पीछे आईं। ''जलती कैसे ? लॉक लगाकर गई थी, यह देखो।'' मम्मी ने झुककर उसे बताते हुए कहा, ''ऐसे खुलता है।'' उसने उचटती, अनमनी दृष्टि से गैस सिलेंडर की ओर देखा, कैसे, क्या ग्रहण न करने की बिलकुल परवाह न करते हुए।

केतली ने सीटी दी।

''हटो, मैं बनाती हूँ।'' मम्मी से रहा नहीं गया, हर चीज़ का भार स्वयं ही ग्रहण करने की उनकी हमेशा की आदत रही है। जैसे अपने वाक्य के सपाटपन को कम करते हुए उन्होंने जोड़ा—''इत्ते दिन बाद घर लौटी हो, आराम करो।''

मम्मी के हाथ की चाय में कुछ पहचानापन-सा है, जैसे कहीं जाते-जाते कोई पुरानी परिचित गली में मुड़ गया हो। वे दोनों पास-पास बैठी हैं, मम्मी चुप हैं, बार-बार उसे देखती हैं, जैसे कुछ खोजने की चेष्टा कर रही हैं। उनसे जब नज़र मिलती है तो वह एक खिसियाई-सी हँसी हँस देती है।

"चलो तुम लौट ही आईं, वापस जाने की जल्दी मत करना, छुट्टी कब तक की है ?"

"नौकरी छोड़ दी।" उसने हलके से कहा। मम्मी मौन, उसे प्रश्नात्मक मुद्रा से देखती रहीं।

"एकाएक कैसे ?" कुछ देर बाद उन्होंने पूछा। यह अवसर था, उन्हें बताने को, कहने का—"मम्मी, मुझे—"

वह बीच में रुक गई, एक बार मम्मी के चेहरे को देखा; फिर जो कहना चाहती थी, वह न कह पाकर उसने आगे कड़ी जोड़ी—"घर की, भारत की बहुत याद आने लगी थी; वहाँ से मन भी उचट गया था।"

"अच्छा किया।" कहकर मम्मी उठ खड़ी हुईं। उनसे अधिक देर तक निष्क्रिय नहीं बैठा जाता था। "तुम मेहमान कमरे में कम्फ़र्टबल हो ? नहीं तो तुम्हारे पापा का कमरा खुलवा दूँ।"

पापा का कमरा ? पापा जो नहीं हैं; पर उनका कमरा है, जैसे मामाजी नहीं हैं, पर अशोक मार्ग में अभी भी यह जगह मामाजी के घर के रूप में ही बसी हुई है।

"मिसेज धीर आई थीं।" उसने सूचना दी,

"मुझे खाने पर भी इनवाइट किया था। डब्बा भेजने को कह रही थीं, पर मैंने मना कर दिया।"

"मना क्यों कर दिया ?"

"मैं खाने चली तो गई, पर वहाँ खाना बहुत थोड़ा-थोड़ा था, चार लोगों के बीच कुल छह रोटियाँ।"

मम्मी बहुत देर बाद हँसीं, "असल में उनके घर में सब नपा-तुला खाते हैं, बच्चे, बड़े सब दो-दो रोटी। रोटी बनानेवाली कुल छह रोटियाँ सेंककर रख जाती है।"

"नाइस ऑफ़ हर टु इनवाइट मी।" आदतन अँगरेज़ी का वाक्य मुँह से निकल गया।

"तुमने सीखा ?"

"क्या ?"

"यही, रोटी सेंकना, खाना बनाना।"

"मम्मी, तुमने तो कभी सीखने नहीं दिया, हमेशा कहती थीं कि मेरी ज़िन्दगी में काम करनेवाले, नौकर-चाकर हमेशा रहेंगे।

"क्या मालूम था कि तुम पी-एच.डी. करने विलायत जाओगी और वहीं रह जाओगी। ख़ैर, कल से रसोइया आएगा, फ़िकर मत करो।"

मम्मी ने बात ख़त्म नहीं की—"वहीं रह गईं, पापा कलपते चले गए।"

"समय कहाँ था आने का।" उसने धीरे-से कहा।

"और बाद में... ?"

"तुम्हारे पापा के जाने के बाद मैं तो असहाय हो गई, यूनिवर्सिटी की पॉलिटिक्स बदल गई। मुझे निष्कासित करके सड़क पर खड़ा कर दिया।" मम्मी का गला भर्रा गया। वह चुपचाप नीची नज़र किए बैठी रही। फिर मम्मी अपने-आप ही बोलीं, "जाने दो, तुम्हें इन पुरानी बातों से क्यों बोर करूँ।" बात चाहे कुछ साल पुरानी हो, पर मम्मी के अन्दर मवाद भरा हुआ था।

"पर डीन, और बाक़ी लोग तो पापा के ही सँवारे और निखारे हुए थे।"

"उनके जाते ही सब बदल गए; अब क्या मिलनेवाला था उन अवसरवादियों को। स्वीटी, आज का इंसान बहुत मतलबी हो गया है। तुम्हारे नाना कहा करते थे, खुशामद ही से आमद है, इसलिए बड़ी खुशामद है। जब वह बड़े ओहदे पर थे, तब उनके आसपास कुछ-न-कुछ चाहनेवालों की भीड़ लगी रहती थी।"

वह पापा के लिए कह रही हैं या नानाजी के लिए; मम्मी को यह सब कहने की ज़रूरत है, उसे बस चुपचाप सुनना है; शायद उनके लिए यही काफ़ी है।

सुबह हलकी खटपट। ऊपर-नीचे तीनों टंकियों में पानी चढ़ाने के पम्प चलने लगे हैं। पीछे कहीं गुरुद्वारे में लाउडस्पीकर बजने लगा है; वह उठकर बैठती है; पूरब की ओर से धूप की किरणें आकर कमरे को जगमगा रही हैं।

पर्दा हिलता है, "बीबीजी, चाय।"

साफ़-सुथरी स्त्री ने आकर पास की मेज़ पर चाय का प्याला रख दिया है।

"मम्मी जी पूछ रही हैं, बिस्कुट वग़ैरह खाएँगी ?"

"अभी कुछ नहीं।" उसने चादर खींचकर गर्दन तक कर ली है।

नौकरानी चली गई है; पर्दा उसने काफ़ी समेट दिया है जिससे सारा बरामदा और सब कमरे दिखाई दे रहे हैं। उसने उठकर पर्दा खींचा और दरवाज़ा उढ़काकर तकिए के नीचे से अपना मैसेक्टमी ब्रा निकाला। नाइटी जल्दी से बाँहों से अलग की, ब्रा पहना; उसकी पॉकेट में पाउच एडजस्ट किए; फिर दुबारा नाइटी और ऊपर से हाउस कोट पहनकर उसने कुछ सुस्थ अनुभव किया। अब वह सम्पूर्ण थी, कृत्रिम रूप से ही परन्तु दुनिया की नज़रों में नॉर्मल; उसने बालों में हाथ फेरा; पर्दा और दरवाज़ा दोनों ही खोले, फिर चाय का प्याला लेकर बाहर आई। नौकरानी झाड़ू लगा रही थी, "कितनी धूल-गरद भर गई है, चौकीदार से कह देतीं तो मुझे बुला लेते। मम्मीजी तो मुझे बीच-बीच में आकर सफ़ाई करने को कह ही गई थीं।"

''मुझे मालूम नहीं था।''

''मैं उनकी वाइफ़ हूँ, मेरा नाम अनुजा है।''

वाह—उसने मन-ही-मन कहा, जैसे उसके मन की बात पढ़कर अनुजा ने कहा—''मेरे और इनके, दोनों के ही पापा आपके पापा के दफ़्तर में काम करते थे।'' वह झाड़ू रखकर फ़र्श पर बैठ गई। ''हम यह सब काम कहीं और नहीं करते, सिर्फ़ मम्मीजी के लिए करते हैं, थोड़ा-बहुत पढ़े-लिखे भी हैं।''

''बहुत अच्छी बात है,'' उसने लचर भाव से कहा।

फिर कुछ रुचि लेने के लिए पूछा, ''कहाँ पढ़ीं ? किस स्कूल में।''

''कायस्थ पाठशाला में। बड़े पापाजी ने हमें इक्कीस रुपए माहवार की छात्रवृत्ति भी बँधाई थी, अम्बष्ठ हैं हम, बिहार के।'' वह थोड़ा-सा मुस्कराई, खिन्न भाव से।

''हमारा तो सोलह-सत्तरह साल में बियाह हो गया, नहीं तो हाईस्कूल तो कर लेते। इस बख़्त किसी प्राइमरी स्कूल में तीन-चार हज़ार कमा रहे होते।''

मम्मी नहाकर निकलीं, अनुजा तत्परता से झाड़ू लगाने लगी। मम्मी के किचेन में चले जाने के बाद उसने मनुहार से कहा, ''बीबीजी, जब आप जाएँ तो यह जीन हमें दे जाइएगा।''

''अरे, अब जीन पहनोगी अनुजा।'' मम्मी ने कहा।

''घर में पहनेंगे। बहुत इच्छा है।''

इतनी छोटी-सी इच्छा।

''ठीक है, तुम ले लेना।''

अनुजा भी हँसी; जाते-जाते कह गई कि विनोद को कहलवा दिया है, वह रसोई करने ग्यारह बजे आएगा, साग-सब्ज़ी लेता हुआ।

''मम्मी, फ़ुल टाइम सर्वेंट रख लेतीं, आराम रहता।''

''ना बाबा ना, तुम्हें मालूम नहीं आज के क्या हालात हैं, चोरी, डकैती, मर्डर यह सब सर्वेंट ही करवाने लगे हैं, मुझे यही सूट करता है, वक़्त-वक़्त से आकर काम कर जाना।''

मम्मी ताँत की सादी साड़ी पहने हुए थीं, बाल काफ़ी सफ़ेद हो गए थे। सुबह के उजाले में उनका चेहरा स्निग्ध और कोमल लग रहा था। मम्मी अब भी ब्यूटी हैं, इस आयु में भी, ऐजिंग ब्यूटी। अपने समय में वह यूनिवर्सिटी में अपने सौन्दर्य के कारण चर्चित थीं, सौन्दर्य और आभिजात्य मुद्रा। वह उनकी तरह सुन्दर नहीं है, इस बात का उसे शुरू-शुरू में बहुत दुख था। वैसे उसे लोग आकर्षक पाते थे, पर आकर्षण और सौन्दर्य में एक बहुत बड़ी विभाजन रेखा होती है, उसे इस

बात का पूरा-पूरा एहसास था।

जब से मम्मी आई हैं, यानी कल रात से, वह एकदम अतीत में लौट गई है, शायद अनिश्चित भविष्य का सामना करने की बजाय पिछले सुन्दर दिनों में निवास करना सुरक्षित है। पिछले दिन—यानी बचपन; सब सुख-सुविधाओं से परिपूर्ण; ढेर सारा लाड़-दुलार, दूर-पास के सभी सम्बन्धियों की लाड़ली। कितने खिलौने, कितने कपड़े, कितने जूते, घड़ियाँ, बुन्दे, बालियाँ, रिबन, बालों के क्लिप। किसी चीज़ की कोई गिनती ही नहीं थी। मम्मी को स्वयं तरह-तरह की चीज़ों का शौक़ था; बढ़िया फ़र्नीचर और पर्दे, कार्पेट! आए दिन दूर-दूर से साड़ीवाले गट्ठर सँवारते हुए आते रहते थे, और कभी कोई निराश नहीं जाता था। पापा के शौक़ दूसरे थे, टेनिस खेलना, अपने आसपास इंटेलिजेंट लोगों का रसना, बसना। आइ हेट स्टुपिडिटी—वह अक्सर कहते। वह यही सुनते-सुनते बड़ी हुई थी, जैसे मूर्खता कोई बड़ी घातक बीमारी हो, और मूर्खतापूर्ण बात करने से बड़ा और कोई अपराध नहीं।

अनुजा ने झाड़ू लगाकर पापा के कमरे का दरवाज़ा उढ़का दिया था। वह बिना कुछ कहे हुए उठी और हथेली से हलका धक्का दिया। दरवाज़ा खुल गया, पूरा, जैसे किसी ने अन्दर से ही खोला हो।

वह चौखट पर खड़ी रह गई; एक विशाल कमरा, कमरे की जगह उसे हाल कहना ही उचित होगा, और एकदम ख़ाली, कहीं कुछ नहीं, न किताबें, न फ़र्नीचर, न पापा की स्टडी टेबिल; सपाट। पीछे एक लम्बा, झिंझरी से ढँका बरामदा जहाँ रेलिंग पर एक कैक्टस का गमला रक्खा हुआ था। बस—और कुछ नहीं। उसने महसूस किया कि उसे कहीं अन्दर बहुत तकलीफ़ हो रही है, शारीरिक पीड़ा नहीं, बल्कि रंज; हाँ, उसे रंज है। मुड़कर उसने मम्मी को देखा—"मम्मी, पापा का सारा सामान क्या हुआ ?"

मम्मी ने कुछ उत्तर नहीं दिया।

"हज़ारों किताबें थीं, आलेख, उनकी अपनी लिखी चीज़ें—" मम्मी ने बिना कुछ कहे हाथ हिलाए, कि सब ख़तम। उनकी आँखें रीती थीं, पर होठों में कम्पन था।

"क्या हुआ सब कुछ ? किसी लाइब्रेरी को दे दिया ?"

"सब कुछ मटियामेट हो गया।" मम्मी ने अन्ततः कहा—"मुझे सिर्फ़ अड़तालीस घंटे का नोटिस दिया गया था।"

वह फिर चुप हो गईं, शायद यह देखकर कि वह अभी भी किसी प्रकार के उत्तर की प्रतीक्षा में है, कहने लगीं, "नए वाइस चांसलर का स्टाफ़, यूनिवर्सिटी

के प्रॉक्टर, सब तीसरे दिन आकर खड़े हो गए, और सामान निकलवाने लगे—पुराना स्टाफ़, चपरासी, क्लर्क सबकी आँखों में आँसू, मैं बदहवास," मम्मी ने लम्बी साँस ली, "न घर, न कोई अपना प्राणी—जिन लोगों को जेब से फ़ीस दी, कोई नहीं रुका, फिर प्रोफ़ेसर अगा आके खड़े हुए; अस्सी साल के थे; तब भी उन्हीं को फ़ोन किया। उन्हीं के लड़के को, जो हाईकोर्ट में प्रैक्टिस करता था, वकील किया। उसी ने ट्रक लेकर सामान लदवाया। बाद में सुना कि ऐसी लूट मची, जिसके हाथ जो लगा, ले गया, कोई लैम्प, कोई दीवाल की अलमारी से रुपए, सहेजकर रक्खी हुई पापा की बोतलें..." जैसे उसके मन का भाव पकड़कर मम्मी ने कहा—"तुम होतीं भी तो क्या कर लेतीं ? अपने सर पर एक छत डाल ली होती तो एक ठिकाना तो होता। वह तो कहो कि बिश्शू दादा ने कहा कि यहीं आ जाओ; तो दिल्ली ट्रक रवाना कर दिए। पर जब सिर पर सनीचर सवार हो तो राजा नल की तरह एक पर एक विपदा," अँगरेजीपरस्त मम्मी के मुँह से भारतीय सन्दर्भ अजीब-सा लगा। राजा नल पर सनीचर। पर उसने कुछ कहा नहीं, "रास्ते में भयंकर एक्सीडेंट हो गया, तुम्हारे पापा के सामानवाला ट्रक खड्ड में जा गिरा, सब कुछ गया, सारा महोगनी का फ़र्नीचर, सारी किताबें, सारे कपड़े..."

"यह पापा की मेज़वाला कैक्टस है ?"

"हाँ, बस यही बचा, दूसरे ट्रक में था।"

उसने धीरे-से दरवाज़ा भेड़ दिया। मम्मी ने वृत्तान्त का सिरा पकड़े-पकड़े कहा, "हमारे बिश्शू दादा, महाझक्की—बोले, इतना सामान क्या करोगी ? बिकवाए देते हैं, सिर्फ़ काम की चीज़ें रक्खो—भरे-के-भरे ट्रक वैसे ही बेच दिए, कौड़ियों के मोल।"

अपने रोग की बात मम्मी को न बताकर अच्छा ही किया, विस्थापित होने की उनकी ट्रैजेडी शायद उसकी ट्रैजेडी से बड़ी है, उसने सोचा। वह मम्मी को बैठा छोड़कर अपने कमरे में चली गई। बिस्तर पर लेटकर उसने आँखें बन्द कर लीं। पलकों के पीछे चाँदी का एक भारी गुच्छा चमकने लगा, ढेर सारी चाबियों से भरा; कमरों की, सन्दूकों की, अन्दर-बाहर, हर जगह की चाबियाँ, पर जब न घर रहा न सामान, तो क्या गुच्छा अतिरिक्त हो जाता है।

"क्या खाओगी ? भूख लगी होगी।" मम्मी की आवाज़ भर्राई हुई थी, जैसे बैठे-बैठे अपने आप ख़ूब रोई हों।

"कल ताज़ी ब्रेड ली थी, वही खा लूँगी, मक्खन भी है।" वह उठकर बैठ गई।

"सिर्फ़ ब्रेड ? जैम मँगवा लूँ ?"

उसे शक्कर और मीठी चीज़ें कम लेने को कहा गया है, यह सूचना अन्दर ही घूँटकर उसने कहा, "नहीं मम्मी, मुझे जैम वग़ैरह नहीं चाहिए, तुम अपने लिए मँगा लो।"

वह एकदम थक गई है, वह थोड़ी देर चुपचाप लेटना चाहती है और अपने मन की उथल-पुथल, उलझन और गडमड को कोई तरतीब देना चाहती है।

एक : पापा की अकस्मात्, अप्रत्याशित रूप से मृत्यु हो गई।

दो : मम्मी को घर, शहर, मित्र सब छोड़ने पड़े।

तीन : और वह गई थी ढाई साल की स्टडी लीव पर, मगर वह वहीं रह गई, लौटी ही नहीं; बहुत कुछ था वापस आने के लिए।

तो लौटती कैसे, बिना थीसिस पूरी किए, पापा को कितना दुख होता, फिर भी हुआ ही होगा; जब पाँच साल बीत गए और उसका शोध कार्य रेंगता ही रहा। पापा की इच्छा थी कि वह डॉक्टरेट लेकर लौटे और अपने ही शहर में, अपने ही विश्वविद्यालय में उसकी नियुक्ति हो, धूम-धड़ाके से; इसलिए नहीं कि वह उनकी बेटी थी, बल्कि इसलिए कि वह सभी प्रार्थियों में अधिक योग्य रहती।

नहीं हो पाया। जैसे मम्मी के रूप-सौन्दर्य से वंचित रह गई थी, वैसे ही शायद पापा की बौद्धिक योग्यता, जुटकर काम करने की लगन भी उसमें नहीं आ पाई। पापा ने कुछ ही वर्षों में विश्वविद्यालय का रूप ही बदल दिया था; नई नियुक्तियाँ, नई इमारतें, सारी लाइब्रेरियों का नवीनीकरण; विद्यार्थियों के अधिकारों की बढ़ोतरी और एक छोटी-सी प्रार्थना उसकी भी; हर विभाग में लड़कियों के लिए साफ़-सुथरे, अलग बाथरूम; यह नहीं कि ज़रूरत पड़ने पर सेंट्रल कामन रूम तक भागो।

घर में एकदम सन्नाटा है, मालूम नहीं मम्मी क्या कर रही हैं। धूप छोटे-छोटे पेड़ों की फुनगियों पर टिकी हुई है, हलकी हवा से उन पेड़ों की गर्द भरी पत्तियाँ हिल रही हैं। आकाश एकदम नीला है, कहीं कोई उड़ता हुआ बादल तक नहीं, उस उज्ज्वलता पर आँखें नहीं टिकतीं। वह कुछ देर बाहर देखती रही, आकाश को नहीं, केवल पेड़ों की पत्तियों को, नीम और इमली के बेढंगे, बेडौल पेड़, जो शायद चिड़ियों को भी पसन्द नहीं थे, क्योंकि वे आसपास के झुरमुटों में ही चहचहाती रहती थीं।

यहाँ आकर ऐसा लगता है कि जैसे यही निष्क्रियता, गतिहीनता और बिना लक्ष्य के एक के बाद एक दिन बिताते रहना ही चर्या है। विदेश की भागदौड़, विभाग

की राजनीति; सीढ़ी में सबसे नीचे वह; हर दिन एक संघर्षरत दिन होता था। मौसम, बर्फ़ या बरसात, कक्षाएँ, घर का काम, सफ़ाई-धुलाई, ख़रीदारी, सुबह-शाम-रात-सुबह, मालूम ही नहीं चलता था कि समय कहाँ चला जाता है। यहाँ, विशेषकर मम्मी के आने के बाद से, सुबह की चाय से दोपहर के खाने तक जैसे पहाड़ नाँधना है।

उसे एकाएक लगा कि वापस जाने का प्रबन्ध करना चाहिए। मगर क्यों, वहाँ क्या है, सिवा अपने दो-ढाई कमरों के घर के। वहाँ कोई उसकी प्रतीक्षा नहीं कर रहा है।

"मम्मी, आपको याद है, हम लोग कैंट से नानाजी की मोटर में कुतुबमीनार पिकनिक पर जाया करते थे।"

मम्मी ने मुँह उठाकर उसे देखा, थोड़ा-सा हँसीं। कुछ दिनों से वह नॉर्मल हो गई थीं, उसकी ओर से कुछ आश्वस्त सी; जैसे वह अब कुल मिलाकर अपरिचित नहीं रहीं, उनका जीवन आपस में गुँथा हुआ था; इतने सालों में उसके साथ क्या हुआ, पढ़ा, लिखा, पढ़ाया, भ्रमण किया; चाहे कौलोरेडो के पहाड़ी स्थानों में या मध्य अमेरिका के उजली धूप से पकते हुए मक्की के खेतों के बीच सड़कों पर लम्बी-लम्बी अकेली ड्राइवे।

"तुमने बड़ी पुरानी याद की।"

"चंचल मामी हमेशा चाय बनाती थीं, पूरी-आलू साथ लाती थीं, खूब भुने हुए आलू।"

मम्मी को शायद यह सब डिटेल याद नहीं।

"चंचल मामी और अभिमन्यु मामा—कैसे हैं वे लोग ?"

चंचल मामी—चपल-चंचल, बात-बात पर हँसनेवाली, हरेक की हाज़िरी में; किसी की साड़ी पर फॉल टाँक रही हैं, किसी के लिए पेटीकोट सी रही हैं, कभी दही-बड़े सेंक रही हैं, कभी घंटों मूँग की दाल का हलवा भून रही हैं।

जैसे उन्होंने सहज बुद्धि से समझ लिया था कि अकर्मण्य पति से गठबंधन तो हुआ, पर आगे के लिए सम्बन्धियों की सद्भावना ही चाहिए थी, उसके लिए हर समय तत्परता से सबकी ज़रूरतें पूरी करनी ही थीं।

अभिमन्यु मामा मम्मी के रिश्ते के भाई थे, उन्हीं के पास रहकर पढ़ने आए थे, पर तीन-चार बार कोशिश करने पर इंटर कर सके; फिर उन्होंने पढ़ाई छोड़ ही दी। मम्मी ने उन्हें व्यावहारिक मार्ग पर लगाना चाहा; तरकारी-भाजी लेने यदि सुबह भेजे जाते तो शाम तक लौटते; वह भी सड़ी-बुसी लेकर, पैसों का हिसाब उन्हें कभी करना नहीं आया।

क्या सरल, निश्छल, निष्कलुष होना नालायक़ी का प्रमाण है ?

उसे अभिमन्यु मामा अच्छे लगते थे। उनमें एक प्रतिभा थी, टूटी-फूटी चीज़ों को बनाने की; चाहे वह स्वीटी के बबुए की अलग हो गई बाँह हो, या पुरानी घड़ी जो चलते-चलते बन्द हो गई हो, या रेडियो जो फेंकने लायक़ हो। उनके कमरे में यह सब चीज़ें जमा रहती थीं, हर सतह टूटी-फूटी घड़ियों-रेडियों और तमाम अल्लम-गल्लम चीज़ों से पटी पड़ी रहती थी। एक फीके से बल्ब के नीचे अभिमन्यु मामा तल्लीनता से जोड़-तोड़, मरम्मत करते रहते थे।

''तुम्हारी चंचल मामी, वह बहुत बिग शौट हो गई हैं; बहुत बड़ी आदमिन। एकदम लेडी।''

क्या मम्मी की आवाज़ में कहीं ईर्ष्या का हलका-सा आभास था ?

उसने कुछ नहीं कहा, मम्मी की ओर देखती भर रही।

''भाग्योदय हो गया उनका तो, चंट चालाक तो हमेशा से थीं।''

''क्या लॉटरी निकल आई ?'' उसने वार्तालाप आगे बढ़ाने के लिए पूछा।

''उनकी बेटी की याद है; तुम्हारी नक़ल पर उसका नाम हनी रक्खा था—मैं तुम्हें स्वीटी कहती हूँ न,'' मम्मी कहती गईं, ''उसने बम्बई में फ़ाइन आर्ट इंस्टीट्यूट में पढ़ा और ड्रेस डिज़ाइनर बन गई, बहुत नाम हो गया है उसका।''

''प्रतिभा होगी—तभी न ?''

''प्रतिभा तो ख़ाक थी, खुशामदी और पिछलग्गू थी; बाहर जाकर प्रशिक्षण भी ले आई, साड़ी काट-काटकर कुर्ते बनाती है; कहीं ज़री, कहीं बॉर्डर—खूब पैसा पीट रही है।''

''एक दिन चलकर मिलें, मम्मी ?''

''तुम चाहती हो तो चली जाओ—मुझे कहाँ फ़ुरसत।''

ऊपर देखने से रोज़ आकाश का एक नया रूप, कभी पारदर्शी नीलापन, कभी सफ़ेद बादलों की झालर; कभी गहरे सलेटी पार्श्वभूमि पर हलके रंगों के थक्के; सुबह गुलाबी, फिर सुनहरे और फिर मध्याह्न की कड़ी धूप में विलीन। वह रोज़ टेरेस पर खड़ी होकर चाँद और तारों की गतिविधि को नोट करती है, पूर्व की तरफ़ बड़े-बड़े हो आए पेड़ों की बाढ़-सी है, जिनके ऊपर निकलने में चाँद को रात के बारह तो बज ही जाते हैं, फिर उसकी आकाश में पूर्व से पश्चिम तक की यात्रा; ढाई से तीन बजे तक चाँदनी खिड़की से आकर दीवार पर टुकड़े-टुकड़े बिखर जाती है; उसकी नींद ठीक ऊपर छत पर जेट विमान के गर्जन से खुल जाती

है; वह मन में चित्रित करती है। लुफ्तहंसा ? एयर इंडिया ? पश्चिम को जानेवाले सभी विमान रात के औने-पौने समय ही जाते हैं।

दवा की धुन में उसकी पलकें जल्दी ही मुँद जाती हैं और रंग-बिरंगे, कटे-फटे, बिना तारतम्य के सपने तिरने लगते हैं। इधर वह अक्सर मृत परिचितों को सपनों में देखने लगी है, पापा तो प्रायः ही, इतने सजीव, इतने जीवन्त कि पतले मलमल के कुर्ते के पार वह उनकी प्रिय, परिचित गंध भी महसूस कर सकती है।

यह वनमाली का ध्यान कहाँ से आ गया, वह जान रही थी कि वह अनायास ही नहीं है, बहुत नीचे, किसी परत में उसका ख़्याल दबा रहता है। उसे आए कई सप्ताह बीत गए थे; पर उसकी कोई ख़बर नहीं आई थी, लोबो ने ज़रूर ही उसका नम्बर खो दिया होगा।

पीछे मुड़-मुड़कर देखना; यह वय-संधि के कारण, या दारुण रोग के ? या फिर नाना के घर में रहना, जिसमें सभी की स्मृतियाँ गड्मड् हैं।

वसन्त विहार में तीन-मंज़िले घर के सामने उनकी आधे दिन किराए पर ली टैक्सी रुकती है। चंचल मामी झुककर मम्मी के पैर छूने का उपक्रम करती हैं, मम्मी पैर पीछे नहीं हटातीं; छूना चाहती हो तो लो, छुओ।

चंचल मामी को पैर छूने पड़ते हैं, सीधे खड़े होने पर उनके काले सफ़ेद बाल एकदम छोटे और स्टाइल में कटे दीखते हैं, कानों में बड़े-बड़े हीरे दिप-दिप करते हैं। अन्दर अँधेरे में कमरे में बत्तियाँ जलाकर मामी बैठने को कहती हैं।

''स्वीटी बीबी,'' वह मुस्करा रही हैं; वह सचमुच ख़ुश हैं, यह उनकी पूरी भाव मुद्रा से लग रहा है। ''तुम तो परदेस में ही बस गईं; इतना मन लग गया ?''

उत्तर में यमन मुस्कराकर रह गई।

''हनी कहाँ हैं ? मम्मी बता रही थीं कि वह बड़ी नामी डिज़ाइनर हो गई है।''

मामी ने कहा, ''बरसों से मेहनत करती आ रही है; बेचारी। न खाने की सुध न सोने की।''

''अभिमन्यु कहाँ हैं ?'' मम्मी ने पूछा। जो नौकर तरबूज़ के शरबत के गिलास लेकर आया था, उससे मामी ने कहा, ''ज़रा बाबूजी को भेजना—''

चंचल मामी एकदम बोलती चली गईं, ''दो साल तक जयपुर, राजस्थान रही; कारीगरों से मिलना-जुलना, अपनी डिज़ाइन बनवाकर छपवाना, सिलवाना। बम्बई की एक बोटीक में उसका बनाया लहँगा माधवी को पसन्द आ गया; बस नाम

चमक उठा।"

कमरे के फ़र्नीचर और कलाकृतियों में सुरुचि और महँगाई की छाप थी। मम्मी कुछ कुंठित होकर चुप हो आई थीं। स्वीटी कांवेंट में जाती थी और हनी आम लोगों के साथ कायस्थ पाठशाला। वह अँगरेज़ी न बोल पानेवाली लड़की अब...

दरवाज़ा खुला और अभिमन्यु मामा अन्दर आए; वह एक मैली-सी धोती और सिकुड़न पड़ी कमीज़ पहने थे। उन्हें देखकर मामी कुछ क्षण को अप्रतिभ हो गईं, फिर कृत्रिम उल्लास से, कुछ ऊँचे स्वर में बोलीं, "जीजी आई हैं, पहचान रहे हैं आप ?"

अभिमन्यु मामा भौचक-से उन लोगों को देखते रहे, फिर पहचानकर हँसते हुए आकर उन्होंने मम्मी के दोनों हाथ पकड़ लिए, "जीजी ! जीजी," उनके आगे के दाँत टूट गए थे, उन्होंने पोपली मुस्कान से कहा, "मैं रोज़ इन्तज़ार करता था आपके आने का। चंचल से कहता था कि जीजी को फ़ोन करके बुलाओ, बहुत दिन हो गए हैं।"

"जीजी अब दिल्ली कम रहती हैं," मामी ने कहा, "यह स्वीटी है, विलायत से आई है।"

मामा ने आँखें मिचमिचाकर उसे देखा,।

"स्वीटी ? स्वीटी कौन ?"

"जीजी की बेटी, भूल रहे हैं आप ?"

"अच्छा, अच्छा।" उन्होंने ऐसे कहा कि लगा, अपनी भूल को ढँक रहे हैं।

"मामा, आप लोग जब हमारे साथ रहते थे, हमारी सारी टूटी घड़ियाँ ठीक कर देते थे, सारी गुड़ियों की टूटी बाँहें और सर और धड़ जोड़ देते थे।"

मामा ने उदासी से कहा, "वह पुरानी बात हो गई स्वीटी। बहुत दिन हो गए। दुनिया-ज़माना बदल गया।"

अब वह केन्द्रित थे, सुस्थ; उन्होंने आँखें मिचमिचाना बन्द कर दिया था और सिर घुमा-घुमाकर एक-से दूसरे के मुँह की तरफ़ देख रहे थे।

"इनकी बेटी बहुत नामी हो गई है।" वह कहने लगे, "दुमंज़िले पर शोरूम, तिमंज़िले पर वर्कशॉप, जीजी, देख रही हैं इनके ठाठ-बाट। मैं क्या इन्हें ऐसा घर, कोठी जुटा सकता था।"

"तुम्हारी भी तो बेटी हनी है, अभिमन्यु।" मम्मी ने कहा।

"नहीं-नहीं, आपके यहाँ जो दर्ज़ी मशीन लेकर सिलाई करने आता था, यह उसी कोठरी में घुसी रहती थी; मेरी बेटी नहीं है वह। होती तो डॉक्टर, इंजीनियर

बनती, सिलाई-कढ़ाई करती ?"

कमरे में एक तनाव भरी चुप्पी। मामा पटरी से उखड़ गए हैं, चंचल मामी रो पड़ीं, "जीजी, यह सबसे ऐसी ही बातें करते हैं—एकदम बेतुकी, बेसिर-पैर की, बहुत समझाया।"

अभिमन्यु मामा उठ खड़े हुए और अपने-आप कुछ बुदबुदाते हुए बाहर चले गए।

"ऐसा कब से ?" मम्मी ने पूछा।

"दिन-पर-दिन ख़ब्त बढ़ती जा रही है, कोई इलाज भी तो नहीं है। मैं और हनी जैसे झेल रहे हैं, हम ही जानते हैं।"

लौटते वक़्त दोनों चुप हैं, यमन सोच रही है कि मामी के पास मिलने न जाती तो अच्छा रहता। मन पर एक खरोंच और तो न बढ़ती।

उसने रिसर्च सेंटर की अस्थायी मेम्बरशिप ले ली है, पापा का सन्दर्भ देकर। लाइब्रेरी में जाकर वह किताबें और मैगज़ीन लौटा-पौटा करती है। बहुत देर हो चुकी है, तीन-चौथाई थीसिस को पूरा करने में उसे शौक़ या चाव की हल्की-सी हिलोर भी नहीं व्यापती।

जो हँसी उसके कानों में पड़ती है; वह कितनी पुरानी, पहचानी-सी लगती है; वह ठिठककर खड़ी हो जाती है; जैसे एकाएक ठंड बढ़ने लगी है और उसका पूरा शरीर काँपने लगा है। वह झीनी-सी कत्थई शाल को बाँहों पर खींच लेती है।

सामने तीन-चार लोगों का एक ग्रुप खड़ा है; वह हँसी वहीं से उभरी है। वे बातों में इतने लीन हैं कि किसी की आँखें इधर-उधर नहीं जातीं। वह कुछ देर गुलदाऊदी की हलकी पीली कलियों को देखती रहती है; उन गमलों के पार भी फूल हैं; गहरे रंगों के फुनगीदार सैल्विया, उनके पार ड्यूटी पर तैनात दो सिपाही।

"मैं आपको ही ढूँढ़ रहा था।"

उसने तब आँखें उठाईं, वनमाली को देखा, कुछ कहा नहीं। महीन-महीन हाउंडस टूथ चेक की पैंट, नीली कमीज़, आड़ी धारियोंवाली भारतीय रेशम की टाई।

"मुझे मालूम था कि आप मिलेंगी तो यहीं कहीं।"

तब उसने धीरे से कहा, "मैं लोबो को फ़ोन नम्बर दे आई थी।"

"उसने वह खो दिया, समय है, यहाँ चाय पिएँ ? मुझे कोई विशेष काम नहीं है।" वे दोनों लाउंज में जाकर आमने-सामने बैठ गए, वह सोफ़े पर, वनमाली कुर्सी पर।

"कहाँ ठहरी हैं ?"

"घर पर, मम्मी भी आ गई हैं।" छोटा-सा मौन, "चलेंगे उनसे मिलने।"

"ज़रूर।"

"शायद वह पहचाने नहीं ? उन्हें बड़ा अचरज होगा।"

"अचरज तो आपको होगा।" वनमाली ने कहा। कॉफ़ी समाप्त कर वह बाहर आते हैं। वनमाली की नज़र रिसर्च सेंटर के हर गमले, हर पौधे, हर झाड़ी को तोल रही है।

"इस सेंटर का उद्यान पूरी दिल्ली में प्रसिद्ध है—सुन्दर है, पर ज़रा बोरिंग, किसी एक्सपर्ट से लैंडस्केप बनवाना चाहिए।"

"जैसे आप ?"

"नहीं, मैं तो लैंडस्केप आर्किटेक्ट नहीं। सीधा-सादा पैथौलोजिस्ट हूँ, जहाँ लोग हरे-भरे पेड़ों और उद्यानों को देखते हैं, मुझे रोगी वृक्ष नज़र आते हैं, फुनगियाँ नंगी, पत्तियों पर फ़ंगस।"

"रोगी वृक्ष ?" यमन ने हलके से अपने-आप से सवाल किया।

"जाने दीजिए।" वनमाली गाड़ी बुलाता है और दोनों पीछे बैठ जाते हैं।

"आप वहाँ से अचानक चली आईं ? सब कुछ छोड़-छाड़कर।"

"आदत है," उसने धीरे-से कहा, फ्लावर शो में शायद वनमाली हो, यह क्षीण आशा थी, पर वह सही समय पर पहुँचेगी जबकि जज निर्णय देकर ख़ाली हो रहे होंगे, यह तो एक चमत्कार ही है।

सब कुछ निश्चित है, कहीं कोई एक्सीडेंट या एकबारगी नहीं।

यह होना ही था, वनमाली से मिलकर चाय पीना। वनमाली ने हलके-से उसके हाथ को छुआ, "मैंने सोचा कि मेरी बैकग्राउंड जानकर आपको वितृष्णा हुई।" उसने हाथ नहीं हटाया, बड़ी-बड़ी तरल आँखों से उसे देखा और अपने में चीन्हा।

"ऐसी कोई बात नहीं थी। एकाएक जी उचट गया।"

"और यहाँ से ?"

"दिल्ली से भी।"

"तो आगे कहाँ ?"

"सोचा नहीं।"

"आप यहाँ के बाद कहाँ जाएँगे ?" यमन पूछ बैठी।

"सहारनपुर, फिर शिकोहाबाद।"

"शिकोहाबाद ?"

"हाँ, एक मित्र की पत्नी ने एक झाड़ की फ़रमाइश की है।" यमन की अचरज-भरी मुद्रा देखकर उसने हँसकर कहा," पेड़-पत्तीवाला झाड़ नहीं, झाड़फानूस वाला झाड़।"

"शिकोहाबाद में मिलता है ?"

"चूड़ियाँ भी, पर आप तो चूड़ी पहनती नहीं।"

"ले आइएगा। पहनने लगूँगी।"

वनमाली ड्राइवर को आदेश देता है। तो इन्हें घर का पता भी मालूम है ?

उसे थोड़ा कौतूहल है, मम्मी और वनमाली की भेंट पर वह क्या कहेगी, "मम्मी यह डॉक्टर वनमाली हैं, एक प्रसिद्ध व्यक्ति," या "मम्मी, आपको अपने हेडमाली की याद है ? उसी के यह सुपुत्र हैं, वनराज।"

नहीं, नहीं। यह बहुत क्रूर होगा, यही सब सोचते-गुनते यमन सीढ़ियाँ चढ़ रही है। दरवाज़ा मम्मी ही खोलती हैं, "आ गईं ? और तुम, बन्नू ? कैसे हो ?"

वनमाली मम्मी को प्रणाम करता है। यमन एक से दूसरे की ओर देख रही है।

"तुम इन्हें जानती हो ?"

मम्मी मुस्कराती हैं, "जानूँगी क्यों नहीं ? बचपन से देखा है। आओ बन्नू, बैठो।" उनके बैठने पर मम्मी यमन को सम्बोधित करती हैं, "ये महाशय बचपन से ही पढ़ने में तेज़ थे। तुम्हारे पापा को बहुत उम्मीदें थीं। पूरी हुईं। पढ़े-लिखे, नाम हुआ।"

"विदेश जाने से पहले बड़े साहब, आपके पापा ने मुझे अँगरेज़ी पढ़ाई थी; हिन्दी मीडियम से हाईस्कूल किया था, उन्हीं के सेमिनार में था, जब कॉलेज पहुँचा। कुछ आता-जाता ही नहीं था, ग़लत उच्चारण, ग़लत-सलत ग्रामर; यहाँ रहता तो काम चल जाता, पर पढ़ने के मामले में साहब पूरे अँगरेज़ थे, बोलो तो सही बोलो।"

"अब देखो, बन्नू ख़ुद पूरे साहब बन गए हैं।" मम्मी ख़ुश हैं, उनके चेहरे से स्पष्ट है। "अच्छा बन्नू, वह पहाड़वाली खेती ठीक-ठाक चल रही है न ?"

"एकदम, कोई फ़िक्र की बात नहीं है," वनमाली ने कहा, "मेरे कुछेक विद्यार्थी वहाँ जमे हुए हैं—हर चीज़ सही मापदंड से हो रही है।" यमन एक के बाद दूसरे का चेहरा देखती है, मम्मी उसकी ओर उन्मुख होकर बताती हैं, उनका स्वर उत्फुल्लित है, "पहाड़ पर पूर्वजों की ज़मीन-जायदाद थी, मन्दिर, उसके आसपास खेत, फलों के बाग़। तुम्हारे पापा ने तो कुछ दिलचस्पी ली नहीं, बस चाचा-ताऊ सम्हालते रहे। उनके बाद शुरू हुए मुक़दमे। मुझे पता चला तो मैंने

भी तुम्हारा और अपना नाम डलवा दिया। फ़ैसला हुआ, मन्दिर और आसपास की कई एकड़ ज़मीन हमें मिली। तो हमने बन्नू से कहा। ये ही गए; फलों के पेड़ लगवाए हैं, नए, जल्दी ही फल आने लगेंगे। आड़ू, आलूबुख़ारे, नाशपाती।''

''और मन्दिर ?'' यमन ने हलके-से पूछा।

''उसका जीर्णोद्धार करवाना है। अभी तक तो पुराने पंडित ही सम्हाल रहे हैं।'' यमन आँखें उठाकर वनमाली को देखती है, ''आपने कुछ बताया नहीं।''

''सोचता ही रह गया। मौक़ा नहीं मिला। मैंने वहाँ पर छोटी-सी दो कमरों की कॉटेज बनवा दी है। मेरे रिसर्च स्कॉलर रहते हैं, उसके बाद आप लोगों के लिए गढ़ मुक्तेश्वर के पास एक जगह हो जाएगी।''

''बड़े कारोबारी हैं बन्नू, आगे-पीछे सबका सोचकर क़दम उठाते हैं।'' मम्मी बोलीं।

''मुझे मालूम है।'' यमन ने धीमे-से कहा। न जाने क्यों वह मम्मी और वनमाली की अन्तरंगता से अपने को निष्कासित पा रही है।

''अब मैं चलता हूँ।'' वनमाली ने खड़े होते हुए कहा।

''अब फिर कब आओगे ?'' यमन के होठों पर आया प्रश्न मम्मी ने पूछ लिया है।

''कुछ दिन लगेंगे। कई जगह काम से जाना है।''

यमन आँखें बचा-बचाकर अक्सर मम्मी को देखती है। इस आयु में मम्मी ने अपने को दुबारा नई चाल में ढाला है; अपना पुनर्निर्माण किया है। वह उन मम्मी की याद करती है। उजला धुला रंग; स्टाइल से कटे बाल; हमेशा फ्रेंच शिफ़ॉन की हलके-हलके रंगों की साड़ियाँ, गहरे गले की बिना बाँहों की ब्लाउज़ें, ऊँची एड़ियाँ, कांवेंटी उच्चारण में पापा से अँगरेज़ी में बातचीत, इंग्लैंड से लौटे हुए उच्च प्रोफ़ेसर की आभिजात्य पत्नी। सिगरेट और वाइन उन्होंने पापा के उपकुलपति हो जाने पर छोड़ दी थी, उनका रहन-सहन, तौर-तरीक़ा और भी रईसी हो गया था, बावर्ची, खानसामा, ड्राइवर, अपनी ख़ास आया जो उनका हर काम सुरुचि, क़ायदे से करती थी, नाज़ुक साड़ियाँ इस्त्री करने से लेकर जाड़ों में मम्मी के गोरे-गोरे पैरों में चार्मिस क्रीम मलने तक। बुआ कितना जलती थीं उस आया से; ''पता नहीं कौन जात है। भाभी उससे रानी-रानी करके बात करती हैं। कभी अपनी बेटी को तो रानी कहा नहीं।''

आया ने भी मम्मी की तरह अपने को आभिजात्य बना लिया था। पूछने पर अपना नाम राजेश्वरी बताती थी।

''भाभी की गिरस्ती तो इन्हीं नौकरों के बल पर चलती है न।'' किसी और

ने कहा, ''वह तो कभी रसोई में झाँकती तक नहीं, उनकी लल्लो-चप्पो न करे तो कैसे काम चले।''

''तभी तो हम महराज को लेकर आते हैं। यह विलैती खाना तो गले से उतरता नहीं।''

आज की यह मम्मी, चेहरा अभी भी उजला है, पर सन्दली रंग, बाल न छोटे कहे जा सकते हैं न लम्बे, कन्धों तक आते हैं, कच्चे-पक्के। मम्मी अब महीन सूत की साड़ियाँ पहनती हैं, सादी, बस ज़री की पतली-सी कोर, कोयम्बटूरी, वेंकटगिरि या फिर कोटा या चन्देरी, अपने को व्यस्त कर लिया है, आश्रम में रहती हैं और पहाड़ की वह भूमि—जहाँ वनमाली ने फल और फूल लगवाए हैं।

नई दिल्ली के घर में बैठी-बैठी यमन सोचती है कि वह मम्मी जैसी क्यों नहीं हो सकी ? वह स्वयं क्यों अपने ही द्वारा रचित व्यूह में ऐसे फँस गई है कि उससे बाहर आने का रास्ता ही नहीं देख पाती। क्यों आत्मदया और निष्क्रियता के दलदल में धँसती ही जा रही है।

वनमाली के मिलने से जैसे बँधे जल में कुछ हलचल-सी हुई, उसके बाद फिर सब शान्त, समरस।

वनमाली के व्यक्तित्व में एक आकुलता, एक बेचैनी, सक्रियता तो है। उसके होने से आसपास, स्थितियाँ, घटनाएँ सब सक्रिय-सा हो जाता है। कितने आयाम हैं वनमाली के व्यक्तित्व में, मम्मी से और बातें पता चलीं। वनमाली ने विश्वविद्यालय से जल्दी अवकाश लेकर गोवा में नर्सरी खोली है; तरह-तरह की रिसर्च उस नर्सरी और इंस्टीट्यूट में होती हैं, कंसल्टिंग भी करता है। मम्मी से बराबर सम्पर्क रहता है।

पर मम्मी तटस्थ हैं; कुछ सीमा तक दूर भी। वनमाली और अपनी बेटी को लेकर यदि उनके कुछ विचार होंगे भी, तो उन्हें उन्होंने गोपन रक्खा है। शायद यमन की इतने सालों तक की दूरी ने उसे सचमुच उनके जीवन के हाशिये पर लाकर छोड़ दिया है। मम्मी ने वनमाली की शादी के बारे में भी बताया था, ''बड़ी उमर की थी। बहुत चुस्त, होशियार। पैसेवाली। दो बच्चों की माँ। गोवा का होटल उसी ने ख़रीदा था। फिर वनमाली ने ही उसे छोड़ दिया।''

''क्यों ?'' यमन ने पूछ लिया।

''क्या मालूम। शायद बहुत खिटखिट करती थी। बहुत शक्की स्वभाव की थी।''

''मैंने उसे देखा था। गोवा आई थी।''

''आती रहती है। उसकी अपनी ट्रैवल एजेंसी है न ? वहाँ, मेरीलैंड में। बहुत दूर लाती है।''

अब यमन चुप है। अनुजा किचेन में खटपट कर रही है, मम्मी की आँखें झिंपने लगी हैं। बाहर फूलों की झाड़ी में एक खंजन पक्षी फुदक रहा है।

''मुझे वनमाली ने अपने बारे में कुछ ख़ास नहीं बताया।'' इतना कुछ घूँट गया, कुछ आभास नहीं दिया कि वह पापा के इतना निकट था, कि उसकी प्रगति में उनका कितना सारा योगदान था। ''मौक़ा नहीं मिला होगा,'' मम्मी बोलीं, ''वैसे भी अपने बारे में कम खुलता है। माली परिवार से उसका ज़्यादा सम्पर्क नहीं है। इंटर के बाद ही होस्टल चला गया था। वह क्रिश्चियन होस्टल था न—उसी में जगह मिल गई थी। घरवालों से एकदम अपने को अलग कर लिया। फिर भी परिवार का एक सदस्य क़ाबिल निकले तो सारा कुछ सँवर जाता है। ढेर सारी बहनें थीं न, डेज़ी, ग्लोरी, पैंज़ी—सबको स्कूल भेजा पर कोई बहुत आगे नहीं बढ़ पाया। सबकी अच्छी-अच्छी शादियाँ कीं, आरक्षण के चलते अच्छी पोस्टवाले लड़कों की कमी नहीं है। पूरा-पूरा लाभ उठा रहे हैं सब कोई, चलो अच्छा ही है। भानजे, भतीजे अब अच्छे-अच्छे स्कूल कॉलेजों में पढ़ रहे हैं। और अगर मैं यह कहूँ कि यह सब तुम्हारे पापा की बदौलत, तो ग़लत नहीं होगा। उन्होंने बन्नू में प्रतिभा भी देखी और कर्मठता भी। उस पर बहुत मेहनत की और आज उनकी मेहनत सफल भी हुई।''

''यदि एक अच्छा दिशा निर्देशक मिल जाए तो बहुत मदद मिलती है। मेरे तो जो गाइड और मेंटर थे, उन्होंने मुझे डुबोने में कोई कसर नहीं छोड़ी।''

''पर डुबो तो नहीं पाए।'' मम्मी हँसीं। वह भी मुस्कराई, ''हाँ, बस डूबती-उतराती रही।''

''तुम्हारी अमेरिकन कहावत है न,'' मम्मी बैठ-बैठे ही बोलीं, ''अगर ज़िन्दगी तुम्हें खट्टा ही खट्टा, यानी नीबू दे, तो समझदार को नीबू का शर्बत बना लेना चाहिए।'' कहकर उसे देखा और हँसीं।

''इसी तरह विस्थापन को भी मैंने लिया। अपने को पुनर्निर्मित करने का अवसर बनाया। छोड़ दी वह शान-शौकत, घमंड, अपनी महत ईगो।''

''पर मम्मी, आप तो धर्म, कर्म, पूजा-पाठ पर विश्वास नहीं करती थीं, आप तो पापा की तरह इंसानियत को ही धर्म मानती थीं।''

''पता नहीं क्या हुआ, स्वीटी। तुम्हारे पापा और बिश्शू दादा के मरने के बाद मैं एकदम ख़ाली हो गई थी। फिर न जाने क्या हुआ ? इस सब तामझाम, सारी दुनिया से जैसे धीरे-धीरे वैराग होने लगा। सारे रिश्ते—रिश्ते बचे ही कहाँ थे,

एकदम खोखले और निस्सार लगने लगे। इसी में, मोहल्ले में एक आयोजन हुआ; एक आई कैम्प लगा, मुझे भी पकड़ लिया वालंटियरी में। तब मैंने निकट से देखी, शरीर की दुर्बलता और असहाय होने की दीनता। कितने-कितने लोग आए, बूढ़े अपाहिज, आँखों के कैंसर से पीड़ित बच्चे। कैम्प तीन दिन चला; पर उसी बीच मुझे एहसास हो गया कि मेरी आत्मदया में डूबना-उतराना कितना ग़लत और ईगोइस्टिक है।'' उन्होंने रुककर उसे गूढ़ और पैनी दृष्टि से देखा, ''बस, शुरुआत हुई उस आई कैम्प से, और यात्रा समाप्त हुई आश्रम में।''

वह चुपचाप सुनती रहती है।

''सुनो स्वीटी, एक विचार बहुत दिन से मन में है। आश्रम में एक महिला हैं; उनके पास बहुत ज़मीन-जायदाद है। पास-पड़ोसी, गाँववाले सभी उसे हथियाने, हड़पने की फ़िराक में रहते हैं। सुनो, अगर हम वहाँ गँवई-गाँव में एक स्कूल खोलें तो कैसा ? एकदम फ़र्स्ट रेट, अँगरेज़ी मीडियम, मुफ़्त।''

''हम ?''

''हाँ, हम सब मिलकर अच्छी-सी इमारत बनवाएँ, डेढ़-दो सौ बच्चे पढ़ने आएँ।''

''विचार अच्छा है मम्मी,'' उसने हाँ में हाँ मिलाई।

''तो तुम उसे रन करोगी ? एकदम अमरीकी पद्धति पर, पैसे की चिन्ता नहीं है।''

''मैं ?'' उसने अचकचाकर कहा।

मम्मी चुप। प्रत्याशित दृष्टि उस पर टिकी रही।

''मम्मी, यह तो बहुत बड़ी ज़िम्मेदारी है। मुझे बच्चों का स्कूल चलाने का अनुभव कहाँ है। फिर—'' वह कहकर रुक गई।

''फिर ?'' मम्मी ने उकसाया।

''गँवई-गाँव में मेरा रहना कैसे हो पाएगा ? मेरी आदतें ख़राब हो गई हैं। मुझे बिजली, पानी, टेलीफ़ोन सभी सुविधाएँ चाहिए। कभी न कभी तो अमेरिका वापस जाऊँगी ही। मुझे वहाँ की लाइफ़ रास आ गई है।''

मम्मी का चेहरा उतर गया। कुछ देर चुप रहने के बाद बोलीं, ''ठीक ही कहती हो, हम लोग एक बार ज़मीन देखने गए थे, इलाहाबाद के बाद गाँव तक की सड़क ही नहीं है। खेतों के बीच कहीं कच्चा, कहीं खड्डों वाला रास्ता। जीप में धचके खा-खाकर हुलिया तंग हो गई। फिर उत्तर प्रदेश में तो चौबीस घंटों में बीस घंटे बिजली नदारद। बिजली नहीं तो पानी कैसे खिंचे। विलायती टायलेट बनवा भी लो तो काम नहीं करेगा। मगर सोचो स्वीटी, अगर ऐसी जगह एक

अच्छा स्कूल खुल जाए तो पच्चीस साल में बच्चों का भविष्य बदल जाएगा।"

उसने निर्ममता से कहा, "नहीं मम्मी, चाहे स्वार्थी कहो; पर मैं इतनी बड़ी सेक्रिफाइस देने को तैयार नहीं हूँ। और सेक्रिफाइस देने से होता भी क्या है ? बाबा की कहीं एक मूर्ति स्थापित हुई ? कोई पार्क बना ? किसी को उनका नाम भी याद नहीं होगा। पापा के नाम पर क्या उस विश्वविद्यालय में कहीं एक भी स्मारक-पट्टिका लगी होगी ? उलटे—"

"मैंने सोच कैसे लिया कि पापा के नाम पर तुम अँगरेज़ी स्कूल चलाने को राज़ी हो जाओगी। जाने दो, मेरी ही ग़लती थी। तुम्हारे पापा के सम्पर्क में जो भी छात्र आए, उनके संस्कार, उनकी शिक्षा, यही तुम्हारे पापा की स्मारक शिला है। तुम्हारे पापा एक बरगद के वृक्ष के समान थे, जिसकी शाखाएँ स्वयं स्वतंत्र वृक्ष बन जाती हैं, अपने को ही देखो।"

"मैं तो पापा—" उसने बात बीच में छोड़ दी।

यमन के भीतर से एक गहरी साँस बाहर आती है। वह आगे के लिए सोचना चाहती है, पर साहस नहीं कर पाती। मन में एक अन्धविश्वास-सा बैठ गया है कि जिस दिन उसने योजना पक्की की, उसी दिन शरीर में कहीं और कोई गाँठ उभर आएगी। उसे ऐसे ही अनिश्चय के सागर में डूबते-उतराते जीवन बिताना पड़ेगा। यमन समझ रही है कि यह बचकाना तर्क है, पर उससे उलटा जाना अभी उसके बस में नहीं है। बुरी नहीं है यह दिनचर्या; अनुजा के हाथ के परतोंवाले पराठे, नरम-नरम रोटियाँ, घुटी हुई दाल। आलू, मटर, टमाटर की स्वादिष्ट रसेदार तरकारी। सुबह से कई अख़बार पढ़ लिये, दोपहर को सो लिया, शाम को चाय के साथ पालक और प्याज के पकौड़े या बंगाली स्वीट मार्ट के गरम-गरम समोसे। उसके बाद रात के खाने की प्रतीक्षा। मम्मी की शाम की पूजा काफ़ी समय चलती है। बाद में घंटी की आवाज़ सुनकर यमन अपने कमरे से निकलकर पूजा में शामिल हो जाती है। दोनों सुर मिलाकर आरती गाती हैं; उसके बाद आधे लड्डू का प्रसाद और फिर रात का भोजन।

आश्रम से मम्मी को बुलावा आ गया है; श्री गुरु की जन्मतिथि के उत्सव में उनकी उपस्थिति अनिवार्य है। हज़ारों भक्त आएँगे—उनके रहने, खाने की व्यवस्था होगी, जन्म का उत्सव होगा, भजन, कीर्तन—नामी भजनीक बुलाए गए हैं। "तुम आओगी स्वीटी ?" मम्मी हैंड बैग में अपने कपड़े रखती हुई पूछती हैं।

"मैं कैसे ? भीड़भाड़ में—अच्छा, कोशिश करूँगी, पर वादा नहीं है।"

"जैसी सुविधा हो।"

मम्मी जैसे आईं, वैसे ही चली गईं।

उनके जाने के बाद एक बार फिर घर ख़ाली-ख़ाली हो गया, और सन्नाटा जैसे आकर बैठ गया। अनुजा ने भी आना बन्द कर दिया; एक-दो बार पंकज से बुलवाया भी, पर वह गाँव चली गई है, यही उत्तर मिला।

मम्मी एक-दो बार आने को कहती हैं, फिर उस बात का ज़िक्र भी छोड़ देती हैं—"यहाँ चाय न कॉफ़ी, सुबह-सुबह उठना और प्रार्थना सभा में जाना। तुम्हें तकलीफ़ तो होती—वैसे ठीक हो न ? खाना पीना।"

"अनुजा तो बैठ रही। विनोद आकर खाना बना जाता है।"

"झाड़ू-सफ़ाई ?"

"आपसे पूछनेवाली थी, बाहर की सफ़ाईवाली को रख लूँ ?"

"उस जमादारिन को—ठीक है, साफ़-सुथरी है, उसमें भी ब्रह्म का अंश है। कितना माँग रही है ?"

वह कहना चाहती है "मम्मी, आप वहाँ क्यों पड़ी हुई हैं; यहाँ आइए, घर में आराम से रहिए।"

अवसर निकल जाता है वह कह नहीं पाती। मम्मी का मन वहाँ लग गया है, और स्त्रियाँ भी हैं; उनकी आयु की, साथ हैं, और फिर गुरुजी और आध्यात्मिकता तो है ही—

"सुनिए।" वह वनमाली से कह रही हैं। वह शिकोहाबाद से लौट आया है। मेज़ पर चूड़ियों के डब्बे रखे हैं, एक कट गिलास का फूलदान भी।

"आपने कहा था न, कि मुझे कहीं फक्कड़पन से जाना चाहिए, बिना भारी भरकम सामान के; सिर्फ़ एक हैंड-बैग उठाकर।" वह प्रश्न-भरी दृष्टि से उसे देखता रहता है।

"तो मैं तैयार हूँ, फिर भी एक कुली चाहिए।"

वनमाली जैसे याद करके हँस पड़ा, "जी, मैं भी तैयार हूँ, कहाँ जाएँगी ?"

"मालूम नहीं, सोच रही हूँ, जहाँ-जहाँ आप जाएँ, मैं भी लद लूँ।" उसने जल्दी से जोड़ा, "यदि आप माइंड न करें।"

"मेरे साथ ? मेरे काम से जुड़ी यात्राएँ हैं—रुड़की, सहारनपुर, देहरादून—फिर लखनऊ, बनारस—आप क्या सोच रही थीं ?"

"द्वारका—सोमनाथ—कच्छ; दमन, दूयू, पर वह तो बाद में भी जा सकते हैं, है न ? आपको तो इन जगहों पर काम है।" वनमाली उसे तौलती दृष्टि से देखता रहा। कुछ देर बाद बोला—"बनारस के बाद, काम समाप्त करके कच्छ,

द्वारका सब जगह चलेंगे। उसी निमित्त मेरी चौथे धाम की यात्रा भी हो जाएगी, मगर—''

''मगर ?''

''मम्मी की राय ले लें।''

वह हँस पड़ी, खिलखिलाकर। ''अब मम्मी की राय लेने का क्या तुक है ? वह मना नहीं कर सकेंगी।''

वनमाली ने धीमे से कहा, ''शायद उन्हें अच्छा न लगे।''

''क्यों ? क्या आप ट्रस्टवर्दी, यानी विश्वास लायक व्यक्ति नहीं हैं ?''

वनमाली ने कौतुक से कहा, ''इसका निर्णय मैं आप पर छोड़ रहा हूँ—''

वह कुछ सोच में डूबने का-सा अभिनय करती हुई बोली, ''सहारनपुर, देहरादून, बनारस। अच्छा मैं सामान बाँधे लेती हूँ।''

वनमाली ने वर्जना की मुद्रा में हाथ उठाकर कहा, ''सामान नहीं ? याद नहीं फक्कड़पन से यात्रा।''

''पापा के एक सेक्रेटरी थे, उनका नाम ही फक्कड़ था। मगर रहते थे ख़ूब सज-सँवरकर।''

''मुझे मालूम है।'' वनमाली ने धीमे स्वर में, जैसे उस अतीत को स्वीकारते हुए कहा।

वनमाली का सारा प्रबन्ध दुरुस्त होता है। अधिकतर यूनिवर्सिटी के अतिथिगृह में ठहरते हैं, पास-पास के दो कमरों में। वनमाली सुबह ही तैयार होकर चला जाता है। यमन देर तक सोती है, आराम से तैयार होती है और नाश्ता कमरे में ही मँगा लेती है। रुड़की शहर अच्छा लगा है, गंगा की नहरें, विश्वविद्यालयी माहौल।

उसके बाद सहारनपुर, जगह—बेजगह भीड़, पर वैसे गति आहिस्ता-आहिस्ता—महानगरों से दूर जाकर जीवन कैसे मद्धम हो जाता है। तरकारी भाजी की टोकरियाँ सर पर उठाए स्त्रियाँ, ठेले ढोते हुए, हाँफते हुए मज़दूर; सँकरी सड़कों पर गाड़ियाँ, रिक्शे, साइकिलें, पदयात्री।

''यहाँ से मसूरी चलें।'' वनमाली पूछता है, ''थोड़ी ठंड होगी।''

''नहीं,'' उसने बिना सोचे-समझे कहा ''मसूरी में बहुत स्मृतियाँ हैं, मसूरी नहीं।''

''स्मृतियों से डरती क्यों हैं ?''

"उनका सामना करने के लिए हिम्मत चाहिए और मुझमें वह हिम्मत नहीं है। पापा नहीं रहे, यह मैंने अभी तक पूरी तरह स्वीकारा नहीं है। कभी पूरी तरह आमने-सामने अपने दुख को देखा तक नहीं। बस अन्दर ढेल दिया, ढाँक तोप दिया—कभी फुरसत में।"

"मसूरी जाकर; उस घर के सामने खड़े होकर अपना दुख खोलकर बह जाने दें, तो ?"

बात समाप्त करते हुए यमन ने कहा, "नहीं, मैं मसूरी नहीं जाऊँगी।"

"मुझे याद है, हर गर्मी सारा सामान बाँध-बूँधकर, पूरे स्टाफ़ सहित सब कोई मसूरी चले जाते थे। मैं सारी गर्मी उस लड़की की याद करता रहता था जिसे मेरे होने का पता भी न था।"

"अब तो बैठी हूँ न, एकदम सामने।"

मुझे भाषण देते हो अतीत को भूलने का और स्वयं बार-बार उधर ही...

"वह मेरा पुराना जन्म था; अमरीका की धरती पर क़दम रखते ही मैंने वह सारी कुंठाएँ, हीन भावना धो डालीं, वनराज माली से वनमाली;" यमन ने कुछ पूछने के लिए मुँह खोला, पर पूछा नहीं—क्या तुम्हें अपने पर लज्जा आती थी।

"उन दिनों, कभी-कभी अचरज होता था कि मैं कहाँ-से-कहाँ पहुँच गया हूँ। पर यदि मुझे आगे पढ़ने के लिए सरकार से छात्रवृत्ति न मिली होती तो शायद—नहीं, मैं शर्मिन्दा नहीं हूँ अपने माली होने पर, होता तो नाम के साथ न जुड़ा रखता, औरों की तरह अशोक कुमार चार्ल्स, आदि कुछ ऐसा ही नाम रख लेता—जाति, प्रदेशहीन।"

"हमारा जन्म कहाँ होगा, यह तो एक प्रश्न ही रहता है। मम्मी तो अब," वह मुस्कराई, "सभी में ब्रह्म का अंश देखने लगी हैं, और पापा तो ब्राइट और मेधावी लोगों को पसन्द ही करते थे।" इस वाक्य के अन्दर छुपा हुआ मंतव्य था—"तुम उन लोगों को ग्राह्य होते।"

वह मसूरी नहीं गए; यमन को अच्छा लगने लगा है; वनमाली सुबह से चला जाता है और वह अपने कमरे में चैन से नहा-धोकर तैयार होती है, बाज़ार खुलने पर वह बाहर चली जाती है और सड़कों, गलियों में डोलती रहती है, तवे, कढ़ाइयाँ, चिमटे—या क़तार-के-क़तार चमकते स्टेनलेस स्टील के बर्तन; या प्लास्टिक की बाल्टियाँ, नाइलौन की रंग-बिरंगी बटी हुई रस्सियाँ—शाल और साड़ीवाली दूकानों से अक्सर आह्वान मिलता है, "आइए माताजी।"

माताजी, वह ठिठक जाती है, मैं माताजी लगने लगी हूँ—क्या हुआ बहनजी,

या मैडम ?

उसकी उम्र तक आते-आते स्त्रियाँ यों तो हो ही जाती हैं, दस-बारह साल के बच्चों की माँ।

माताजी, वह दर्पण में अपने चेहरे को देखकर गुनती रहती है, बाल अभी भी छोटे हैं, पर उतने छोटे नहीं; चेहरा अभी भी पीला है, आँखें उदास; उस शाम वह चेहरे पर रंग लाने के लिए पाउडर लगाती है, पलकों पर हलका-हलका स्लेटी रंग, सावधानी से होठों में भरा रंग; और चॉकलेटी रेशम का सलवार-कुर्ता।

वनमाली की आँखों में हर्ष भी है, अचरज भी। शाम का खाना वह लोग रोज़ धरणीधर के घर खाते हैं जिनके आम और लीची के ढेरों बगीचे हैं और आम की फ़सल पर लगनेवाली बीमारी की पड़ताल के लिए उन्होंने वनमाली को बुलाया है।

यमन ने नोट किया है कि धरणीधर के घर की स्त्रियाँ खाना बनवाती हैं, परोसती हैं; पर उसके प्रति एकदम उदासीन और ठंडी हैं। अतिथि-गृह में रहने पर भी कभी शॉपिंग ले जाने या घुमाने का प्रस्ताव नहीं मिलता। शायद यहाँ घर में ही रहने का चलन होगा। जहाँ तक उसे पता है वनमाली ने अपने और उसको लेकर कोई सफ़ाई नहीं दी है, पर वह लोग अलग-अलग कमरों में रहते हैं, यह नौकरों ने घर में बताया ही होगा।

उस दिन धरणीधर की माँ भी थीं; अस्सी-बयासी वर्ष की एकदम सफ़ेद बालों और चश्मे के पीछे से भी चमकती आँखोंवाली। अपनी आयु के अधिकार से उन्होंने पूछा, "क्यों बेटी—कितने बच्चे हैं ?"

"एक लड़का है," उसने कहा। वनमाली चुप रहा।

"कितना बड़ा ?"

"ग्यारह साल का, बोर्डिंग में रहता है।"

"एक अकेला बच्चा—वह भी साथ नहीं," उन्होंने कहा।

"बोर्डिंग में पढ़ाई वग़ैरह ठीक से होती है, बच्चे काफ़ी बातें सीखते हैं।"

"सो तो है।"

उनके वापस लौटने पर भी, यमन का वह ग्यारह साल का बेटा साथ-साथ आता है।

"क्या नाम है बेटे का ?" वनमाली ने अचानक पूछ लिया।

"आधन्त नहीं, अर्णव," वह हँसने लगी। पर मन में खरोंच तो है, वह आदि और अन्त दोनों ही तो था।

"और किस जगह होस्टल में ?"

"कुछ भी कह देती। दार्जिलिंग में; पूना में; उटकमंड में पर वह इतना ही

जानकर संतुष्ट हो गई कि एक बेटा है। रेनी के साथ तुम्हारा ?''

''रेनी के पहले से ही दो बच्चे थे, एक मिश्रित बच्चे को जन्म देकर वह उनकी ज़िन्दगी काम्पिलिकेट नहीं करना चाहती थी।''

अकेले होने पर वह अर्णव का चेहरा गढ़ती है; उजला चेहरा, न बहुत गोरा, न साँवला, मगर एकदम काले घुँघराले बाल; चंचल आँखें; कुछ-कुछ पापा के चेहरे से मिलता-जुलता—नाना पर गया है, कहने लायक, फिर उसने एक लम्बी साँस ली, कैंसर निरोधक टैमोक्सिफ़ेन की दो गोलियाँ खाईं और चादर ऊपर तक खींच ली। अब वह यहाँ से चलने को उत्सुक और तैयार है। वनमाली के साथ-साथ, भले ही अपने अलग कमरे में सोना, उसे बहुत सहज और स्वाभाविक लगने लगा है। फिर भी रोज़ रात को जब ब्रा उतारती है, उसकी विशेष जेबों में रक्खे पाउच निकालती है तो वह सोचती है वनमाली को कब तक दूर-दूर रक्खेगी, एक-न-एक दिन तो निकट आना ही पड़ेगा—तब क्या यह क्षत, दग्ध शरीर देखकर उसे अस्वस्ति नहीं होगी। पर बात करे भी तो कैसे ?

फिर वह इस सचाई के क्षण को टाल देती है, जब तक चलता है, चले। एक पुराना शब्द याद आता है, कोर्टशिप; एक-दूसरे को जानने-पहचानने की प्रक्रिया; यह तो रानी विक्टोरिया के समय का शब्द है, आजकल तो डेटिंग होती है। पर यह डेटिंग नहीं है, शायद कोर्टशिप भी नहीं—केवल साथ; अलग-अलग दिशाओं में जानेवाले दो बिन्दुओं का अकस्मात् मेल; दो नावों का साथ-साथ बहना, पर जो नाव धारा के बीच होती है, हमेशा आगे चली जाती है।

अतीत धीरे-धीरे घुल रहा है; भविष्य ? कौन जाने ?

बस एक दिन; पूरा-पूरा जीने के लिए।

वह अलसाई-सी आँखों से दूर क्षितिज को देख रही थी; जहाँ कुछ नावें सुबह की धुन्ध-भरी रोशनी में शान्त अनछुई खड़ी थीं, नदी की लहरों में। नदी भी कटी-फटी, रेत के लम्बे-लम्बे विस्तारों में सिमटी हुई।

''क्या सोचने लगीं ?'' वनमाली ने हलके-से पूछा।

वह कुर्सी पर सीधे होकर बैठ गई; ''कुछ विशेष नहीं।'' फिर स्वयं ही जोड़ा, ''जीवन-मरण की गति का इतना गहरा बोध कहीं नहीं होता जितना कि यहाँ। कल ट्रैफ़िक में फँसे-फँसे चार बारातें देखीं।'' वह रुक गई, फिर जैसे अपने आप से फुसफुसाते हुए बोली, ''और तीन शवयात्राएँ।''

सुबह का नाश्ता—वनमाली ने जग में से एक गिलास में ताज़ा रस उँड़ेला और

उसे थमा दिया।

''यमन।''

''क्या ?'' उसकी तरल दृष्टि वनमाली की ओर उठी।

''कुछ नहीं, तुम्हारा नाम बार-बार लेने का मन होता है।''

उसने नदी की ओर से दृष्टि हटा ली; होटल के कमरे की बाल्कनी पर आम की शाखाएँ झुक आई थीं, नीचे ताल में कुछ बच्चे खेलने लगे थे, चाय का प्याला होंठों तक लाते हुए उसने अनायास ही नदी को देखा—नावें मन्थर गति से धारा पार कर रही थीं।

वनमाली उसे देख रहा था, एकटक; उस मुग्ध दृष्टि को देखकर यमन के पूरे शरीर में उत्सुकता और उत्कंठा हलके-हलके जागने लगी। उसे मालूम था कि उसके क्षीण संकेत का वनमाली प्रतीक्षित था।

पर वह सब इतना आसान नहीं था।

''मुझे तुमसे कुछ कहना है।'' उसने कहा, ''कहो।'' वनमाली ने उसकी हथेली अपने हाथों में ले ली—वनमाली के हाथ मृदुल या कोमल नहीं थे; कसे हुए और कड़े थे। एक कामगर के हाथों जैसे।

''हम अन्दर चलें ?'' वह उठ खड़ी हुई। बाल्कनी के बाद बैठने का कमरा था, खुला और सुरुचिपूर्ण। रात को वनमाली के सोफ़े पर सोने के सारे चिह्न सँवार दिए गए थे; तकिया और कम्बल अलमारी में होंगे; अब सोफ़े पर रेशमी फुँदनोंवाले कुशन सजे हुए थे, काश मैं यह वस्त्र गिराकर अपने को वनमाली के समक्ष प्रस्तुत कर सकती—मैं समर्पित हूँ—मुझे ग्रहण करो—कितना सुन्दर शरीर था उसका, गर्वीले उन्नत वक्ष; पतली कटि; सुन्दर नहीं पर मोहक अवश्य।

उसने सोफ़े पर बैठकर एक कुशन को उठाकर अपने सीने पर ढाल की तरह सटा लिया। वनमाली बाल्कनी और कमरे की दहलीज़ पर ऐसे कोण से खड़ा था कि प्रातः काल की धूप से उसका चेहरा दैदीप्यमान था।

''अच्छा नहीं होगा कि हम अपने बारे में एक-दूसरे को कुछ ऐसा बताएँ जो एकदम गोप्य हो, अंतरंग।'' यमन ने रुक-रुककर कहा।

वह पास आ गया, ''मुझे जो कुछ कहना था, पिछले दिनों में कह ही दिया। अब मेरे पास गोप्य या अन्तरंग कुछ नहीं बचा या जो अन्तरंग है भी, उसका तुमसे-मुझसे कोई भी सम्बन्ध नहीं है—''

''फिर भी,'' उसने इसरार किया, ''कोई ऐसी बात, जिसने तुम्हें छुआ हो, पर जो मुझसे अलग हो।''

''तो तुम कहो।'' वनमाली भी बोला।

फिर भी यमन चुप रही; फिर उसने सिर उठाकर वनमाली की आँखों में सीधी, सतर दृष्टि से देखा, आँसू की धारा दाहिनी आँख से उमड़ी और नीचे तक बह आई।

वनमाली उसके दोनों हाथों को अपने हाथों में थामे, उसकी ओर झुका-सा बैठा रहा।

"यमन ?"

"मुझे...कैंसर..." जैसे बहुत अन्दर, बहुत गहरे गड्ढे से एक हिचकी, एक चीख़ उबरी।

"इट्स ओके यमन, इट्स ओके।"

"इट्स नॉट ओके।" उसने सिसकियों के बीच कहा; "यह बिलकुल भी ओके नहीं है।" फिर एक क्रूर, आत्मदंश झटके से उसने अपना कपड़ा अलग कर दिया।

"देख सकोगे तुम, झेल पाओगे इन घावों को—अब भी ?" सुबकियों से अवरुद्ध, "कहोगे कि मैं सम्पूर्ण हूँ ?" वनमाली ने उसे सहारा देकर उठाया; फिर उसे ले जाकर पलंग पर लिटा दिया। यमन का शरीर मौन सिसकियों से हिल रहा था; और आँसू थे कि सीमाएँ तोड़कर उमड़े ही जा रहे थे; उसने अपना वक्ष ढकने की कोशिश की, पर वनमाली के दृढ़ हाथों ने उसे वैसा ही अनावृत्त रहने दिया, मृदुल उँगलियाँ से उन टेढ़े, तिरछे, गहरे घावों के अभी तक ताज़े से लगनेवाले दाग़ों को उकेरा, और फिर झुककर उसे चूमने लगा; पहले होंठ, फिर गर्दन और फिर नीचे, जहाँ वक्ष नहीं थे; उसने बार-बार उन दाग़ों को चूमा और सहलाया। बीच-बीच में वह कुछ बुदबुदा रहा था—

"मैं तुमसे प्यार करता हूँ यमन, प्यार करता हूँ—" यमन ने हथेलियों से अपनी आँखें पोंछीं।

"आओ ऽ," उसने कहा।

उसकी आँखें वनमाली पर स्थिर थीं, यदि वनमाली को कोई झटका, कोई धक्का, या वितृष्णा महसूस भी हुई होगी तो उसका कोई चिह्न उसके चेहरे से प्रकट नहीं हो रहा था।

दूसरा दिन : गुनगुने पानी से नहाने के बाद और तौलिए से शरीर रगड़ने पर भी उसे लगा कि उसमें वनमाली की सुगन्ध रच-बस गई है। यमन ने बाहर आकर एक हलके नीबू जैसे हरे रंग की साड़ी पहन ली जिस पर छोटे-छोटे सफ़ेद सितारे

छिटके हुए थे। विशेष अन्तर्वस्त्र और छोटी-सी कसी हुई चोली पहनने के बाद उसने अपने को दर्पण में देखा। एक दिन में ही उसे अपना चेहरा बदला हुआ लगा, सलोना और मोहक, पर उसकी आँखों में अब भी उदासी थी—उसे लगा कि वनमाली को सब कुछ बताकर उसने ग़लती की; पर यदि अन्तरंग और एकसार होना था तब तो वनमाली को जताना ही था। दूसरा रास्ता था, वनमाली को नकार देना; पर जब कैंसर ने उससे उसका भविष्य, उसकी सृजनता छीन ली थी, वनमाली को भी उस पर बलि देना उसे स्वीकार नहीं था। "हर दिन पूरा-पूरा जीओ ऽ," आन्ना ने उससे कहा था, "हर खुशी को पकड़कर अपने को समृद्ध बनाओ ऽ।" "हुँह।" तब उसने मन-ही-मन कहा था। मुँह के छाले ठीक होने के बाद जब उसने सादा-सा खाना खाया था, मेथी का साग; अरहर की दाल, उबला हुआ चावल; तब उसे लगा था कि ऐसा स्वादिष्ट खाना उसने कभी नहीं खाया; वैसे ही, जैसे पिछली रात उसे लगा था कि वनमाली के अतिरिक्त कभी किसी ने उसे छुआ भी नहीं था; और वैसा प्यार भी उसने कभी किसी से नहीं पाया। यद्यपि शरीर पर अब भी शेषेन्द्र का स्पर्श बसा हुआ था। पर वह था कैंसर सर्जरी से पहले का, पर अब वह पहले वाली लिली नहीं रही थी।

वनमाली की ब्रेकफ़ास्ट मीटिंग तब तक समाप्त नहीं हुई थी। लॉबी में भीड़ थी; तरह-तरह के स्वरों में सितार की आवाज़ छुप गई थी, जापानी, अमेरिकन, भारतीय भाषाएँ वातावरण में गड्मड् हो रही थीं।

वह एक खाली तख़्त के आगे पड़े लम्बे सोफ़े पर बैठ गई—तभी कांफ्रेंस रूम से तीन-चार कोरियन या जापानी व्यक्तियों के साथ वनमाली आता दीखा। जल्दी जल्दी वह डग भरता हुआ यमन के पास आ गया—और उसका परिचय साथियों से करवाता हुआ बोला, "यमन—मेरी...शीघ्र ही होनेवाली पत्नी—"

उन सबने भरी मुस्कान से एक साथ झुककर उसका अभिवादन किया। जब तक वनमाली उन्हें लिफ़्ट तक छोड़कर आया, ख़ाली तख़्त पर धोती-कुर्ते और कन्धे पर शाल से सजे व्यक्ति आकर बैठ गए थे। उन्होंने अपना ब्रीफ़केस खोलकर पहले अपनी नेमप्लेट सजाई, शत्रुहन उपाध्याय—भविष्यवक्ता और एस्ट्रोलॉजर—और उसके साथ-साथ भविष्य जाननेवालों की एक उत्सुक भीड़ उनके इर्द-गिर्द मँडराने लगी।

"आपको अधिक प्रतीक्षा तो नहीं करनी पड़ी—" उन्होंने यमन से पूछा, बिना कुछ कहे उन्होंने उसकी दोनों हथेलियों को उलटा कर खोल लिया और बारीक़ दृष्टि से उसकी रेखाओं का अध्ययन करने लगे।

वनमाली पास आकर बैठ गया था और उन्हें कौतुक से देखने लगा।

"आप पर भयंकर संकट आया हुआ था, पर अब आप उससे उबर रही हैं। समय लगेगा, पर आप बिलकुल रोगमुक्त हो जाएँगी।"

"नीला और काला कपड़ा बिलकुल न धारण करें।"

"और कुछ ?" यमन ने पूछा।

"इस व्यक्ति से बचकर रहें।" उपाध्यायजी ने वनमाली की ओर देखकर कहा, सुनहले चश्मे के पीछे उनकी आँखें संयत और स्थिर थीं। यमन की एकाएक भीत और अचकचाई दृष्टि को देखकर वह दोनों ही ठहाका मारकर हँस पड़े—

"आप इन्हें जानते हैं ?" यमन ने पूछा।

"यह शत्रुहन एकदम फ्रॉड है, उसे आता-जाता कुछ नहीं, मेरे साथ कॉलेज में था; अब झूठ-सच गढ़कर विदेशियों को ठगता है।"

वनमाली ने कहा।

यमन ने अपनी हथेलियाँ खींच ली—वह उठ खड़ी हुई। शत्रुहन उपाध्याय ने एकदम गम्भीर होते हुए कहा, "मैंने जो संकट के बारे में बताया वह ठीक है न ?" दो जापानी स्त्रियाँ पंक्ति में खड़ी थीं; यमन ने पर्स खोलकर पाँच सौ का एक नोट निकालकर ट्रे में डाल दिया। जिस पर एक कार्ड टिका था—कंसल्टेशन फ़ी—500)

कॉफ़ी पीते हुए वह विचारमग्न थी, वनमाली से दूर, अपने में ही समाहित और सम्पृक्त।

"यमन !"

"कहो ?"

"क्या किसी और से मिलना चाहोगी। वास्तव में शत्रुहन के पिता नगर के प्रसिद्ध तांत्रिक हैं और विद्वान भी, शत्रुहन को जो कुछ आता है उन्हीं से पाया है।"

"क्या तुम इस सब में विश्वास करते हो ?"

"क्यों, क्या तुम नहीं ?"

"मुझे मालूम नहीं। भविष्य या भविष्यवाणी—मेरे लिए तो केवल एक ही सत्य है; ब्लड रिपोर्ट, एक्स रे, और रोग के कहीं और प्रकट होने के लक्षण।"

"पर यह ज़रूरी नहीं कि रोग लौटे ही।"

"इस रोग से कभी कोई मुक्त नहीं होता वनमाली," उसने फीकी-सी मुस्कान से कहा, "यह जन्म-भर की सज़ा है।"

"तुम यदि ऐसा सोचोगी, अपने शरीर को यही सन्देश भेजती रहोगी तो शायद हाँ, पर तुम एकदम सामान्य भी हो सकती हो।"

"तुम्हारे गोवा वाले उन मित्र की, वह जो दूसरे ही फ्रॉड हैं, पुस्तक मैंने भी पढ़ी हैं। तुम्हारे सब जाननेवाले फ्राड क्यों हैं ?"

"क्योंकि मैं स्वयं एक बड़ा फ्रॉड हूँ।"

आगे उसने कुछ नहीं कहा। यमन को लगा जैसे गत रात्रि की आत्मीयता, शरीर का आग्रह और परिपूर्णता की तुष्टि सुबह के उजाले में कहीं मिटती जा रही है। उसने हलके से कहा, "मैं नॉर्मल नहीं हूँ—यह तुम जान गए हो, मैं आक्रान्त हूँ, रोग के विचार से दारुण रूप से ग्रस्त हूँ।"

"हम इस बिन्दु पर आकर ठहर नहीं सकते, यमन। चलो तुम एक साड़ी ख़रीद लो और आज शाम को ही शत्रुहन हमारा विवाह कर देंगे—मैं अब, इस कैंसर यात्रा में तुम्हारे साथ रहना चाहता हूँ।"

"तुम्हें कुछ भी ज्ञान नहीं है कि कितनी भयंकर यात्रा है यह।"

"जैसी भी हो—मैं नादान बच्चा नहीं हूँ।"

"तुम तो बहुत समझदार हो, नादान तो मैं हूँ।"

"तो चलोगी साड़ी लेने ?"

"कहीं जाने की ज़रूरत नहीं है। होटल के शॉपिंग आर्केड में रेशम की साड़ी की दुकान है। उसकी शो विंडो में एक लाल बनारसी साड़ी लगी हुई है।"

"तुम्हें पसन्द है ?"

"हाँ, मुझे पसन्द है।"

सब कुछ फ़ोकस में लौट आया; कॉफ़ी शॉप की दीवारों पर सज्जित रेशमी कपड़ा; ताक़ में रक्खी मूर्तियाँ; मेज़ पर रक्खे फल, उबले हुए अंडे, काँटे चम्मच, बिलकुल हलके सिके हुए, सफ़ेद टोस्ट।

"ठीक है, फिर मैं तुमसे ऊपर कमरे में मिलता हूँ।"

"अच्छा," यमन ने आँख भरकर वनमाली को देखा।

"मिलते हैं।" उसने कहा।

"कमरे में ?"

यमन ने उत्तर नहीं दिया।

वनमाली के हाथ में साड़ी का थैला होगा; वह उस बड़े से कमरे में अकेला खड़ा होगा; उसे शायद ताले में चाभी घुमाते हुए ही आभास और आशंका हो गई कि यमन उसे कमरे में नहीं मिलेगी।

ग़ुसलख़ाने में यमन का सामान वैसे ही रक्खा है; कंघा, क्रीमें, लिपस्टिक,

उसका बन्द सूटकेस तिपाई पर। हैंगर में कपड़े। वह कॉफ़ी शॉप से उठी है और कहीं चली गई है।

फिर भी वह सारे दिन उसकी प्रतीक्षा में, उसके किसी संदेश की आशा में फ़ोन के पास बैठा रहेगा। क्या वह जानेगा कि यमन के लौटने की आशा और प्रतीक्षा व्यर्थ है। क्या फिर भी वह बैठा ही रहेगा।

झुरमुटों में नीली बत्तियाँ जल उठी हैं; बाहर की हलचल शान्त हो गई है, अँधेरे में दूर कुछ टिमटिमाती हुई बत्तियाँ दिख रही हैं, शायद गंगा-तट पर।

वह एक लम्बी साँस लेता है। पैकेट का अन्तिम सिगरेट बुझाते हुए जब वह खड़ा होता है तो देखता है कि बैठक के दरवाज़े से एक टेलीफ़ोन संदेश के पैड का एक पर्चा नीचे सरका दिया गया है।

"अगर कर सको, तो मुझे माफ़ कर देना।" टेलीफ़ोन संदेश लिया गया था पौने ग्यारह बजे; और भिजवाया गया है अब। अगर समय से मिल भी जाता तो वह क्या कर लेता। सड़कों पर यमन-यमन पुकारते हुए तो नहीं दौड़ा जा सकता; तो जाओ, वह काग़ज़ को मरोड़ कर ऐशट्रे में डाल देता है, पर मैं तुम्हें माफ़ नहीं करूँगा, कभी नहीं।

वह कमरा, होटल छोड़कर निकल आई है; हाथ में कुछ रुपए पकड़कर। वह भटकती रहती है; सड़कों, गलियों, दुकानों के इर्द-गिर्द। देखती है मृतकों का एक ताँता, लारियों की छतों पर, मृतक वाहन गाड़ी के अन्दर और एक अकेला व्यक्ति जो एक स्त्री के शव को अपनी साइकिल पर रखकर धीरे-धीरे घाट की ओर चला जा रहा है। सड़क पर भीड़भाड़ है, ट्रैफिक जाम; गाजे-बाजे के साथ विमान, आगे-पीछे दौड़ते हुए सड़क के बच्चे, जो झुककर पैसे और मेवा बटोरने की तलाश में हैं।

मैं इन्हीं में से एक हो सकती थी, देशभक्त बाबा और अँगरेजभक्त नाना के परिवार की जगह। पर ऐसा नहीं हुआ। जो कुछ था उसे कभी भरपूर ग्रहण नहीं किया, हमेशा बच-बचकर, किनारे-किनारे चलती रही।

मम्मी को फ़ोन करना चाहिए। वह पीसीओ में जाकर मम्मी के आश्रम का नम्बर मिलाती है। जहाँ घंटी बज रही है वह कैसी जगह होगी। संगमरमरी फ़र्श और वातानुकूलित हाल वाला आश्रम।

"मम्मी।"

"तुम, स्वीटी। ज़रा बाद में फ़ोन करोगी। इस समय बहुत काम के बीच हूँ।"

"नहीं, मम्मी।" उसने दृढ़ स्वर में कहा, "मेरी बात बहुत ज़रूरी है।"

एक लम्बी साँस लेकर मम्मी ने कहा, "कहो !"

अब कहे तो क्या, कैसे ?

"मम्मी, तुम्हारे बन्नू, मुझसे शादी करना चाहते हैं।"

उधर इतनी देर मौन रहा कि उसे लगा कि मम्मी फोन छोड़कर चली गईं हैं।

"और तुम ?"

"मुझे डर लगता है।"

उसकी इस बात से, जैसे झटका खाकर मम्मी अपनी पुरानी भूमिका में आ जाती हैं।

"देखो बेटा, डर लगना तो स्वाभाविक है। यह बात ज़रूर है कि अगर तुम्हारे पापा होते तो कभी यह सम्बन्ध मंजूर न करते। मगर उस तरह सोचने से क्या फ़ायदा। तुम्हें प्रैक्टिकल और रियलिस्ट होना चाहिए। बन्नू एक अच्छे इंसान हैं, करुण और दयालु। तुम्हें अच्छी तरह रखेंगे। ऐसे सोचो कि इस उम्र और इस

बीमारी के साथ तुम्हें एक कम्पैनियन एक साथी की ज़रूरत है।''

''बीमारी ? आपको कैसे पता ?''

''तुम नहीं कहोगी तो क्या मैं देखूँगी, समझूँगी नहीं। पूरे चेहरे पर लिखा हुआ है। ख़ैर, मुझे बताना, न बताना तुम्हारा निश्चय था। अब तो तुम ठीक हो न ?''

''डॉक्टर तो यही कहते हैं।'' उसने अस्फुट स्वर में कहा।

''अगर तुम दोनों यहाँ आ जाओ तो स्वामी जी बहुत प्रसन्नता से विवाह करवा देंगे।''

''वहाँ आना तो मुश्किल होगा।''

''और मेरा भी इस समय आना नहीं हो पाएगा, मेरी असीस रहेगी तुम्हारे साथ।''

वार्तालाप समाप्त होने के बाद वह घाट की ओर निकल आई।

धूप ढल रही थी और मल्लाह अपनी-अपनी नावों के आसपास बैठे हुए थे। कुछ ने उसे आशापूर्ण दृष्टि से देखा; पर वह ग्राहक जैसी नहीं लगी। वे सब मुड़कर आपस में बात करने लगे।

वह एक नाव के पास जाकर खड़ी हो गई जिस पर धूप से बचने का छप्पर था।

''चलोगे ?'' उसने पूछा।

दो युवक तत्परता से उठ बैठे।

''आइए; दीदी।''

''दो-तीन बार आने-जाने का कितना लोगे ?''

''जो चाहिएगा, दे दीजिएगा।''

युवक मल्लाह एक कपड़े से बैंच झाड़ने लगा। वह नाव पर चढ़ने को तैयार हुई। उसका हाथ पकड़कर युवक ने उसे संयत किया। लम्बा पैर बढ़ाकर वह नाव पर चढ़ गई। थोड़ा डगमगाने के बाद वह बैठ गई और दोनों युवकों ने पतवार सम्हाल लिये। सुबह की चहल-पहल के बाद घाट शान्त थे। छतरियों के नीचे सन्नाटा, सिवा एक घाट के, जहाँ कि तीन चिताएँ धुआँधार जल रही थीं।

''यही हरिश्चन्द्र घाट है ?'' उसने पूछा। युवक ने बिना कुछ कहे सिर हिलाया। वह देखती रही, एकटक। अन्तिम नियति।

'हाड़ जले ज्यों लाकड़ी, केस जले ज्यों घास।' कितने व्यस्त थे वे लोग, जो चिताओं के आसपास थे; सब कुछ ठीक से हो, एक के बाद एक; उनका ध्यान

बस उसी पर केन्द्रित था। सीढ़ियों के ऊपर रेलिंग थी जिस पर टिके बीस-पचीस आदमी नीचे जलती आग को देख रहे थे।

नाव चुपचाप पानी पर, बिना किसी कसाव या श्रम के, चली जा रही थी; केवल पतवारों के पानी पर पड़ने से उनकी हलकी-हलकी छप्प-छप्प की आवाज़ सुनाई देती थी। नावें घाट के निकट से नहीं गुज़रीं, मल्लाह उसे दूर ले गए थे, फिर भी उसने देखीं, तीन अर्थियाँ, गंगा के पानी में आधी डूबी। वे केवल फूलों का संग्रह ही जान पड़ती थीं।

उसके मन में न जाने कहाँ से ढेर सी तसल्ली आकर बस गई। जब हर मानव शरीर का यही अन्त है तो फिर मरने से इतना डर क्यों ? यह भी जीवन-यात्रा का अन्त मात्र है। पर इस यात्रा को कभी उसने खुश होकर नहीं सम्पन्न किया। हमेशा अनमने भाव से बिना किसी खुशी और चाव के झेलती गई। पर अब उसके मन में कोई उद्विग्नता, कोई ऊहापोह नहीं बचा है।

वह सोच रही है—मैं क्यों भूल गई थी, शायद मैंने किसी को पास से मरते नहीं देखा था। पापा, पैमला, रूबी बुआ सब केवल इबारतें थीं, ज़िन्दगी में चलते-चलते विशाल पहाड़ों के हिम खंड; जो अचानक धड़धड़ाते हुए अपने ऊपर आ गिरे थे। पर अब, इस समय देख रही है जीवन का अन्तिम निष्कर्ष; फूलों से ढँका, लाल आवरण में लिपटा एक शरीर, मात्र एक निरर्थक अस्तित्व, जला दिया जाएगा और लोग रोते-धोते घर लौट जाएँगे। गाजे-बाजे और विमान के साथ जो मृतक शरीर लाए थे; और वह नितान्त अकेला पुरुष भी, जो अपनी साइकिल पर शव ठेलता हुआ लाया था। तो यमन/लिली—अपने से पूछती है, "क्यों भाग रही हो ? इतना भय क्यों ? यदि मृत्यु का बोध स्वीकार कर लिया जाए, तब तो कोई समस्या ही नहीं रहेगी। हर दिन एक नया दिन, एक तोहफ़ा होगा। हर फूल अपने में चटकीला और धूप सुनहली, जो भी मिले उसी को ले लो, हथेलियों में भर-भरकर, निचोड़ लो हर सुख की बूँद-बूँद, वैसे ही जैसे शेषेन्द्र को प्यार किया था।"

नाव पलटकर किनारे आ गई है। वह सहारा लेकर डगमगाती नाव से उतरकर गीली रेती पर पैर टिकाती है।

बिलकुल निकट ही कुछ स्त्रियाँ एक नववधू से गंगापूजन करवा रही हैं; लड़की के मुँह पर घूँघट है, हाथों में ढेर-ढेर काँच की चूड़ियाँ, गहरी साँवली, पतली, कोमल उँगली में एक सोने का छल्ला। फिर उसकी दृष्टि वर पर गई, सिर पर

मौर, गले में मुरझाती हुई मालाएँ, चेहरा थका-थका, वह अन्यमनस्क भाव से जल पर फूल, अक्षत चढ़ा रहा था।

पूजा समाप्त हो गई; वधू को परिवार की स्त्रियों ने सहारा देकर उठाया; वह मन्द, मिनमिनाते स्वर में कुछ गाने लगी थीं। सभी धीमे-धीमे क़दम रखकर ऊपर चले गए और एक बिन्दु पर आकर उनके गीत की आवाज़ भी बन्द हो गई।

जीवन और मृत्यु का निरन्तर प्रवाह—यही तो है जीवन का निष्कर्ष, उसने फिर सोचा। यदि पुनर्जन्म हो, तो भी; और यदि इस भौतिक शरीर का यही अन्त है, तो भी। यदि एक विस्तृत सन्दर्भ में विकल्प यही है कि कोई विकल्प नहीं, तो वह भी सही।

घाट की सीढ़ियाँ धीरे-धीरे चढ़ते हुए वह ऊपर सड़क पर आ गई। एक ख़ाली ऑटो रिक्शा पास ही खड़ा था, उसने होटल का नाम बताया। यमन ने मन में अपने को गुना, थोड़ा-सा डर, कि अगर वनमाली गुस्से में छोड़कर चला गया होगा तो ? थोड़ी-सी उमंग—कि नहीं, वनमाली ऐसा नहीं करेगा। आगे की ज़िन्दगी कैसी होगी ? साथ-साथ रहेंगे, प्यार करेंगे, फक्कड़ों की तरह भ्रमण करेंगे, दुनिया के एक कोने से दूसरे कोने तक।

"भइया, ज़रा वापस चलोगे।" उसने एकाएक कहा।

ऑटो वाले ने रिक्शा धीमा कर दिया। मुड़कर उसे प्रश्नात्मक मुद्रा से देखने लगा, एक झेंपी-सी मुस्कान के साथ यमन ने कहा, "गंगा में कुछ सिराना है—भूल ही गई।" रिक्शा मुड़ा और घाट की तरफ़ चल दिया। आकर ठीक उसी जगह रुक गया।

यमन ने उतरते हुए कहा, "मैं अभी आई, रुके रहना।" नीचे सीढ़ियाँ उतरते-उतरते उसे रिक्शेवाले की पीछा करती दृष्टि का भान है। उसे क्या सिराना है ? न हाथ में फूल, न गठरी, न हँडिया।

वह जाकर गंगा के किनारे खड़ी हो गई। उसने झुककर नीचे से एक पत्थर उठा लिया, कुछ देर हथेली में उसका चिकनापन और खुरदरापन, दोनों ही महसूस करती रही, फिर उसने बाँह उठाकर उसे दूर तक पानी में फेंक दिया। मन ही मन गंगा का आह्वान करते हुए उसने कहा, "इसके साथ बिसारती हूँ, रोग, क्षोभ और पराजय—"

वह पत्थर गिरने की छप्प सुनती है, झुककर अंजुलि में गंगा का मटमैला जल भर लेती है और उसे झर जाने देती है।

"चलोऽ" वह रिक्शे में बैठकर कहती है और उसी के साथ कम्पल्सरी हिन्दी में पढ़ी हुई वह पंक्ति मस्तिष्क में कौंध जाती है जिसको याद करने की वह सुबह

से कोशिश कर रही थी, तब से, जब नाव जलती हुई चिताओं के पास से गुज़री थी, 'सब तन जलता देखकर, भया कबीर उदास।'

दरवाज़ा धीरे से खुलता है, फिर यमन वहाँ खड़ी नज़र आती है। धीरे-धीरे चलकर वह पलंग पर लेटे हुए वनमाली के पास आकर बैठ जाती है। कुछ देर दोनों एक-दूसरे को देखते रहते हैं। वनमाली का चेहरा कसा-कसा है, आँखें बेहद उदास। पास की मेज़ पर ऐशट्रे में रखी हुई सिगरेट उठाकर वह एक गहरा कश लेता है।

यमन पूछती है, ''यह फिर सिगरेट पीना कब से ?''

''आज सुबह से।'' वनमाली के स्वर का रोष छलक जाता है।

वह धीमे-धीमे कहती है, ''नाराज़ हो न ? सही भी है ? मेरे पास कोई सफ़ाई नहीं है। सिर्फ़ यह कि मैं डर गई थी।''

''मुझसे ?''

''नहीं अपने से। अपने अन्दर के दैत्य-दानवों से जो हर खुशी की दहलीज़ पर पहुँचते ही मुझे रोक देते हैं।''

वनमाली चुपचाप सिगरेट पीता रहा, एक ख़त्म होने पर उसी से दूसरी सुलगाकर। यमन डबडबाई आँखों से बाहर देख रही है। कुछ नहीं दीखता, न नावें, न नदी, न आम का बग़ीचा। कुछ नहीं, केवल खिड़की के शीशे में अपना प्रतिबिम्ब।

''क्यों चली गई थीं, बिना कुछ कहे ? यह नहीं सोचा कि मैं—''

''इसीलिए तो लौट आई, भटकती रही, गलियों में, सड़कों पर, नदी पर, घाट पर—और फिर उठी, और तुम्हारे लिए, तुम्हारे पास लौट आई।'' वह एक सिसकी थी या हिचकी—यमन चुप हो आई।

''जैसी भी हूँ अब, अपूर्ण, विक्षत, जितने दिन के लिए भी हूँ।''

वनमाली ने उठकर उसकी हथेलियाँ अपने हाथों में ले लीं।

''मैं क्या करूँ, मैं तुम्हें कैसे समझाऊँ, विश्वास दिलाऊँ कि तुम मेरे लिए सुन्दर हो, सम्पूर्ण हो; कि चौदह साल की उम्र से ही छिप-छिपकर तुम्हें देखा करता था; तुम मेरे लिए आकाश के तारों की तरह अलभ्य थीं; पर फिर भी कभी लान में पानी लगाने, कभी झाड़ियों को सजाने-सँवारने के बहाने मैं तुम्हारे घर के सामने ही मँडराया करता था कि तुम दरवाज़े का हरा पर्दा हटाते हुए निकलोगी; मैं झाड़ियों के पीछे छुप जाऊँगा।

''फिर एक दिन घने मानसून मौसम में, तुम मेरे छोटे-से होटल की लॉबी में आकर खड़ी हो गईं। मैंने तुम्हें तुरन्त पहचान लिया, तुम्हें पता नहीं था कि होटल बन्द हो चुका है, पर तुम्हें लौटाता कैसे ?

''फिर भी हिचकिचाता रहा; पास आने से कतराता रहा; फिर एक दिन मैंने अपने से कहा 'मूर्ख,' और लौटा, पर तुम जा चुकी थीं।

''लोबो ने नम्बर खो दिया था, सोचा कि शायद वापस लौट गईं। ढूँढ़कर फोन किया, पर घंटी बजती रही। बाद में किसी ने उठाया तो पता चला कि तुम वहाँ नहीं हो। सोचा कि तुम्हारी मम्मी से पूछूँ, पर वह भी आश्रम में नहीं थीं। तुम लौटकर उस घर में दिल्ली जाओगी और अपनी मम्मी के साथ रहोगी, इसकी मुझे आशा नहीं थी, मैंने सोचा कि तुमने मुझे अपने लायक़ नहीं समझा।''

यमन कुछ कहने को उद्यत हुई पर उसे हाथ के इशारे से बरजकर वनमाली कहता रहा, ''इतना ज़रूर कहूँगा कि यदि तुम लोगों ने मेरी ज़िन्दगी को न छुआ होता तो शायद मैं भी थोड़ा पढ़-लिखकर किसी दफ़्तर में नौकर हो जाता। पर मेरे पेट में एक लौ थी, एक ज्वाला; कुछ बनने की, कुछ होने की, उसी ने आगे और आगे बढ़ने की प्रेरणा दी, मैं अपने को तुम्हारे लायक़ बनाना चाहता था; परन्तु तुम्हें पा सकने का मैं स्वप्न भी नहीं देख सकता था। बड़े साहब, तुम्हारे पापा हमेशा कहा करते थे; मानवता, इंसानियत, करुणा, यही धर्म है; इसके चलते न कोई हिन्दू न बौद्ध। मेरा बापू मुझे क्या संस्कार देता बेचारा; संस्कार तो मुझे पांडेय जी से ही मिले। फिर भी यदि तुम मुझे अपने स्टैंडर्ड पर पूरा न पाओ तो मैं कुछ नहीं कहूँगा। चला जाऊँगा।''

यमन ने उसकी हथेली थाम ली। द्रवित कंठ से कहा, ''आइ'म सो सॉरी। तुम्हें मैंने बहुत दुख दिया। तुम्हें त्रसित करने का मेरा कोई इरादा नहीं था, मुझे क्षमा कर दो।''

''अब लौट आई हो तो रहोगी न ? आगे जो कुछ होगा उसे अपने साथ झेलने दोगी।''

''देखो, बैठी हूँ तुम्हारे पास।''

''वह तो देख रहा हूँ,'' वनमाली ने उसे अपनी ओर खींच लिया। उसे बाँहों में लेकर उसके बालों को हलके-हलके थपकता हुआ बोला, ''अब डरने की, भागने की कोई ज़रूरत नहीं है, मैं तुम्हें पूरी तरह खुश रखने की कोशिश करूँगा, पर तुम्हें भी अपने को बिसूरते रहने की आदत से अलग करना होगा।''

अलग हटते हुए यमन थोड़ा-सा हँस दी।

कमरे में फोन की घंटी बजती है; वनमाली फोन उठाता है।

''अरे बन्नू, तुम लोग तैयार हो न ? मैं गाड़ी से बोल रहा हूँ, बस होटल पहुँचनेवाले हैं। पिताजी साथ हैं।''

वनमाली ने मुड़कर यमन से कहा, ''शत्रुहन है, बड़े उपाध्याय जी भी आ रहे हैं,'' फिर फोन में कहा, ''शत्रुहन ?''

''हाँ, हाँ, मैं ही तुम्हारा शत्रु,'' ठठाकर हँसने की आवाज़। ''रात दस बजे का मुहूर्त निकला है, मंडप वगैरह सब तैयार हैं, बस तुम अब अपनी हाँ ना करनेवाली बधू को मना लो।''

यमन की ओर मुड़कर कहा, ''शत्रु कह रहे हैं अपनी हिचकती वधू को मना लो।''

यमन ने फोन हाथ में ले लिया, ''ना, ना करके मुंडी हिलाना तो वधूचित आचार है। मैं तैयार होने जा रही हूँ, मिलते हैं।''

वनमाली की ओर देखते हुए उसने फोन रख दिया, ''मैंने ही इन लोगों को फोन करके आने को कहा था। यह भी कहा था कि कमरे में फोन कर लें। मुझे पता नहीं था कि तुम कमरे में मिलोगे या नहीं; इसीलिए।''

''अब ?'' वनमाली ने पूछा।

''अब क्या ?'' यमन ने चपल भाव से कहा।

''मैं अभी साड़ी बदलकर आती हूँ।''

वह डब्बे में से साड़ी निकालती है। यह वह साड़ी नहीं है जो उसने देखी थी, वह लाल सिल्क पर छोटी-छोटी बूटियाँ और फूलदार बार्डर की थी, पर यह है झिलमिल रेशम, रक्ताभा लिये ब्रोकेड की तन्चोई, साथ में टिशू का दुपट्टा।

उसके कुछ कहने से पहले ही वनमाली ने जोड़ा, ''पसन्द आई ? इसके साथ सिली-सिलाई ब्लाउज़ भी है न।''

''बहुत प्यारी है।'' यमन ने कहा और सोचा, अभी से पत्नीनुमा आचरण। आसानी से सहमति। यद्यपि इतनी छोटी ब्लाउज़ कभी नहीं पहनी।

''मेहँदीवाली सारे दिन इन्तज़ार करके चली गई।'' वनमाली ने कुछ खेद से कहा।

''कल लगवा लूँगी।'' यमन ने थोड़ा हँसकर कहा, ''हुजूर, आप भी तो अपनी हुलिया सँवारिए, एकदम, न जाने कैसे लग रहे हैं—''

वनमाली मुस्कराया, ''आप जब तक सज-धजकर निकलेंगी, तब तक मेरा कायापलट हो चुका होगा।''

यमन ने उसके होंठों पर उँगली रखकर पूछा, ''सच ?''

“बिलकुल।”

“तब मैं तुरन्त आती हूँ, कहीं चले मत जाइएगा, नहीं तो...”

“मैं यहीं खड़ा मिलूँगा, इस जगह, इन्तज़ार में।”

होटल की दो दुबली-पतली भारतीय और पश्चिमी परिधान के मिश्रण से सजी सँवरी लड़कियाँ ऊपर आ गई हैं, मुस्कराते हुए वे यमन की साड़ी सँभालती हैं, दुपट्टे में पिन लगाती हैं और उसके अगल-बग़ल चलती हुई लिफ्ट में प्रवेश करती हैं।

वनमाली के साथ, नीचे जाते हुए यमन का मन हो आया कि कोई प्रार्थना करे। रवीन्द्रनाथ की पंक्तियों का भाव दोहराते हुए उसने मन ही मन कहा, “प्रभु, मैं ऐसे ही नत और प्रस्तुत रहूँ और तुम मेरी अंजुलि बार-बार भरते रहना।”

●●●